Couverture inférieure manquante

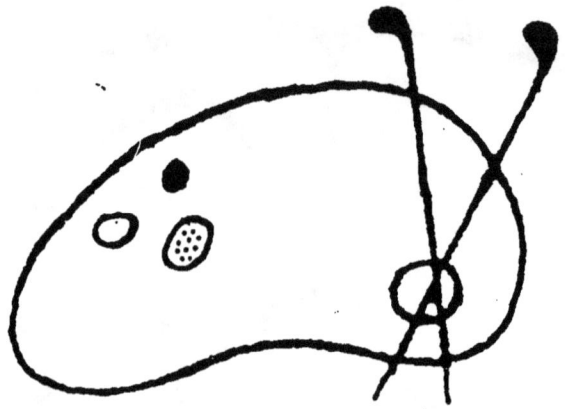

Début d'une série de documents
en couleur

FERDINAND DE NAVENNE

ROMA AMOR

— AMES ROMAINES —

PARIS

BIBLIOTHÈQUE-CHARPENTIER

EUGÈNE FASQUELLE, ÉDITEUR

11, RUE DE GRENELLE, 11

1905

ROMA AMOR

FERDINAND DE NAVENNE

ROMA AMOR

AMES ROMAINES

PARIS

BIBLIOTHÈQUE-CHARPENTIER

EUGÈNE FASQUELLE, ÉDITEUR

11, RUE DE GRENELLE, 11

1905

ROMA AMOR

̄MES ROMAINES

PREMIÈRE PARTIE

I

Le café Colonna était encore aux trois quarts
vide. Par les portes ouvertes, un flot de lumière,
d'une lumière joyeuse et douce, se répandait
dans les salles dallées de marbre, avec la rumeur
du Corso voisin. Sur les tables, des *fiaschi* de vin
toscan, au ventre cerclé de paille, attendaient les
habitués.

Lorenzo Ricciardi achevait de déjeuner solitai-
rement quand il se sentit frapper sur l'épaule. Il
entrevit au-dessus de sa tête, en se retournant, la

1

silhouette d'un jeune homme, grand, mince, à la physionomie ouverte et sérieuse, dont la moustache brune frisait sur les lèvres.

Il se leva vivement :

— Comment, c'est toi ! s'écria-t-il en donnant au nouveau venu une chaleureuse accolade.

— Moi-même.

— D'où diable sors-tu ainsi sans crier gare ? Je te croyais au bout du monde — ou dans l'autre monde.

— Tu avais tort.

— Enfin, puisque te voici, j'espère que c'est pour quelque temps.

L'inconnu déclara qu'il comptait rester trois semaines, peut-être plus, peut-être moins. Il s'était mis en route pour se distraire. Rome lui paraissait avoir grandi en quelques années. Il avait noté plus de mouvement dans les rues, plus de voitures, plus de bruit.

A son tour, il interrogea.

— Je te raconterai cela un de ces jours, répondit Lorenzo évasivement.

Le garçon, en habit noir, se tenait debout, flegmatique. L'étranger composa son menu sans se presser, puis, en attendant que ses ordres fussent exécutés, il narra l'emploi de son temps depuis trois ans, son existence partagée entre le séjour paisible de Sienne et de longs voyages en Espagne, en Orient, dans l'Amérique du sud. Les voyages l'enchantaient, il ne s'en lassait pas.

La nouvelle de la mort de son père l'avait surpris
à l'Assomption, dans le Paraguay. Il s'était embarqué sur le premier paquebot en partance pour
l'Europe. A Sienne, il s'était trouvé en face d'une
maison vide et d'une montagne d'affaires.

Mario Leoni appartenait à une vieille famille
siennoise. Sa mère était morte en lui donnant le
jour. Il entrait dans sa quinzième année quand
son père, élu député au Parlement, l'emmena
dans la capitale. Jusqu'alors, il ne s'était jamais
éloigné de la Toscane. Il avait grandi dans un palais du *quattrocento*, aux pièces ogivales éclairées
par des fenêtres trilobées. Son œil d'enfant s'était
lentement rempli de formes empruntées au moyen
âge.

Rome, compliquée et disparate, ne lui inspira
d'abord qu'une instinctive aversion ; mais peu à
peu, en grandissant, il se réconcilia avec les musées, les ruines et les villas princières.

Au sortir du collège, il supplia son père de le
laisser entrer dans l'atelier du peintre espagnol
Hernandez. M. Leoni consentit.

— A la condition, ajouta-t-il, que tu prennes
régulièrement tes inscriptions de droit.

C'est dans le *studio* d'Hernandez que le Siennois avait rencontré Ricciardi. Les deux jeunes
gens semblaient également bien doués pour la
peinture ; mais, tandis que Lorenzo, fils de petits
bourgeois et orphelin sans fortune, travaillait
d'arrache-pied, suivant sa voie sans hésitation,

l'autre tournait à l'amateur. En dépit des observations du maître, Mario abordait tour à tour le
paysage, le portrait, le genre, de plus en plus
incertain de sa vocation. Sans se l'avouer à luimême, et, encore moins sans l'avouer aux autres,
il caressait l'ambition de débuter par un chefd'œuvre.

Peu à peu, il abandonna la peinture. Héritier
présomptif d'un riche patrimoine, il se jeta dans
le tourbillon de la vie élégante, après avoir passé
ses examens de droit sans effort, comme sans
éclat. Mais, en désertant l'atelier, il ne rompit
pas avec ses anciens camarades.

Lorenzo, boute-en-train aussitôt qu'il avait déposé les pinceaux, égayait Leoni. Celui-ci exerçait en retour sur le peintre l'ascendant que lui
assuraient la supériorité de son éducation, l'originalité de son esprit et la justesse de son jugement. D'un mot, il indiquait le point faible d'une
composition, suggérait une correction réformatrice.

L'emportant sans conteste dans l'exécution,
Lorenzo ne prenait pas ombrage de cette autorité
intellectuelle. Il écoutait avec plaisir le Siennois
développer ses théories, et savait, le cas échéant,
profiter de ses critiques.

Quand, après dix ans de vie parlementaire,
M. Leoni reprit le chemin de Sienne, Mario quitta
la capitale sans un regret. Il se sentait fléchir
sous le poids de son oisiveté...

Comme le déjeuner touchait à sa fin, Lorenzo se leva :

— Inutile de te souhaiter une seconde fois la bienvenue, dit-il ; pour l'instant je te quitte, j'ai affaire, — ne ris pas ! Si tu veux venir déjeuner chez moi demain, nous aurons tout le temps de bavarder. Toujours la même maison, au sommet du Capitole, tu te souviens ?

— Parbleu !

— Alors c'est entendu, à demain midi.

— A demain.

Mario était sorti de grand matin, dirigeant ses pas vers l'Aventin dont il adorait la solitude, les couvents délabrés, les vieilles églises. Le vent soufflait avec force, un vent d'ouest qui chassait des nuages légers sur un ciel pâle, presque blanc. Le soleil paraissait et disparaissait sans cesse, modifiant à chaque minute la tonalité des objets. En arrivant à la hauteur du prieuré de Malte, il vit surgir devant lui un édifice qu'il ne connaissait pas : des bâtiments munis de tours carrées avec une église de style ancien. Une pauvresse lui apprit que les bénédictins venaient d'achever la construction de ce monastère.

— Il n'y a que les moines, se dit-il, pour savoir s'inspirer du passé sans être ridicules...

Comme il avait du temps devant lui, il poussa, au travers des vignes, jusqu'au sanctuaire byzantin de San Saba. Il lui plaisait de retrouver, sans

franchir l'enceinte, les coins solitaires qu'avait
connus Pétrarque. Dans ces chemins, que des
murs enserrent, on était à l'abri du vent. L'air,
par moments, se chargeait d'aromes.

Il revint en suivant l'allée qui débouche sur la
place irrégulière et bizarre où le temple de Vesta
déroule sa colonnade circulaire sous un toit pointu
pareil au chapeau de Robinson. Puis, à travers
les rues abandonnées de l'antique Vélabre, il
gagna l'escalier qui conduisait à la maison de son
ami.

Lorenzo l'attendait dans son atelier. C'était une
vaste pièce encombrée de lourds bahuts, de tapisseries décoratives et de toiles nombreuses, dans
laquelle tombait, par deux larges fenêtres, un dé-
luge de lumière. Mario reconnut des études anciennes et s'arrêta devant un portrait encadré,
celui d'une Américaine établie à Rome, Mrs. Harrison. La tête, petite et délicate, ne fléchissait
pas sous le poids des cheveux dorés ; elle se dressait avec assurance, éclairée par des yeux de
sphynx, des yeux verts qui souriaient énigma-
tiquement. Mario constata, devant cette toile, que
son ancien camarade d'atelier avait progressé
normalement, gagnant plutôt en force qu'en
étendue.

On passa sur la loggia en saillie d'où la vue dé-
couvrait le Forum romain et le Colisée. On était
au commencement d'avril. Le printemps avait
fait, cette année-là, une apparition hâtive. Le

soleil, déjà brûlant comme un soleil de juin,
aveuglait.

Les deux jeunes gens rentrèrent dans l'atelier
et on se mit à table. L'amphitryon raconta sa vie
laborieuse, réglée, dans son désordre apparent,
comme un papier de musique. A force de persé-
vérance et grâce à quelques hautes protections,
il avait fait rapidement son chemin; il comptait
ses meilleurs clients dans la colonie étrangère.

Tandis que le valet de chambre versait le café,
les deux jeunes gens allumèrent des cigares. Lorenzo offrit au Siennois un large fauteuil de cuir
capitonné, placé à contre-jour en face d'un che-
valet que recouvrait presque entièrement une
étoffe verte, soigneusement épinglée. Sans mot
dire, il enleva les épingles et, d'un mouvemént
rapide, arracha le voile en disant :

— Je désirerais avoir ton avis sur ce travail.

Mario, nonchalamment renversé en arrière,
lançait au plafond des nuages de fumée et s'amu-
sait à les voir se dissiper au-dessus de sa tête. A
la voix du peintre, il se souleva et regarda pares-
seusement devant lui, mais, sous le coup de la
surprise, l'expression de sa physionomie changea;
il se leva d'un seul mouvement et dit :

— C'est toi qui as fait ça?

— Sans doute, c'est mon dernier ouvrage.

Mario s'était reculé d'un pas afin de se placer
dans le jour le plus favorable. Tout de suite, il avait

reconnu le sujet de la composition, tiré des *Vierges aux Rochers*, le roman de Gabriel d'Annunzio. On apercevait Violante assise dans le bateau, près de son cousin : « Alors, elle plongea ses mains nues, coupa un nymphea et se pencha pour en respirer l'humidité. » C'est la figure de la jeune fille qui captivait, qui absorbait son attention. D'instinct, il comprenait qu'il ne s'agissait pas d'une conception de fantaisie, mais de la représentation à peine modifiée d'un modèle vivant. Cela sautait aux yeux et le Siennois ne se lassait pas d'admirer la beauté de cette vierge au regard profond, à la physionomie gracieuse et fière.

Il finit par se retourner.

— Mon compliment sincère! dit-il. Tu as produit un chef-d'œuvre, tout simplement.

Ricciardi protesta pour la forme. Il était au septième ciel, car il savait son ami incapable de feindre une admiration de commande.

— Tu as dépassé mon attente, poursuivit Mario. Rien ne cloche dans cette composition. La scène du bateau est heureusement imaginée, les personnages bien groupés; quant à la Violante c'est une figure véritablement idéale.

Lorenzo ne résista pas à l'envie d'augmenter encore l'étonnement de son ami :

— Tu ne me demandes pas où j'ai rencontré le modèle?... Je te le donne en cent... Va, ne cherche pas! C'est, je l'espère du moins, ma future femme.

— Comment, tu te maries et tu ne m'en as
pas encore soufflé mot !

— C'est que, répondit le peintre qui paraissait
un peu embarrassé, ce n'est encore qu'un projet... tu comprends...

— Oui, je comprends ta réserve, jusqu'à un
certain point, car, avec un vieux camarade, que
diable !... En tout cas, tu n'auras pas à rougir
dans le monde de Mme Ricciardi.

Puis, se rapprochant du tableau, il ajouta :

— Et tu peux compter sur un joli succès à la
prochaine exposition.

Ceci dit, il se laissa retomber dans son fauteuil,
tandis que Ricciardi se renversait dans un autre.
Après une conversation à bâtons rompus, coupée
par de nombreux retours vers le passé, Mario se
leva pour se retirer.

— Je t'accompagne un bout de chemin, dit
Lorenzo. A propos, où es-tu descendu ?

— Pour le moment, je perche à l'Eden-Hôtel,
via Ludovisi ; quoique moderne, le quartier me
plaît.

Les deux jeunes gens se dirigèrent vers la place
du Capitole. Ils s'étaient engagés dans la via di
Monte Tarpeo, rue étroite et inégale qui débouche
dans la via del Campidoglio, presque en face du
Tabularium, quand Mario, prenant brusquement
le bras du peintre, lui dit :

— Mais voici ta fiancée !

Deux dames venaient à leur rencontre. La plus

âgée, qui frisait à peine la cinquantaine, paraissait
avoir dix ans de plus. Sous la 'neige des cheveux,
son visage, comme une fleur qui va se faner, conservait une rare harmonie de contours. L'autre,
serrée dans une jaquette de coupe anglaise gris de
fer, coiffée d'un petit chapeau rouge qu'ombrageait
une plume noire, s'avançait le corps penché en
avant.

Ayant aperçu Lorenzo, elles pressèrent le pas,
un sourire dans les yeux. Ricciardi, tant soit peu
goguenard, fit les présentations :

— Mon ami M. Leoni, — Mme et Mlle Eva Silvestrini.

Mario s'inclina respectueusement; on échangea
quelques paroles.

— Puisque vous êtes l'ami de M. Ricciardi,
j'espère que vous nous ferez le plaisir de l'accompagner chez nous un de ces jours, à moins qu'un
quatrième étage vous effraie, dit la plus âgée des
deux femmes.

Puis, tandis que le Siennois s'inclinait, elle demanda au peintre si on le verrait ce jour-là.

— Je fais quelques pas avec mon ami et je reviens, promit celui-ci.

On se sépara sans que Mario eût adressé la parole à Mlle Silvestrini. Il la suivit des yeux gra-
vissant d'un pas alerte la rue en pente et il ne se
retourna que pour féliciter Lorenzo de la ressemblance entre Violante et son modèle. Sauf la dose
de rêverie que l'artiste avait judicieusement ré-

pandue sur les traits de la fille des Montaga, c'était frappant.

Comme ils arrivaient à la place du Capitole :

— Retourne vers ces dames, dit Mario, elles ne me pardonneraient pas de t'accaparer.

III

Après avoir descendu la rampe monumentale
qui conduit à la place d'Aracœli, Mario s'engagea
dans le dédale des rues étroites et tortueuses qui
aboutissent au Forum de Trajan. Les assises de
l'édifice qu'on élève à la mémoire du premier roi
d'Italie attirèrent un moment son attention. Au
milieu des échafaudages, émergeaient des bâtiments inachevés d'une blancheur de neige, de
hautes murailles sans fenêtres, d'une ornemen-
tation sobre, des saillies d'une précision géomé-
trique, laissant deviner malaisément l'effet que
produira plus tard le monument aperçu du Corso.

— Le verrai-je terminé? murmura le jeune
homme.

Il longea le *palazetto* de Venise coiffé de ses
créneaux guelfes, pour déboucher sur la place où
la colonne trajane développe sa spirale de marbre
au milieu de débris épars.

2

Il évoquait, tout en cheminant, le tableau des *Vierges*. Le sentiment de stupéfaction qu'il avait éprouvé dans l'atelier du Capitole le harcelait derechef. Ricciardi enfanter ce chef-d'œuvre! Était-ce croyable? Avait-il donc rencontré son chemin de Damas? Car, pour provoquer à ce degré l'émotion d'autrui, il faut de toute nécessité l'avoir ressentie soi-même.

Or, Lorenzo semblait par nature inaccessible aux ébranlements profonds. Il s'agissait donc d'un événement singulier, d'une manière de prodige. Et ce miracle, un dieu seul avait pu l'opérer, le plus petit des dieux, *l'amour*. La rencontre d'une jeune fille avait suffi pour métamorphoser en poète un simple prosateur. Ah! l'amour, quel magicien! Si le destin l'avait jeté, lui, Mario Leoni, en présence d'une de ces créatures d'élection, peut-être aurait-il senti le feu sacré s'allumer dans son cerveau, la puissance créatrice y fermenter? Car, en sa double qualité d'Italien et de Toscan, il regardait la beauté corporelle comme le don divin par excellence. De cette beauté tangible, bien plus que des axiomes philosophiques et des dogmes religieux, découlaient les idées d'harmonie, de rythme, de perfection, d'infini, d'immortalité.

En se levant, le lendemain, il constata, non sans déplaisir, qu'il pleuvait, une petite pluie fine et sale comme dans le nord. Ses réflexions de la veille lui revenant en mémoire il jugea qu'il ne pouvait mieux employer sa matinée que dans un musée.

— A tout seigneur, tout honneur, dit-il.

Et il se fit conduire au Vatican.

Après deux heures de promenade, Mario sortit du Belvédère pénétré de cette volupté subtile que procure aux amants de la forme la vue d'ouvrages accomplis. Sur son bureau, il trouva, en rentrant, un billet de Lorenzo.

« Les dames Silvestrini, disait le billet, ont arrangé pour dimanche une partie de campagne à Tivoli. Elles t'invitent, par mon entreprise, à te joindre à elles. Pour se rendre à Tivoli, il y a deux trains, le premier à neuf heures, le second à neuf heures trente-cinq. Les dames, toujours en retard, prendront le second, cela va de soi. J'espère que tu es libre et me fais un plaisir de passer la journée avec toi. Mille amitiés. »

Mario n'avait aucun engagement ; il répondit :

« Oui, si le temps est beau. »

IV

En quittant son ami, Lorenzo s'était arrêté sur l'étroit espace qui domine le Forum, à droite du palais communal. Il avait devant lui les colonnes survivantes des temples de Vespasien et de Saturne, reliées par leur entablement de 'marbre où des pigeons se poursuivaient en voletant. Plus bas, l'arc de Septime Sévère dessinait sur un fond grisâtre son profil ébréché. Inutile spectacle! Le peintre songeait uniquement à la présentation qui venait d'avoir lieu. La *jettatura* avait pris un malin plaisir à mettre en présence Mario et les Silvestrini et celles-ci avaient invité celui-là. Il fallait aviser.

Et il voyait défiler les événements qui avaient occupé sa vie depuis un an, depuis ce jour où la jeune fille avait paru à son balcon, entourée de géraniums roses. C'était au dernier étage d'une maison qui, à cinquante mètres de distance, faisait angle droit avec la sienne. De ce belvédère, on devait jouir d'un panorama merveilleux. A l'aide de sa jumelle, il avait reconnu un ovale d'une courbe aristocratique surmonté d'une couronne de cheveux noirs, un mélange de grâce nonchalante et de fierté. Justement, il désespérait de rencontrer un modèle pour sa *Violante*. Quels trésors de diplomatie il avait dépensés pour entrer en relations avec la famille Silvestrini et quel triomphe lorsqu'il avait obtenu que la signorina Laura posât dans son atelier.

Mme Silvestrini était la fille d'un officier des dragons de Pie IX à qui sa bonne mine et son uniforme vert avaient valu des aventures galantes sans nombre. Mais, à soutenir un train que son état de fortune ne comportait pas, le commandant Lancia avait écorné son bien et la dot de sa femme. Aussi s'était-il estimé heureux de marier sur le tard sa fille unique à un riche fermier de la campagne romaine. Puis, un beau jour. sans motif apparent, sans une ligne d'explication, il s'était logé une balle de revolver dans la tête.

Après quinze ans d'une union sans amour, Mme Silvestrini avait perdu son mari. Il était trop tard pour qu'elle entreprît de refaire sa vie, mais le ciel lui avait donné, pour la consoler, deux fillettes séparées par une différence d'âge de vingt mois, de jolies petites filles qu'elle adorait et qu'elle gâtait de son mieux. Elle les entourait de professeurs, les élevait comme des princesses.

2.

Elle s'était juré que leurs inclinations ne seraient
pas contrariées, ayant appris à ses dépens ce qu'il
en coûtait de subir la tyrannie de parents égoïstes.

Les deux sœurs se ressemblaient comme deux
jumelles. L'aînée, Laura, avait une vocation pour
la musique. A dix-sept ans, elle passait dans la
famille pour un prodige, parce qu'elle avait
obtenu de se faire entendre dans un concert de
charité organisé sous le patronage de la reine.
La petite Eva, la cadette, entendant prôner à tout
propos les talents de sa sœur, lui avait voué une
sorte de culte, la copiait en toutes choses; elle
jouait du piano avec goût, mais, ayant essayé de
vocaliser, force lui fut de reconnaître qu'elle
n'avait pas de voix; elle en avait pleuré de dépit.

Sur ces entrefaites, Laura fut atteinte d'une
inflammation de gorge assez grave pour que le
médecin prescrivit d'urgence des mesures énergiques. On manda en toute hâte Eva chez une
tante, à Bologne. La période aiguë passée, Mᵐᵉ Silvestrini quitta provisoirement l'appartement vaste
et froid qu'elle occupait, pour un pied-à-terre en-
soleillé de la via di Monte Tarpeo. La guérison ne
s'y fit pas attendre; mais du mal qui avait failli
l'emporter, la jeune fille conserva un enrouement
persistant. Le médecin, un spécialiste, recom-
manda la vie au grand air et défendit tout exer-
cice vocal jusqu'à nouvel ordre. Mᵐᵉ Silvestrini
décida de rester dans l'appartement du Capitole,
quelque exigu qu'il fût. L'arrêt du docteur frap-

pait Laura au cœur. Ne plus chanter, c'était renoncer à une distraction passionnante, encourir
une sorte de déchéance! Elle s'y résigna, la mort
dans l'âme.

Au sommet de la maison du Capitole, régnait
une terrasse qui dominait les alentours. La jeune
fille y fit transporter quelques arbustes et dresser
une tente. Là, loin des regards indiscrets, elle
prit l'habitude de se retirer par les tièdes après-
midi de printemps. Le Forum gisait à ses pieds
dans son linceul de pierre. En face d'elle, le
Palatin avec ses chênes touffus. A droite le
Colisée, puis un amas de bâtiments disparates,
grimpant les uns sur les autres, simples maisons,
couvents, églises, terrasses, *loggie*, campaniles,
tours fauves, verts jardins, confondus dans un
amalgame indescriptible. A gauche, l'œil se perdait d'abord dans une trouée béante, un paysage
fuyant au loin, n'ayant d'autre limite que la Méditerranée invisible; il se raccrochait au groupe
pittoresque des cyprès et des églises de l'Aventin,
pour découvrir, plus bas, la boucle du Tibre, par
delà les masures du Vélabre. Au loin, on entrevoyait de larges nappes blanches aux flancs de
l'Apennin.

Du balcon inférieur, égayé par une profusion
de géraniums, le tableau était plus restreint, plus
intime aussi. Laura s'y réfugiait parfois avant
l'angélus; peu à peu, son cœur s'ouvrait à une
vive sympathie pour ce coin du monde. Au mo-

ment où se produisit la rencontre avec Ricciardi
elle avait atteint la période de l'attendrissement.
Elle éprouvait une grande pitié d'elle-même; pour
un peu, elle aurait établi un étroit parallèle entre
les ruines qui gisaient à ses pieds et celles de ses
joies d'antan.

Admis dans l'intimité de la famille, Lorenzo y
déploya ses grâces. C'était un garçon de vingt-six
ans dont les larges épaules, la barbe épaisse et les
cheveux plantés drus sur les tempes accentuaient
la maturité. Ses yeux bruns et mobiles, au fond
desquels un observateur attentif aurait discerné
une nuance de dureté, savaient sourire. Beau par-
leur, il aimait à disserter sur les beaux-arts. Il
apporta bientôt dans ses discours une animation
provoquée par un espoir qui commençait à germer
dans son esprit. Avec des gradations savantes, il
essaya de faire la cour à Mlle Silvestrini. Ses
avances furent accueillies avec une froideur qui
ne le découragea pas. Il s'attribuait des avantages qui finissent toujours par triompher et, plus
il réfléchissait, plus Laura lui semblait réaliser
l'idéal de la femme, surtout de la femme qu'on
épouse.

Le retour d'Eva ramena la gaieté dans la maison
du Capitole, Ricciardi fut frappé de la ressemblance des deux sœurs.

— Le bouton et la rose! pensa-t-il.

Profitant de cette recrue, il insinua qu'on pourrait faire le dimanche de jolies promenades d'art

dans la ville. En vraies Romaines, les dames Silvestrini ignoraient de Rome à peu près tout ce
que les étrangers viennent y chercher. Elles
accueillirent la suggestion avec enthousiasme.
Les courses commencèrent aussitôt. Lorenzo parcourait, le soir, dans Bœdeker, les pages consa-
crées aux monuments qu'il devait illustrer le lendemain, se mettant à peu de frais en état d'éblouir
l'ignorance de ses voisines. Dans les musées, les
galeries, il professait ; en face des ruines, il rappelait l'histoire grandiose du passé avec des
paroles sonores et de beaux gestes. Les dames, en
l'écoutant, sentaient l'orgueil d'être Romaines.

C'est dans une course au palais des Césars,
l'automne suivant, que Ricciardi avait brûlé ses
vaisseaux. Profitant d'un moment où Mme Silvestrini marchait en avant avec Eva, il chargea son
regard d'une expression fascinatrice pour exposer
son amour et ses espérances. Surprise, Mlle Silvestrini essaya de se dérober, mais le peintre ayant
cru devoir faire une scène de passion, elle l'avait
froidement éconduit. Laura n'aimait pas Lorenzo.

Il est vrai que, devant l'air déconfit de l'amoureux, elle s'était laissé attendrir et qu'un peu à
l'étourdie elle l'avait prié de ne plus lui reparler
de ses projets... pour le moment.

A la réflexion, Ricciardi reconnut qu'il avait
agi comme un écolier, ce qui ne l'empêcha pas de
se sentir pénétré de rancune contre la jeune fille.
Cependant, dans son esprit pratique, les froisse-

ments d'amour-propre ne parvenaient pas à émousser la clairvoyance. Espaçant ses visites, il se tint à l'écart tout l'hiver et reparut au printemps, comme si rien d'anormal ne se fût passé. On l'accueillit cordialement, en ami. Laura semblait lui savoir gré de sa soumission. L'intimité refleurit entre les deux jeunes gens, moins expansive pourtant que par le passé. C'était une situation nouvelle qui inspira au peintre un renouveau d'espérance.

Saisissant une occasion propice, il s'ouvrit à Mme Silvestrini. Celle-ci interrogea sa fille. Laura répondit évasivement : elle verrait; pour l'instant, elle ne songeait pas à se marier. Mme Silvestrini interpréta ces paroles comme un acquiescement conditionnel.

— Soyez patient, mon cher ami, dit-elle au peintre; Laura n'épousera que celui qu'elle aura choisi; pour moi, je ratifie d'avance sa décision.

Les choses en étaient à ce point...

Penché sur le parapet, Lorenzo réfléchissait; des ombres épaisses voilaient son front; insensiblement elles se dissipèrent pour faire place à un sourire. Il promena sur les ruines son regard satisfait; puis, une cigarette aux lèvres, il gravit la pente douce qui menait chez ses voisines.

Il n'était pas encore dans le salon qu'on l'interrogeait. Mme Silvestrini émit l'opinion que l'étranger avait l'air très « comme il faut ». Le

peintre acquiesça de la tête. Il expliqua que Leoni,
d'origine siennoise, avait été élevé à Rome, son
père ayant joué un rôle important dans la politique, que lui-même était le maître d'une très
grosse fortune et qu'il voyageait pour son plaisir.

— Il est fort distingué, appuya Mme Silvestrini.

Lorenzo ajouta que les Leoni appartenaient à
la meilleure aristocratie de Sienne, qu'un des
leurs était mort à la bataille de Montaperti, en
plein moyen âge, que son ami comptait des
intimes parmi les princes romains, et il cita des
noms.

Mme Silvestrini multipliait les signes d'approbation.

— J'avais compris au premier coup d'œil, dit-
elle, que c'était un gentilhomme.

— Il y a longtemps que vous le connaissez?
interrogea Laura.

— Je puis dire que c'est mon plus ancien ami,
quoique nous ayons vécu, dans ces derniers
temps, séparés l'un de l'autre.

Et Lorenzo entra dans de grands détails sur
l'existence qu'ils avaient menée à l'atelier d'Hernandez, brochant sur un fond véridique, des particularités qui faisaient honneur à son imagination. Enfin, il narra la rencontre au café Colonna
et le déjeuner du matin, en omettant, bien
entendu, l'épisode du tableau.

Eva s'étonna qu'un homme de si belles manières se fût montré gauche à son endroit; elle

lui avait tendu la main et il ne s'en était pas
même aperçu !

— Serait-il donc timide? conclut-elle.

Sans prononcer une parole, Lorenzo prit la
jeune fille par la main et, la conduisant devant la
glace :

— Regardez-vous ! fit-il.

— Eh bien ! après?

— Après!... Moi, je comprends sans peine que
mon ami ait perdu sa présence d'esprit en vous
dévisageant. On a beau être homme du monde,
on ne cesse pas pour cela d'être artiste; or, je
vous en préviens, Leoni est un très grand artiste,
bien qu'il ait eu la malencontreuse idée d'abandonner la peinture.

Eva s'était mise à rire.

— Je serais enchanté, reprit Lorenzo, que
vous fissiez plus ample connaissance. Que diriez-
vous, pour dimanche prochain, d'une partie de
campagne à Tivoli, avec visite aux grottes, déjeuner au Chalet, promenade à la villa d'Este.

Tout le monde trouva le programme allé-
chant.

— Je vais écrire à mon ami, dit Lorenzo. Il y a
mille à parier contre un qu'il est libre et nous
pouvons compter qu'il acceptera.

On convint de se rencontrer tous à la gare
pour prendre le train de neuf heures du matin.

— Surtout, ne soyez pas en retard, recom-
manda le peintre.

Puis il pria les jeunes filles de porter ce jour-là des toilettes semblables, ce qui était, d'ailleurs, assez conforme à leurs habitudes.

— C'est pour une étude que je projette, expliqua-t-il, je voudrais vous photographier ainsi.

Elles promirent, sans demander de plus amples informations.

V

Sous la verrière enfumée, un train de voyageurs chauffait. Au milieu des camions, sur le quai, des employés diversement galonnés criaient le départ : *partenza! partenza!* sans que personne y prît garde. Lorenzo, penché hors de la portière, semblait inspecter les alentours. Enfin, il se retourna vers l'intérieur du compartiment et dit sur un ton désappointé :

— Il est en retard !

Mme Silvestrini opinait qu'on attendît le second train. Le peintre observa qu'il fallait prendre le premier, si on voulait s'assurer une table.

— Mon valet de chambre lui expliquera le motif de notre départ et j'irai le cueillir à la station.

Une heure plus tard, on débarquait à Tivoli. Lorenzo conduisit ses compagnes au Chalet, commanda le déjeuner et proposa une promenade pour tuer le temps. Mme Silvestrini, redoutant la

fatigue, confia ses filles au peintre. On s'engagea
dans la route en lacets qui descend aux grottes,
mais, au bout de deux cents pas, il installa ses
amics dans un des nombreux points de vue du
sentier. Le temps était radieux, l'air parfumé, la
joie au fond des âmes.

Lorenzo consulta sa montre.

— Je cours à la station, dit-il, et je reviens.

Il rencontra Mario qui descendait de wagon.

— Les dames se sont trouvées prêtes pour le
train de neuf heures, c'est incroyable! Mon valet
de chambre t'aura expliqué pourquoi nous
sommes partis, je tenais à m'assurer une table.
Viens, ces dames t'attendent.

Cinq minutes plus tard, Mario, qui marchait en
avant, se trouva face à face, au détour du chemin,
avec les deux jeunes filles, habillées de toilettes
claires identiques, coiffées de chapeaux semblables, tenant chacune à la main une ombrelle
ouverte. Il éprouva comme un éblouissement et
s'arrêta court, en proie à une surprise mêlée d'incertitude.

Ignorant la comédie imaginée par Lorenzo, les
demoiselles Silvestrini examinaient ce grand
jeune homme avec curiosité. L'embarras qu'il
laissait paraître leur sembla d'abord inexplicable.
Dans le jeu de leur physionomie, Mario saisit
sans doute un indice révélateur, car, reprenant
possession de lui-même, il se dirigea délibérément vers Eva et lui dit d'un ton assuré :

— Je pense, mademoiselle, que j'ai déjà eu l'avantage de vous rencontrer.

Cette scène s'était déroulée rapidement.

— Certainement, dit Eva, en rougissant un peu.

— Pardonnez-moi une seconde d'hésitation, poursuivit Leoni avec un sourire, vous ressemblez tant à vos deux sœurs.

— Comment? s'écrièrent à la fois les jeunes filles.

— Sans doute, à mademoiselle d'abord, — et il s'inclina dans la direction de Laura, — puis à votre plus jeune sœur... Violante.

En entendant cette explication originale, les jeunes filles éclatèrent de rire ; la glace était rompue. Lorenzo, qui s'était tenu en arrière pour goûter tout à son aise l'effet de son invention, intervint à son tour et, en quelques mots, acheva de dissiper le mystère.

— Tu connais déjà Mlle Eva Silvestrini ; je te présente à Mlle Laura qui a bien voulu collaborer à ma toile des *Vierges aux Rochers*.

Désormais, Mario était pleinement renseigné.

Lorenzo fit de la main un geste circulaire.

— C'est beau ! dit-il.

On était sur une saillie de rocher penché de trois côtés sur l'abîme ; une légère balustrade séparait seule du vide. A droite, la grande cascade, créée par Grégoire XVI pour protéger le pays contre les crues subites de l'Aniene, se précipitait presque à portée de la main, dans une chute verticale, colonne liquide au départ, nuage floconneux et fumant avant d'arriver en bas. Dans l'espace parcouru, l'eau se volatilisait au contact de l'air, engendrant un brillant arc-en-ciel. A gauche, s'amoncelaient des roches dans les déchirures desquelles prenait racine une luxuriante végétation entretenue par l'humidité que répandait dans ces gorges le voisinage des eaux.

Mario consentit à moitié :

— Le paysage est superbe, dit-il sérieusement, mais je regrette cette cascade : elle est faite de main d'homme.

— C'est encourageant pour tes semblables, dit Lorenzo.

Et, comme il mourait de faim, il proposa de rejoindre Mme Silvestrini. On remonta le sentier qui offrait à chaque détour un nouveau point de vue.

La table était dressée sous les arbres. Les rayons du soleil filtraient à travers le feuillage naissant. On entendait gronder en sourdine le torrent qui va se précipiter un peu plus loin dans le ravin profond que domine le temple de la Sibylle.

— Croiriez-vous, monsieur Leoni, dit Eva, dès qu'on fut à table, que ni ma sœur, ni moi, ne connaissions Tivoli? Pour des Romaines, c'est honteux, ne trouvez-vous pas?

Mme Silvestrini raconta qu'étant petite fille, elle y venait souvent avec son père. On partait le

3.

matin dans une calèche attelée de deux vigou-
reux carrossiers; on passait la journée et la nuit
chez des amis, installés sur la route de Subiaco,
et on revenait le lendemain, toujours en voiture.
C'était un véritable voyage, presque une expédi-
tion.

— Te rappelles-tu, dit Lorenzo en s'adressant
à son ami, cette partie de pêche que nous avons
faite un dimanche avec Hernandez, à quelques
pas d'ici?

Mario fit un signe d'assentiment.

— Figurez-vous, continua le peintre, que les
bords de l'Aniene disparaissent sous une vraie
forêt de roseaux. Il suffit d'étendre la main pour
avoir une gaule; avec un bout de ficelle et des
vers on prend trois ou quatre cents écrevisses
dans son après-midi.

— Mais c'est la pêche miraculeuse, s'écria
Eva; ne pourrions-nous pas nous offrir cette
petite fête?

— Quand il vous plaira, dit Lorenzo, mais pas
aujourd'hui, les voitures nous attendent pour
nous conduire aux cascatelles.

On s'accorda pour trouver les truites à la hauteur de leur réputation. Tout en jetant sa note
dans la conversation, Mario démêlait les nuances
qui devaient lui rendre désormais impossible
l'apparence même d'une confusion entre les deux
sœurs.

Les traits de l'aînée apparaissaient, dans la

pleine lumière d'une délicatesse extrème, depuis
l'attache du nez et la ligne des sourcils, jusqu'à
la coupe du menton. Les cheveux, d'un noir cha-
toyant, finement plantés sur les tempes, décou-
vraient, en se soulevant, une oreille rose, aux
cloisons transparentes. Mais c'étaient les yeux
qui animaient, qui éclairaient ce visage, des
yeux d'un bleu si foncé qu'ils paraissaient
presque noirs, de la nuance de certains ciels des
nuits méridionales. A travers le léger rideau des
longs cils recourbés, les prunelles rayonnaient
comme si elles eussent été trempées de lumière
humide, d'une intensité d'expression captivante,
vrai miroir de l'âme, tantôt souriantes, tantôt
chargées d'ombres mystérieuses.

La jeune sœur avait même taille, même
silhouette, même abondance de cheveux; mais
c'était une fleur qui venait à peine de s'ouvrir
au soleil matinal; elle restait encore, dans sa
grâce juvénile, indécise et énigmatique, ne laissant pas pénétrer le secret de son prochain épa-
nouissement. Pour le moment, la beauté d'Eva
résidait surtout dans la splendeur de son teint et
la caresse ingénue de ses regards.

Un landau conduisit les touristes aux petites
cascades pour les déposer, vers quatre heures, à
la villa d'Este. On s'assit sur la terrasse d'où on
aurait embrassé un horizon illimité, si l'atmosphère n'eût été noyée de vapeurs.

A côté de ces jeunes filles si simples, qui le

traitaient en ami, Mario se sentait pénétré de la
joie de vivre. Déconcerté d'abord par la plaisanterie de Lorenzo, il ne s'était montré que courtois; par degrés, il se livra. Quelques allusions à
ses voyages avaient piqué la curiosité de Laura;
aux questions qu'elle lui posa, il répondit avec
une chaleur à laquelle on était à cent lieues de
s'attendre. Dans sa bouche devenue romaine, la
langue toscane résonnait savoureusement.

Les femmes prennent à leur insu, lorsqu'elles
s'apprêtent à entendre des choses qui piquent
leur curiosité ou font battre leur cœur, des attitudes où se peint l'intérêt qui les agite. Laura
avait incliné la tête en avant et croisé ses mains
sur ses genoux; elle laissait peser sur le causeur
un regard attentif, inconsciemment captivée par
le contraste de ses yeux d'un gris bleu avec ses
cheveux bruns, par l'harmonie latente de ses
paroles et de sa personne.

Surprises de voir un homme, qui leur avait
paru d'abord figé dans sa correction, s'abandonner de la sorte, Mme Silvestrini et sa fille
cadette écoutaient sans risquer une observation.
Lorenzo lui-même se taisait; il retrouvait chez
son ami cette éloquence naturelle dont il avait
autrefois goûté le charme.

Comme le soleil déclinait, Mme Silvestrini, crai-
gnant la fraîcheur pénétrante du soir, proposa un
tour de promenade dans les jardins. Eva se leva
la première, Mario se mit à ses côtés et ils par-

tirent en avant, suivis de près par les autres
excursionnistes. Leoni était enivré de ce qui l'entourait. Dans les allées qu'aucune main humaine
n'entretenait plus depuis de longues années, la
nature reprenait lentement ses droits, après avoir
été torturée et caricaturée par les virtuoses de la
Renaissance. C'était partout une lutte silencieuse
et sans merci entre elle et l'artifice. D'un effort
invisible et incessant, elle rompait peu à peu la
symétrie des lignes. Ici, elle obstruait un canal
qui distribuait l'eau à de petites fontaines alignées le long d'une allée ; là, elle avait à moitié
renversé un vase de marbre. Une mousse épaisse
et douce comme du velours couvrait un dieu Pan
tout joyeux de retourner à l'état sauvage. Les
allées envahies, rétrécies, parfois barrées par des
plantes folles, s'arrêtaient brusquement ; des
arbres qu'on avait négligé de tailler masquaient
les perspectives, créant, par endroits, des retraites mystérieuses où régnait, au milieu du
silence, une mélancolie impressionnante. La villa
des princes déchus entrait lentement en léthargie ;
elle trépassait, enlacée, étouffée dans le réseau
des fibres innombrables d'une végétation homi-
cide.

Mario s'arrêta pour faire part de cette sensation à ses compagnes qui, frappées à leur tour
par la tristesse du lieu aux approches du soir,
sentirent un petit frisson courir sur leur épi-
derme. Lorenzo, que sa nature n'entraînait ja-

, mais à braver les dangers inutiles, conseilla de
marcher plus vite si on tenait à éviter les fièvres.
Chacun accéléra le pas.

Le retour en wagon s'opéra presque silencieusement. Mme Silvestrini, que l'obscurité croissante encourageait, s'endormit. Laura ferma les
yeux pour prolonger les heures délicieuses qu'elle
venait de vivre. Après deux ou trois vaines ten-
tatives pour soutenir la conversation, Lorenzo
s'enfonça dans son coin, tandis qu'Eva regardait
fuir le paysage par la fenêtre et que Mario se perdait dans une rêverie sans objet déterminé. On ne
se réveilla, pour ainsi parler, qu'en entrant en
gare.

Après dîner, Mario sortit avec la ferme intention de finir sa soirée au théâtre. Cependant, une
demi-heure plus tard, il se surprenait sur une
étroite esplanade, accoudé à une balustrade de
bois, en contemplation devant une maison haut
perchée, dont l'étage supérieur, orné d'un balcon,
était brillamment illuminé. Le Forum endormi
gisait à ses pieds, et, au-dessus de sa tête, se
dressaient les bâtiments du Capitole.

Un peu confus de se trouver là, il se remit en
marche, et, par les chemins solitaires qui con-
tournent l'enceinte close du Palatin, il déboucha
devant la masse noire, confuse, immense du
Colisée. Comme un simple touriste, il pénétra
sous les arcades. L'arène était déserte : seul, un
groupe d'Allemands discutait à haute et inintelli-

gible voix sur l'origine des substructions. Afin
d'échapper à toute diversion importune, il alla
s'asseoir un peu plus loin, sur une pierre, au pied
d'un mur démantelé. Là, tout était mystère et
recueillement. Le jeune homme n'évoqua, toutefois, ni les gladiateurs, ni les martyrs, pas même
l'époque, plus attachante à ses yeux, où le colosse
abandonné s'était transformé en forteresse aux
mains des Sinibaldi. Sa pensée avait traversé une
morne campagne pour retourner dans une petite
ville de la Sabine, parée de cascades sonores, de
restaurants ensoleillés et de jardins humides.

Mais, tandis que des images gracieuses se ma-
térialisaient dans son esprit, une étoile parut en
face de lui, brillant silencieusement dans l'ouverture d'une arcade, sur le fond obscur du ciel.
Mario la suivit des yeux pendant qu'elle s'avançait
vers le cadre de pierre d'un mouvement insensible, comme l'aiguille d'une horloge; elle l'atteignit et disparut. Ce banal incident imprima aux
idées du jeune homme une direction nouvelle. Il
songea que la journée allait finir, une belle journée, et que tout ce qui l'entourait finirait aussi…!
La mélancolie l'envahissait; il se leva et reprit à
pied le chemin de la ville, en pensant aux deux
jeunes filles dont la compagnie l'avait bercé toute
une après-midi.

VI

Mario avait contracté l'habitude d'accompagner son ami via di Monte Tarpeo. C'était un printemps sec et chaud. On se réunissait, après dîner, sur la terrasse supérieure. Les journées s'achevaient languissamment, imprégnées de repos et de silence, car, dans ce quartier tranquille, tout le monde reposait au moment où neuf heures sonnaient à l'horloge du Capitole. Dès que l'humidité se faisait sentir, on descendait au salon. Eva se mettait alors au piano; elle déchiffrait de préférence les partitions de Wagner; Mario lui tournait les pages, tandis que Lorenzo, attirant l'autre jeune fille dans un coin, essayait de faire sa cour, et que Mme Silvestrini, à son ordinaire, s'endormait dans un fauteuil. Leoni, en habitué du théâtre de Bayreuth, proposait parfois des changements dans l'interprétation de certains passages; puis c'était Laura qui venait rompre ce tête-à-tête sous pré-

texte de se rapprocher du piano. Bach et Beetho-
ven étaient ses auteurs favoris. Pour peu qu'on
l'en priât, elle s'asseyait à son tour devant le cla
vier; elle jouait alors, sans choix et sans ordre,
ce qui se présentait à sa mémoire; ses doigts cou-
raient sur les touches, tandis que sa physionomie
prenait une expression intraduisible.

On profita aussi des journées qui s'allongeaient
pour faire quelques promenades dans les villas
ombreuses, dans les églises solitaires. Une fois,
on poussa jusqu'à Viterbe: une autre fois, on
passa l'après-midi à Subiaco. Ces courses ravis-
saient les jeunes filles, grâce surtout à la direction
que Mario savait leur imprimer. La supériorité de
l'amateur sur l'artiste s'affirmait sans conteste.
Tandis que le second ne se laissait séduire que
par le côté matériel, extérieur et superficiel des
choses, par leurs qualités de forme et de couleur,
le premier, en communion intime avec la nature,
vibrait et palpitait à chacune de ses manifesta-
tions. A l'entendre, on aurait dit que tous les arts
fussent frères, tant il les associait les uns aux
autres, comme autant de ruisseaux féconds issus
d'une source unique, divine, inépuisable.

Laura voyait les horizons fuir devant ses yeux
éblouis. Le chant n'était donc pas l'expression
suprême de l'art, pas même la musique! Une
main généreuse et invisible avait infusé de mystérieuses affinités dans l'ordre entier des choses
créées. La nature, aussi longtemps qu'elle échappe

4

aux profanations des hommes, en est comme
imprégnée. Des êtres privilégiés ont successive-
ment reçu la mission de recueillir les éléments
épars de cette beauté intangible et de la révéler à
l'humanité en la matérialisant. Telle est la vocation essentielle des hommes de génie.

Ces idées d'art opéraient sur l'esprit de Laura
à la manière d'un philtre, moins parce qu'elle en
reconnaissait la justesse qu'en raison de la bouche
qui les émettait. Il y avait entre les théories
esthétiques de Mario et sa personne une harmonie
naturelle qui conférait à sa voix une séduction
particulière. Eva écoutait avec la même attention
apparente, grisée par la musique de paroles dont
la signification précise lui échappait le plus souvent. Mario ne pouvait rêver de disciples plus
dociles. Il s'attachait chaque jour davantage aux
deux sœurs, comme à des fleurs délicates dont il
y avait plaisir à développer les riches couleurs et
les parfums exquis.

L'intimité grandissait ainsi chaque jour entre
nos cinq personnages. Un soir, en sortant de la
maison des Silvestrini, Mario dit au peintre :

— Vraiment, je t'envie d'entrer dans cette
charmante famille.

Ce à quoi Lorenzo répondit en le regardant :

— Il ne tient qu'à toi de suivre mon exemple.

Le Siennois n'insista pas.

Cette existence aurait pu se prolonger indéfiniment; Ricciardi jugea, certain jour, qu'elle

n'avait que trop duré. Il observait avec inquiétude l'ascendant croissant de son ami sur Laura,
non moins que le changement survenu dans la
manière d'être de la jeune fille. Laisser les choses
suivre leur cours, c'était s'exposer de gaieté de
cœur à une cruelle déconvenue. Il s'en fallait
pourtant qu'il fût éperdument épris. Son ardeur
amoureuse avait sombré dans le naufrage de ses
premières illusions. La présence de Laura ne lui
causait pas la moindre exaltation sentimentale,
bien qu'il ne restât pas de glace devant le charme
évocateur de sa beauté.

A tous égards, il accordait mentalement à Eva
la préférence. Dans la vivacité juvénile de la plus
jeune des deux sœurs, dans la naïveté de sa coquetterie précoce, dans la hardiesse ingénue de
ses yeux de velours, il démêlait les prodromes
d'un tempérament passionné, en harmonie avec
ses propres inclinations. Ah! s'il lui eût été loi-
sible d'opérer sans coup férir une substitution de
personnes, de laisser Laura aux prises avec les
théories captieuses de Leoni! Mais, bien à la légère, il s'était lié les mains. Coûte que coûte, il
devait rester jusqu'au bout l'amoureux de Laura,
sous peine de se laisser percer à jour.

Depuis que la rencontre de Mario s'était produite sans qu'il pût la prévoir, ni, à plus forte
raison, la prévenir, il s'était ingénié à rapprocher
son ami d'Eva, taquinant amicalement cette dernière sur les prétendues assiduités de Leoni. Ces

agaceries avaient insinué une troublante incertitude dans les pensées de la jeune fille. Les atten-
tions d'un cavalier tel que Mario la grandissaient
à ses propres yeux. Aussi se demandait-elle, non
sans un léger battement de cœur, si vraiment elle
avait fait impression sur l'esprit du Siennois, si
les deux amis avaient échangé d'aventure quelque
confidence à son sujet.

Agiter habituellement des questions de ce
genre, en songeant à un homme, c'est pour une
jeune fille un moyen infaillible de devenir à
courte échéance amoureuse de cet homme.

Lorenzo constata, non sans satisfaction, l'effi-
cacité de sa stratégie. Talonné par la crainte
d'avoir trop attendu, il alla surprendre Laura un
jour qu'il la savait seule à la maison. Ce fut avec
un naturel parfait qu'il aborda le sujet qui lui tenait au cœur :

— Il m'est venu une idée que je veux vous
soumettre. Figurez-vous que je songe à marier
votre sœur à mon ami Leoni.

Laura qui écoutait distraitement, releva la tête
d'une secousse.

— Mais c'est impossible ! fit-elle vivement.

— Impossible. Pourquoi ?

— Parce que... parce qu'Eva est trop jeune,
c'est une enfant.

— Vous en parlez en sœur aînée ! Pour vous,
c'est toujours une petite fille. Je vous assure que
Mario voit en elle une grande personne.

— Vous a-t-il donc fait des confidences?

— Aucune. C'est un sujet que je n'ai même pas effleuré avec lui. Votre sœur est charmante; ne serait-il pas à souhaiter, si je vous épouse, — et il regarda la jeune fille comme pour saisir sur sa physionomie un signe d'acquiescement, mais elle ne broncha pas, — que mon meilleur ami devînt votre beau-frère?... Vous ne dites rien; ce mariage vous paraît-il donc réellement irréalisable?

Elle avait baissé la tête, semblait réfléchir profondément. Ce silence prolongé inquiéta Lorenzo qui reprit :

— Vous ne répondez pas; vous aurais-je contrariée sans le vouloir?

Elle releva les yeux et dit :

— Encore faudrait-il avoir l'avis de maman et surtout celui d'Eva.

— Naturellement, mais il me semble que sous tous les rapports Mario est un parti qui devrait convenir à Mme Silvestrini; quant à votre sœur...

— Eh bien ! quoi ?

— Je ne crois pas me tromper beaucoup en avançant qu'elle a un faible pour Leoni.

— Allons donc, vous plaisantez!

— Pas le moins du monde et je m'étonne que vous n'ayez pas remarqué la façon dont elle le regarde. Cela saute aux yeux !... D'ailleurs, nous pouvons nous en assurer sans peine, le moyen classique ! Nous ferons négligemment allusion à

4.

un prochain départ de Mario, vous verrez. C'est
un truc innocent qui réussit toujours.

— Puisqu'il en est ainsi, c'est moi qui tenterai
l'expérience.

Le soir, en effet, au moment où on se levait
de table, Laura parla d'un grand voyage que
M. Leoni se préparait à entreprendre.

— C'est ce que m'a appris M. Ricciardi, ajouta-
t-elle.

Mme Silvestrini se récria sur l'imprévu de cette
résolution.

— Il ne nous en a rien dit, fit-elle.

Eva qui marchait en avant s'était brusquement
retournée, le visage tout pâle. Sans prononcer
une parole, elle fixa sa sœur comme pour lui demander confirmation de la nouvelle. Celle-ci se
sentit rougir sous la fixité de ce regard inquiet;
sa nature ne la portait pas à feindre. Elle se rendit parfaitement compte que sa voix avait sonné
faux, qu'elle s'engageait dans une entreprise au-
dessus de ses forces. Aussi prit-elle avec assez
peu d'à-propos le parti de rire, en disant que
Lorenzo avait voulu sans doute plaisanter.

— Singulière plaisanterie! riposta aigrement
Eva qui comprenait d'instinct qu'elle en était
l'objet. J'avoue que je n'en saisis pas le piquant.

Laura paraissait décontenancée. Elle avait joué
son rôle avec une insigne maladresse, éveillant la
défiance de sa sœur, sans avoir réussi à pénétrer
son secret.

Le peintre se présenta le lendemain via di
Monte Tarpeo. Laura brodait, en l'attendant, sur
la terrasse supérieure, en proie à une poignante
anxiété. A la question que le jeune homme lui
posa, elle répondit d'une manière évasive, les
yeux fixés sur son ouvrage : il se pouvait, à la rigueur, que sa sœur éprouvât de la sympathie
pour M. Leoni, mais elle n'avait jamais conçu la
pensée de l'épouser.

— Voilà tout ce que j'ai appris, conclut-elle
sans lever la tête.

Lorenzo resta muet pendant quelques instants.
Si Laura l'avait observé, elle aurait pu surprendre
le passage d'une pensée dure et inflexible sous
l'arcade de son sourcil froncé.

— De mon côté, finit-il par dire en scandant
les mots, j'ai été plus heureux.

— Qu'entendez-vous par là ? demanda la jeune
fille, sans chercher à dissimuler son trouble.

— Tout simplement que je dînais hier avec
Leoni et qu'au dessert, en devisant de choses et
d'autres, je lui ai fait avouer qu'il serait le plus
heureux des hommes s'il pouvait lier son sort à
celui de Mlle Eva Silvestrini.

Laura avait jeté son ouvrage et s'était levée.

— Il vous a dit cela ! fit-elle d'un ton où la surprise avait autant de part que le désappointement.

— Sans doute ! cela vous étonne ?... J'espère,
au moins, que vous n'allez pas m'accuser d'avoir
été indiscret.

Les derniers mots furent prononcés non sans
une intention de sarcasme et d'hostilité qui rappela aussitôt Laura au sentiment de la situation.

— En aucune façon, répondit-elle avec une
certaine hauteur, vous êtes parfaitement libre de
penser et d'agir à votre guise.

— Alors, dit le jeune homme, résolu de profiter de son avantage, vous devez partager ma
manière de voir touchant ce mariage... à moins
que vous n'y trouviez, poursuivit-il lentement, un
inconvénient que je ne discerne pas.

— Rassurez-vous, en ce qui me concerne, du
moins.

— Ainsi vous approuvez mon projet ?

— Je ne m'y oppose pas.

— Je veux dire mon double projet ?

La jeune fille était à bout d'énergie. Elle se
laissa tomber dans un fauteuil et cacha sa figure
dans ses mains. Les émotions imprévues qui depuis la veille l'assaillaient sans relâche l'avaient
brisée. Si elle devait renoncer à un espoir qui
flottait depuis quelque temps devant ses yeux
comme une vision enchanteresse, le reste lui
importait peu.

Le peintre était debout. Voyant Laura abîmée
dans ses réflexions, il s'assit sans bruit près
d'elle. Il comprenait que la partie engagée depuis
si longtemps allait se décider sur l'heure, qu'il
devait l'emporter ou renoncer irrévocablement à
ses espérances. Cette souffrance muette qui était

son œuvre ne lui inspirait aucune pitié. Comprimant le dépit de son cœur ulcéré, il mit dans sa voix une douceur affectueuse pour dépeindre le bonheur que lui procurerait la réalisation de son rêve : on ne se séparerait plus, on continuerait la charmante intimité de l'heure présente. Et il dit son amour persévérant, l'attente qui lui avait été imposée, l'espoir provoqué par les confidences de Mme Silvestrini.

La jeune fille ne répondait pas. Son sein qui se soulevait régulièrement attestait l'émotion à laquelle elle était en proie. L'apaisement se fit insensiblement dans son esprit. Puisqu'elle s'était méprise sur les sentiments de l'autre, il fallait s'incliner devant l'inévitable, « prendre patience », comme on dit en Italie, ne pas lui procurer la satisfaction égoïste d'apprendre que son choix allait faire couler des larmes. D'ailleurs, l'affection éprouvée de celui qui était assis à ses côtés ne constituait-elle pas un asile dont il eût été aussi injuste qu'imprudent de se priver? Le dévouement n'est pas chose banale en ce bas monde.

Cependant Lorenzo avait osé lui prendre la main. A voix basse et sur un ton suppliant, il renouvela sa prière. Quelle ne fut pas son ivresse quand il entendit une voix à peine distincte murmurer ce simple mot : « Oui .» Sur la main glacée de la jeune fille, il appuya longuement ses lèvres, puis, sans prononcer une parole, il sortit.

Au salon, Eva jouait du piano, boudant sa
sœur. Il échangea quelques propos avec Mme Silvestrini et lui souhaita le bonsoir, sous prétexte
d'un rendez-vous.

VII

Lorenzo descendait vers neuf heures du matin
la rampe du Capitole, se dirigeant vers le quartier Ludovisi. Chemin faisant, il réfléchissait à sa
situation, l'œil allumé, la démarche légère. Ainsi,
c'était arrêté, il épousait Laura Silvestrini. Elle
ne s'était rendue, il est vrai, qu'après une longue
résistance, il avait fallu recourir aux arguments
décisifs ; mais enfin le plan bien conçu, exécuté
de point en point, avait réussi.

Et le peintre souriait silencieusement dans sa
barbe. Il allait être l'heureux possesseur d'une
jolie femme et d'une belle fortune ! Et ses pensées
prenant un tour de plus en plus riant, il en vint
à se comparer à Rubens dont il avait lu la vie.
Comme le grand Flamand, il avait à la fois l'étoffe
d'un virtuose de la couleur et d'un diplomate ;
comme lui, il pourrait à sa fantaisie prendre sa
femme pour modèle.

Mais — oui, il y avait un mais — il importait,
au préalable, de décider Léoni à épouser Eva.
Faute de cette adhésion, la combinaison s'écrou-
lait misérablement, tel un château de cartes. Ce
n'était certes pas par amour du romanesque qu'il
avait imaginé ce mariage. Si sa vanité de parvenu
exultait secrètement à la perspective de se donner
Leoni pour beau-frère, il se serait aisément
consolé de voir son ancien camarade s'envoler
comme il était venu, en oiseau de passage. C'était
Mario qui tout doucement avait pris racine dans
le sol romain. Restait à savoir s'il justifierait les
prévisions que Lorenzo n'avait pas craint de présenter à Laura comme des certitudes.

Maintenant qu'il jugeait les choses de sang-
froid, il n'éprouvait pas l'apparence d'un remords
pour avoir trompé de propos délibéré une jeune
fille dont le cœur était en jeu, mais il tremblait
d'avoir commis à ses propres dépens une insigne
imprudence. Que Mario se complût dans la société
des deux sœurs au point d'avoir envié à son ami
le bonheur d'épouser l'aînée, en quoi cela signi-
fiait-il qu'il aimât la cadette ou qu'il se résoudrait
à la demander en mariage?

Tout en raisonnant de la sorte, le jeune homme
avait accéléré le pas. Dans la via della Mercede,
toujours encombrée de monde aux abords de la
poste, il bousculait sans pitié les gens qui ne se
rangeaient pas assez vite et qui lui lançaient les
regards de cette indignation contenue particulière

aux Romains. Il aborda du même train la montée
de Capo le Case, mais au milieu de la via di Porta
Pinciana qui lui fait suite, il s'arrêta à bout de
souffle ; des gouttes de sueur perlaient sur ses
tempes. Lui, toujours si confiant, en arrivait à
confesser que sa sotte présomption l'acculait à
une impasse. Il s'essuya le front et acheva la
montée posément. Quand il atteignit l'élégante
via Ludovisi, à peu près déserte à cette heure
matinale, il fit une nouvelle halte. Le battement
de ses artères avait cessé, le calme renaissait
dans son esprit.

— Il est indubitable, conclut-il, que j'ai poussé
l'audace jusqu'à la témérité ; l'expédient que m'a
suggéré mon esprit fécond me coûtera, s'il est
percé à jour, l'amitié d'un vieux camarade et le
commerce d'une famille excellente, mais sans la
prétendue confidence de Leoni, aurais-je obtenu
le consentement de Laura? La façon dont notre
entretien s'est engagé et poursuivi prouve à l'évidence que j'étais évincé. Elle est éprise de Mario,
j'en mettrais ma main au feu, et elle a cédé quand
elle a compris l'inanité de ses espérances. J'ai
donc agi au mieux de mes intérêts : si je perds
la partie, je n'aurai pas une faute à me reprocher. Abandonnons-nous donc aux caprices de la
fortune; si elle me favorise, j'ai l'avenir devant
moi, sinon!... Contre la destinée toute révolte
serait puérile.

Il vit, en consultant sa montre, qu'elle mar-

quait neuf heures et demie. Il pouvait sans indiscrétion frapper à la porte de Mario. Comme par
enchantement, il avait recouvré sa lucidité habituelle, toute sa résolution. Il franchit le seuil de
l'Eden-Hôtel et surprit Leoni au moment où,
ses ablutions terminées, celui-ci savourait
l'arome d'un thé fumant.

— Quel bon vent t'amème de si grand matin
dans ces parages? Tu vas prendre une tasse de
thé avec moi.

— Merci, j'ai déjeuné avant de sortir, mais si
tu me le permets, j'allume une cigarette.

Puis, tandis que Mario continuait paisiblement
sa collation, il commença de se promener de long
en large, sans rien dire. L'autre l'observait du
coin de l'œil, intrigué. Comme aucune question
ne venait, le peintre prit son parti.

— J'ai une grande nouvelle à t'annoncer.

— Tu te maries, parbleu!

— Tout juste et je viens te demander d'être
mon témoin. Le mariage aura lieu dans quelques
semaines; puis-je compter sur toi?

— Absolument.

Mario n'avait pas bronché, bien qu'un nuage
de tristesse eût passé devant ses yeux.

— Je souhaite, poursuivit-il, que vous soyez
heureux, et vous le serez, car vous avez des goûts
semblables et... vous vous aimez.

Ricciardi ne voulut pas comprendre l'interro-
gation que contenaient ces derniers mots. La sé-

rénité de son ami ne laissait pas de le déconcerter.

Après une seconde d'hésitation, il reprit :

— Il y a en tout ceci une chose qui me chagrine, qui gâte mon bonheur, c'est que mon mariage va mettre fin à la vie charmante que nous menions depuis six semaines.

Mario devint très sérieux ; la réflexion du peintre répondait exactement à une question qui sollicitait son esprit. Ce fut d'un ton grave qu'il répondit :

— Si la perspective de cette séparation t'attriste, toi qui commences une vie nouvelle, tu peux comprendre ce qu'elle aura de pénible pour moi qui suis seul au monde.

Lorenzo qui se sentait couler à fond saisit cette expression de regret comme on s'accroche à une bouée.

— Il dépend de toi de ne pas rester isolé.

— Tu dis?

— Que rien ne t'empêche de suivre mon exemple.

— Pardon, je ne comprends pas.

— Eh bien! marie-toi.

— Contre qui?

— Contre personne! Décidément, tu t'es levé du pied gauche ce matin!... N'y a-t-il pas dans notre cercle une petite personne ou plutôt une grande personne qui serait enchantée de prendre modèle sur sa sœur, si quelqu'un que je connais s'avisait de demander sa main?

A son tour, Mario s'était levé et arpentait le salon, tandis que Ricciardi se laissait choir dans un fauteuil avec la satisfaction d'un homme à qui on vient d'apprendre que l'opération dont il était menacé est inutile.

Après quelques minutes, le Siennois s'arrêta et, croisant les bras :

— As-tu été autorisé par quelqu'un à me faire cette ouverture ?

— Non, mais il m'a semblé que vous étiez faits l'un pour l'autre. Sa gentillesse égale sa beauté, tu es, je pense, le premier à le reconnaître.

— Mais encore !

— Taxe-moi d'égoïsme tant que tu voudras, j'y consens ; mais l'idée d'un double mariage m'a séduit ; il nous rapprocherait pour toujours. Tu dois me pardonner mon initiative un peu indiscrète, en raison de l'intention.

— Te pardonner ton initiative, je ne demande pas mieux, à condition que tu ne l'aies prise que vis-à-vis de moi.

— Crois-tu, par hasard, dit Lorenzo sans répondre directement, que j'aurais demandé Eva en mariage sans ton autorisation ?

— Alors, comment sais-tu que je serais agréé si je suivais ton conseil ?

— Pas l'ombre d'un doute à ce sujet. Sans te découvrir, j'ai poursuivi une petite enquête. Je ne crains pas de m'avancer en te promettant plein succès si...

Il s'arrêta court, Mario avait repris sa marche et ne l'écoutait plus. Comme le promeneur ne faisait pas mine de s'arrêter, Lorenzo s'impatienta. Il se leva, prit son chapeau et sa canne et se dirigea vers la porte, en disant :

— Je te laisse à tes réflexions, et si ma suggestion te déplaît si fort, mettons que je n'ai rien dit.

Mario parut sortir d'un rêve absorbant. Il arrêta le peintre et lui serrant fortement la main :

— Si tu le veux bien, j'irai déjeuner chez toi demain ; jusque-là pas un mot de tout ceci. Quoi qu'il arrive, je te saurai le plus grand gré de ta démarche.

Lorenzo sortit en proie à une anxiété facile à concevoir.

VIII

Mario prit un album sur un guéridon et s'assit devant son bureau. Mélancoliquement, il arrêta ses regards sur une photographie, un instantané pris dans une allée de la villa Mattei. Souvent, depuis qu'il avait développé le cliché, il se plaisait à considérer le groupe des deux jeunes filles, semblablement habillées, qui se tenaient par la main. Des chênes verts, des buis et un vieil hermès noirci formaient le fond de ce tableau de genre.

Et il se demandait non sans un léger frisson d'inquiétude, s'il n'abordait pas une phase critique de son existence. Le premier symptôme de cet état anormal, il l'avait noté le dernier vendredi saint. En essayant de se frayer un passage au milieu des étrangers accourus à la basilique latérane pour entendre chanter le *Miserere* par la maîtrise, il s'était trouvé à l'improviste face à face

avec les dames Silvestrini. La sombre nef lui
avait paru s'illuminer aussitôt.

Plusieurs fois, il avait cru aimer; mais ses en-
traînements, faits de galanterie ou de sensualité,
vrais caprices de l'imagination, ne l'aidaient pas
à éclairer l'épreuve sentimentale qu'il traversait.
Un instinct obscur l'avertissait qu'il était au seuil
d'une grande passion, de l'amour grave et impérieux, tel qu'on le comprend en Italie. D'autre
part, pour être amoureux, il faut un objet; c'est
cet objet qu'il ne réussissait pas à isoler. Jamais
il ne s'était arrêté à la pensée de désirer Laura,
la fiancée de son ami. L'image d'Eva ne soulevait pas davantage en lui l'émotion obsédante de
l'amour naissant. Et, cependant, l'heureux équi-
libre de ses facultés était détruit.

Il en vint à se poser cette question :

— Serais-je amoureux des deux sœurs à la
fois?

Cette supposition le fit sourire, en dépit de son
penchant pour les subtilités. Il se souvint, à la
vérité, que la révélation de la beauté des jeunes
filles, c'était la toile des *Vierges aux Rochers* qui
la lui avait apportée. Puis, peu après, dans le
sentier des grottes, les deux sœurs lui étaient
apparues si semblables, que cette impression
avait laissé dans son esprit une empreinte ineffaçable. De ce qu'il les associât aussi intimement
s'ensuivait-il qu'il éprouvât pour elles un amour
unique et indivisible?

Parvenu à ce point de sa méditation, il résolut
de mettre à profit la belle journée qui s'annonçait
pour demander conseil aux ombrages de la villa
d'Este, témoins des premières effusions. Il alla s'asseoir, après déjeuner, sur la terrasse où il avait
dévoilé un coin de son âme à ses jeunes amies, en
leur parlant de ses voyages. Six semaines ! Ce terme
d'évaluation lui parut dénué de sens. Qu'est-ce,
en effet, que le temps, si on le rapproche des
événements qu'il encadre? Que reste-t-il le plus
souvent d'un mois, d'une année, de plusieurs
années ? Bien peu de chose. Les quelques
semaines qui venaient de s'écouler lui paraissaient, au contraire, si remplies, qu'il se demanda
de quoi elles étaient remplies. A cette question,
il ne sut que répondre.

Tant de petits événements s'étaient succédé
qu'il lui semblait connaître les deux sœurs de
longue date. Il se pénétrait de cette vérité que
les plus vieux amis ne sont pas ceux qu'on connaît d'enfance, mais ceux avec qui on a vécu les
plus profondes intimités. Et c'étaient ces délicieuses amies qu'il était peut-être à la veille de
perdre sans retour! Les paroles de Ricciardi ne
laissaient pas de place au doute : on s'attendait
de sa part à une démarche que ses assiduités pré-
sageaient. Tromper cette attente, c'était se fermer
la maison du Capitole, retomber dans un isole-
ment dont l'idée seule lui inspirait maintenant
une sorte de terreur.

Un dilemme se posait, inexorable : épouser Eva ou s'éloigner de Rome. Là était pour lui la question à trancher et à trancher sur l'heure.

Il s'était assis sur le parapet de la haute terrasse. La journée s'achevait dans ce calme harmonieux que les poètes latins ont si souvent décrit. Cette campagne infinie, baignée dans une vapeur violette à travers laquelle filtrait la lumière déclinante du midi, semblait palpiter d'un mouvement lent et régulier. Les montagnes, chargées d'oliviers centenaires, se dressaient avec l'orgueil d'enserrer le noble amphithéâtre au fond duquel émergeait imperceptiblement la coupole de Michel-Ange. Le Siennois se sentait comme pénétré par l'esprit des choses qui l'entouraient; des sensations indéfinissables, très subtiles, le faisaient doucement tressaillir. Il semblait que le principe invisible de la création agît en lui souverainement, comme si la nature éternellement jeune lui communiquait la volupté de vivre et cette ardeur de jouissance qui fait qu'à certaines heures fugitives nous nous croyons capables d'embrasser l'univers dans notre étreinte.

A quoi tiennent la plupart du temps les résolutions définitives chez les êtres qui ne se laissent pas uniquement guider par les froids calculs de l'intérêt personnel, quelle psychologie l'expliquera jamais? A quelles déterminations auraient abouti les réflexions du Siennois si l'air eût été moins léger, le ciel moins pur, le paysage moins séduisant, lui-même l'ignorait au moment où, relevant la tête, il dit impérieusement, comme s'il y eût eu quelqu'un à portée de sa voix :

— Le sort en est jeté, j'épouse Eva.

Sa montre marquait six heures, Il monta dans un wagon du tramway à vapeur qui dessert la voie tiburtine.

IX

Le lendemain, quelques minutes avant midi, Mario faisait arrêter son fiacre sur la place d'Ara-cœli. A gauche de l'escalier monumental, s'ouvre, pendant les quatre mois de la saison chaude, une allée couverte, sorte de berceau de verdure qui s'élève en pente douce jusqu'au sommet de la colline. Arrivé en haut de cette rampe, le jeune homme ouvrit son ombrelle : il avait devant lui la place du Capitole, blanche de soleil, aveuglante dans sa parure d'été. En passant près de la statue de Marc-Aurèle, il sentit les brûlants effluves que dégageait le bronze surchauffé. Il leva la tête : sur le poitrail du lourd cheval, des restes d'or étincelaient; plus haut, l'empereur étendait au loin une main dominatrice, comme s'il eût encore dicté des lois au monde prosterné.

Avant de s'engager dans la rue qui descend vers le Forum, Mario s'arrêta un moment sous le

portique du palais des Conservateurs. On se ma-
riait à l'intérieur, un mariage modeste sans
doute, car deux voitures seulement stationnaient
sur la place. Pourtant quelques curieux, — des
jeunes filles surtout et des gamins, — attendaient
patiemment à l'ombre pour voir sortir la mariée.
Près d'un pilier, un marchand de limonade trônait derrière une console où des pyramides de
fruits dorés, des blocs de glace et des bols de
sucre se groupaient autour de la machine à exprimer le jus des citrons. Au delà des arcades, la
lumière ruisselait.

Tout à coup, un bruit sourd retentit dans le
lointain, éveillant des échos prolongés. Au signal,
les cloches d'Aracœli se mirent en branle ; d'autres
répondirent nombreuses, les unes lentes et graves,
les autres aiguës, grêles, précipitées ; et ce fut pendant deux minutes un carillon assourdissant. Au
coup de canon, tous ceux qui possédaient une
montre s'empressèrent de vérifier l'heure et il est
à présumer que les mouvements n'étaient pas
garantis, car la plupart des propriétaires firent
jouer les aiguilles pour se régler sur l'horloge du
Château Saint-Ange.

Mario n'attendit pas plus longtemps pour
frapper à la porte de son ami. Le couvert était
mis dans l'atelier. Le regard inquisiteur de Lorenzo n'eut aucune peine à constater que les
nuages amoncelés la veille sur le front du Siennois avaient disparu. C'était un excellent présage.

Mario se plaça en face du peintre et, le regardant avec un grand sérieux, il lui dit :

— Es-tu bien sûr de ne pas essuyer un refus quand tu iras tout à l'heure demander pour moi la main de Mlle Eva Silvestrini?

— Ainsi, dit Lorenzo sans essayer de dissimuler sa joie, c'est chose décidée?

— Absolument, et, maintenant, si tu n'y vois pas d'inconvénient, déjeunons, je me sens un appétit de fauve. Que diable! on ne prend pas une décision comme celle-là sans une énorme dépense d'énergie, ça creuse.

On se mit à table, on parla du présent et surtout de l'avenir; après avoir pris son café, Lorenzo se leva, disant :

— Attends-moi ici. Je cours et je reviens t'apprendre le succès de ma démarche.

— Amen!

Moins d'une heure après le peintre rentrait en coup de vent. Il avait enregistré un double succès en présentant à Mme Silvestrini les deux requêtes à la fois.

— Alleluia! cria-t-il!

— Ainsi, dit Mario, je suis agréé.

— Avec enthousiasme par la mère, avec un silence encore plus significatif par la fille.

— Très bien, et quand pourrai-je commencer ma cour?

— On t'attend ce soir à neuf heures et demie.

Mario s'était levé.

— Il ne me reste plus qu'à te remercier, dit-il. Rappelle-toi seulement que tu as pris la responsabilité de mon bonheur.

— J'ai les épaules solides.

— Tu crois que je possède les qualités requises pour rendre une femme heureuse ?

— J'en suis sûr.

— Bravo ! Maintenant je puis dormir sur mes deux oreilles.

X

Lorsque Mario se présenta le soir, il trouva
Mme Silvestrini qui brodait dans le salon, en
l'attendant. Elle lui tendit la main qu'il baisa
respectueusement.

— Allons, dit-elle, embrassez-moi. Je suis
aussi heureuse que vous et, croyez-le bien, nous
sommes toutes très-honorées de votre alliance.
Maintenant, montez sur la terrasse, votre fiancée
vous attend.

Eva était étendue dans un grand fauteuil
d'osier. Regardait-elle le palais des Césars éclairé
par la lune à son zénith ou s'absorbait-elle dans
la vision intérieure d'images plus troublantes? Il
s'assit à ses côtés sans avoir éveillé son attention.
Amoureusement, il lui prit la main. A cet attou-
chement, elle frissonna de la tête aux pieds;
instinctivement, elle ébaucha le geste de retirer sa
main, mais ne l'acheva pas. Ses yeux rencon-

trèrent ceux de Mario ; une flamme s'alluma dans
sa prunelle, puis disparut dans l'ombre des paupières qui s'abaissaient confuses. Lui, contem-
plait ravi ce blanc visage de vierge qui, dans la
nuit latine, semblait translucide ; une émotion
intense l'envahissait, il murmura :

— Je suis venu pour apprendre de votre
bouche que vous acceptez mon amour.

Au son de cette voix changée, la timidité de la
jeune fille s'évanouit comme sous la baguette
d'une fée. Inclinant la tête d'un mouvement
plein de grâce, elle appuya son front contre la
main du bien-aimé. Il y avait dans cet abandon
tant de chaste confiance, tant d'ardeur soumise
que Mario tressaillit et demeura muet, de peur
de troubler prématurément par une manifestation
quelconque de sa personnalité la suprême harmonie de cet instant. Quand la jeune fille releva
la tête, ils avaient vécu chacun de leur côté
d'inoubliables sensations. Ce qu'ils se dirent
ensuite les charma tous les deux ; elle s'était
sentie attirée vers lui dès les premiers jours,
mais elle ne rêvait même pas qu'il en vînt à jeter
les yeux sur une enfant comme elle ; lui, ne put,
hélas ! se peindre tel qu'il s'était analysé. Comment aurait-il conduit cette âme virginale dans
le dédale des sentiments compliqués au milieu
desquels il avait eu tant de peine à se reconnaître ?
Captivé par l'intensité de poésie de la scène qui
se déroulait, enflammé par la séduction qu'exer-

çait sur ses sens le miracle de beauté et de passion latente qui se manifestait à lui, les paroles
qui montaient à ses lèvres étaient empreintes
d'une ardente sincérité. Sous l'empire du trouble
qui remplissait sa vie depuis quelques semaines,
et sous l'influence de la décision qu'il avait
prise, il croyait aimer sa jeune fiancée de tout
l'amour dont elle était digne.

L'apparition de la mère sur la terrasse mit fin
à ce dialogue.

Le lendemain, nos cinq personnages étaient
réunis dans le salon de Mme Silvestrini. Les persiennes mi-closes laissaient entrevoir la pâleur
répandue sur les joues de Laura, seul témoignage
de la contrainte qu'elle avait dû exercer sur elle-
même. Le destin s'était prononcé; elle consom-
merait le sacrifice en Romaine, sans défaillance
et sans restriction. Son sourire semblait affirmer
qu'elle ne remarquait pas le bonheur qui flottait
autour d'elle comme pour la narguer. Ses yeux
humides étaient décidés à ne rien voir, son esprit
à ne rien approfondir. Quant à Mme Silvestrini,
elle rayonnait : l'approche de la double séparation ne parvenait pas à altérer la joie qu'elle
éprouvait de voir ses filles mariées selon leur
goût; la mère triomphait de tout ce que la femme
avait souffert.

Mario annonça que certaines formalités indispensables l'appelaient à Sienne.

— C'est une affaire de deux ou trois jours au

plus, dit-il. Notre mariage n'en éprouvera aucun
retard, car il reste entendu, n'est-ce pas, que
nous nous marions le même jour et à la même
église ?

Chacun acquiesça.

— Savez-vous ce qui serait tout à fait gentil ?
dit Eva.

— Quoi ? demanda-t-on en chœur.

— De faire notre voyage de noce ensemble.

— Tu es folle ! dit Laura vivement.

— Pourquoi ? demanda sa sœur interloquée.

— Il me semble, reprit Laura, que pour un
voyage de noce, il est plus convenable..... Ne
trouves-tu pas, maman ?

Mme Silvestrini approuva.

— D'ailleurs, appuya Lorenzo en s'adressant à
Eva, Mario se propose de vous montrer l'Orient ;
Laura et moi, avons déjà combiné un tour à Paris
et à Londres ; ce n'est pas du même côté.

Eva ne répliqua pas, confuse du peu de succès
de sa proposition.

Le mariage des deux couples fut célébré dans
l'église d'Aracœli par un prélat de la maison du
pape. Ces sortes de cérémonies s'accomplissent
à Rome en petit comité. Pas de cohue banale et
de bousculades comme en d'autres pays. Les
parents et les témoins sont seuls conviés à la
mairie et à l'église.

Sur le front courbé des jeunes gens, le prélat
laissa tomber les paroles sacramentelles qui lient

jusqu'à la mort. Tandis que Laura s'était age-
nouillée, le visage dans ses mains, la grosse
cloche du Capitole retentit pour un anniversaire
patriotique. Le son grave et sonore, descendant
des hauteurs du campanile voisin, arrivait
affaibli sous les voûtes de l'église. Les tinte-
ments lents et réguliers trouvèrent un écho
dans le cœur de la jeune fille; ils y résonnèrent
comme un glas funèbre, comme une voix désolée
prophétisant de prochains malheurs. Frisson-
nante à la pensée de l'acte qui venait de s'accomplir avec son consentement, elle sentit passer
sur elle le souffle glacé de la fatalité.

Dès le soir, les mariés avaient pris leur vol.

XI

Vers le milieu du mois de novembre de cette même année, Laura circulait dans l'atelier de son mari, une gerbe à la main. Dans tous les vases, elle disposait des fleurs. Ce soin terminé, elle s'absorba dans la composition d'une corbeille qui devait trôner au milieu de la table dressée pour cinq personnes.

Ils étaient revenus de voyage depuis un mois. Lorenzo avait loué un grand appartement via Nazionale, en face des jardins suspendus du prince Aldobrandini, ce qui ne l'avait pas empêché de garder son atelier du Capitole. C'est là qu'il avait convié, en même temps que sa belle-mère, Mario et Eva débarqués de la veille dans la capitale. Un déjeuner intime allait réunir les membres de la famile dispersés depuis trois mois.

La toile des *Vierges aux Rochers* resplendissait dans un cadre neuf.

Mme Ricciardi achevait de parer la table quand
on annonça les Leoni. Les deux femmes s'embras-
sèrent avec effusion. Mario serra la main de sa
belle-sœur et, laissant les confidences aller leur
train, il s'approcha du tableau. Il n'avait pas
encore eu l'occasion de l'examiner en présence
des deux sœurs; la ressemblance de Violante
avec Laura le frappa ainsi qu'une découverte.
Jamais modèle n'avait été plus servilement copié.

L'entrée presque simultanée de Lorenzo et de
Mme Silvestrini interrompit le cours de ses réflexions.

A table, la conversation roula sur les voyages.
Après quelques minutes, ce fut Lorenzo qui,
sans se faire prier, entama le récit de ses déplace-
ments. Ils s'étaient d'abord arrêtés dans un excellent hôtel de la vallée du Rhône, un site pittoresque en face de la Dent du Midi, mais le soleil
avait refusé d'entrer en scène et c'est à peine si,
en quinze jours, on avait pu risquer les pieds hors
de l'hôtel.

— Il me semble que c'est l'idéal, pour une lune
de miel, observa Mme Silvestrini.

Sans relever la remarque de sa belle-mère,
Lorenzo assura que les montagnes ne supportent
pas la pluie, qu'on s'y sent enfermé comme au
fond d'une prison. D'un commun accord, ils
avaient gagné Londres par la voie la plus directe.

— Pour y trouver le soleil? interrompit Mario.

Puis il ajouta :

— Quel effet vous a produit la grande métro-
pole?

— Très grande, assurément, et très bruyante.
Malgré cela, elle nous a laissés froids. Il est vrai
que nous n'y connaissions âme qui vive ; et puis,
pas moyen de nous faire entendre.

— Comment? s'écria Mme Leoni, mais Laura
parle couramment l'anglais.

— Ah ! bien oui ! Nous en avons été réduits à
prendre un guide qui ne nous quittait pas plus
que son ombre.

— C'est vrai ? questionna Eva incrédule.

— Que veux-tu ? répondit Laura, on n'essayait
même pas de me comprendre.

— Alors, reprit Lorenzo, nous avons hâté nos
visites aux monuments et nous avons repassé le
détroit.

A Paris, on s'était trouvé presque chez soi.
Lorenzo connaissait déjà la ville pour y avoir
passé un mois, il avait pu en faire les honneurs à
sa femme.

Interrogée par sa sœur sur ce qui l'avait frappée,
Laura raconta ses impressions devant les magasins remplis de tentations, sa surprise au Grand
Prix d'Auteuil où elle avait vu des milliers de
toilettes plus éblouissantes les unes que les autres,
la jouissance exquise que lui avaient procurée les
théâtres un peu petits, mais où tous les acteurs
semblent appartenir à la même famille.

— Et les cabarets de Montmartre, et les cafés-concerts des Champs-Elysées ! interrompit Lorenzo. Figurez-vous que Laura ne comprenait pas un traître mot. Il a fallu que je lui explique les finesses, les sous-entendus.

— Pauvre Laura ! fit Mario énigmatique.

— Voilà, poursuivit le peintre en s'animant, où l'on trouve dans toute sa spontanéité l'esprit parisien.

— C'est le cas de dire qu'il court les rues, dit encore Mario.

Laura paraissait gênée. Si elle avait parlé sans déguisement, elle aurait avoué qu'elle avait été aussi choquée de la vulgarité de ces spectacles, que surprise de voir son mari s'épanouir devant ces platitudes. Les situations les plus équivoques, les expressions les plus épicées provoquaient chez lui de véritables explosions d'hilarité. Elle se demandait comment un artiste de talent pouvait s'intéresser si fort à des productions d'où l'art semblait à peu près exclu. Encore moins aurait-elle pu confesser qu'à plusieurs reprises, elle avait agité la question de savoir si, en pareille occurrence, Mario aurait partagé l'enthousiasme de son époux.

Quand Lorenzo eut livré ses impressions de voyage, ce fut au tour des Leoni d'exposer les leurs. Eva retraça l'itinéraire, énuméra les étapes : Vienne, Buda-Pesth, le Danube, Constantinople, Athènes, Olympie, Corfou. La jeune femme avait

des exclamations joyeuses pour rendre son admi
ration, quand elle arrivait à un endroit qui lui
rappelait de chers souvenirs. Son récit se colorait
à tout propos de remarques qui prouvaient que
ce qu'elle avait surtout vu dans son déplacement,
c'était Mario. Elle rapportait ses jugements, jusqu'à ses paroles et, se tournant vers lui, elle le
prenait à témoin de la fidélité de ses souvenirs :
« N'est-ce pas, Mario? Tu te souviens? »

Lui, se contentait de sourire, en inclinant la
tête.

Après le déjeuner, Eva embrassa sa sœur; puis
l'ayant examinée de la tête aux pieds, elle se
recula de quelques pas et s'écria :

— Quelle délicieuse toilette tu as rapportée de
Paris ! Il faudra que tu me donnes l'adresse.

XII

Au premier souffle de l'hiver, Mme Silvestrini
dut s'aliter. Le médecin ne constata d'abord que
les symptômes d'un simple refroidissement ; mais,
deux jours plus tard, le mal prenait à l'improviste
le caractère d'une grippe infectieuse et la pauvre
femme s'éteignait avant que ses filles eussent eu le
temps de se préparer à cette brusque séparation.
Leur douleur fut profonde. Laura, qui avait encore
présents à la mémoire les soins dont sa mère
l'avait entourée, demeura, quelques semaines
durant, comme anéantie. Lorenzo et Mario prirent
une part sincère à l'affliction de leurs femmes ;
Mme Silvestrini avait trouvé le moyen de leur faire
oublier sa qualité de belle-mère.

La succession se liquida tambour battant, les
deux sœurs ayant manifesté le désir d'écarter tout
litige. Leoni observa néanmoins, au cours des réunions de famille, que, tout en affectant le désin-

7

téressement, son beau-frère n'attachait pas une
mince importance aux questions d'argent. Sous
les traits de l'artiste, perçait la silhouette de
l'homme d'affaires.

Les Leoni restèrent provisoirement à l'hôtel.
Mario remaniait de fond en comble un *villino* qu'il
avait acheté dans le quartier Ludovisi, mais on ne
savait pas au juste la nature des travaux qu'il
y faisait exécuter. Lorenzo ayant tenté de percer
le mystère, se perdit au milieu des échelles.

Celui-ci s'installait, de son côté, dans l'appartement de la via Nazionale.

— Si tu voulais, dit-il un jour à sa femme, nous
pourrions, sans faire des folies, nous créer un intérieur artistique; il suffirait de consacrer une heure
ou deux, le matin, à courir les antiquaires.

L'idée sourit à Laura. Les investigations commencèrent aussitôt, conduites par Lorenzo avec
une expérience consommée. Quoique habituée aux
marchandages, en vraie Romaine qu'elle était,
Laura dut reconnaître que son mari était passé
maître dans l'art de réduire un brocanteur aux
abois. Cette chasse aux curiosités passionnait la
jeune femme. Peu à peu, l'appartement se para
de meubles et de bibelots dont aucun n'aurait
allumé les convoitises d'un connaisseur, mais qui,
disposés avec goût, ne laissaient pas de faire illusion.

Lorenzo rayonnait. Il passait l'après-midi dans
son atelier du Capitole, apportant à son travail

une ardeur doublée par la conviction qu'il avait
d'être né sous une heureuse étoile.

Les deux ménages se rencontraient souvent dans
la stricte intimité que comportait leur deuil. On se
réunissait d'ordinaire chez les Ricciardi. Quand,
après dîner, on annonçait sa sœur et son beau-
frère, le visage de Laura s'éclairait d'une lueur
fugitive. Mme Leoni racontait les événements de la
journée avec une vivacité amusante et des saillies
juvéniles. Puis Lorenzo et Laura exhibaient leurs
dernières emplettes, on causait bibelots, ameuble-
ment, art décoratif; mais Mario ne sortait pas du
domaine des généralités, comme s'il se fût réservé
de choisir un autre terrain pour exprimer ses
idées personnelles.

Ce genre de conversation la laissant indifférente,
Eva s'asseyait au piano et déchiffrait en sourdine
ce qui lui tombait sous la main, sans remarquer
que Mario ne lui tournait plus les pages. Puis
Mme Ricciardi remplaçait sa sœur devant le cla-
vecin. A quelques nuances près, on aurait pu se
croire dans le salon de Mme Silvestrini.

Un soir, en se retirant, Eva confia dans le plus
grand secret à sa sœur qu'elle était enceinte. Le
grand événement devait se produire au mois de
septembre ou d'octobre.

— Quel intérêt ce serait dans ma vie, se disait
Laura en se couchant, si pareille faveur m'était
accordée !

Le printemps s'écoula sans lui faire à cet égard

la moindre promesse. Lorenzo, qui avait décidé, dans son for intérieur, qu'il serait le premier à avoir un fils, se sentit atteint, humilié, dans sa dignité d'homme.

Aux approches de l'été, les Ricciardi partirent pour le nord, tandis que Mario parcourait les monts Albins, à la recherche d'un gîte pour l'été. Eva ne se croyait pas de force à affronter les fatigues d'un long déplacement.

Leoni jeta son dévolu sur une maison voisine du village de Nemi. C'était un endroit écarté, solitaire. On apercevait à gauche les murailles farouches du château des Orsini. En bas, le lac, formé dans l'entonnoir d'un cratère éteint, luisait dans la journée comme un saphir en fusion et prenait, vers le crépuscule, la couleur de l'ardoise.

Sitôt installée, Eva se laissa séduire par la tranquillité du lieu. Elle exagérait les précautions que nécessitait sa grossesse, risquait timidement quelques pas sur la route au bras de son mari, restait des journées entières étendue au milieu des fleurs, brodant de minuscules bonnets d'enfant ou lisant les romans français dont elle raffolait.

Mario, qui connaissait la région de longue date, se faisait une fête d'y passer l'été. Et puis, il n'avait qu'un saut à faire pour surveiller les travaux qu'on exécutait dans son villino de Rome. Plusieurs semaines durant, il battit les bois en tout sens, grimpant au sommet culminant du Monte-Cavo ou descendant sur les bords du lac par des sentiers

broussailleux, à peine tracés. Des saules énormes,
centenaires, baignaient leurs racines dans l'eau
claire ; les hautes branches, en se rejoignant, en-
gendraient des retraites pleines de mystère et
d'ombre dont l'aspect sauvage éveillait l'image des
époques mythologiques. Mario s'asseyait au milieu
des herbes, en face du miroir lacustre, et laissait
sa rêverie s'égarer au hasard.

Rentré chez lui, il racontait ses impressions ;
mais Eva, préoccupée de sa maternité prochaine,
ne pouvait plus parler d'autre chose : le bienvenu
allait paraître ; serait-ce un garçon ou une fille ?
Quel nom choisirait-on pour lui ? Ressemblerait-il
à son père ou à sa mère ? Et les châteaux en
Espagne de se succéder, tous plus féeriques les
uns que les autres.

Au bout d'un mois, Mario avait couru tout le
pays, un peu las de ne trouver personne pour le
suivre, pour aiguiser et renouveler ses sensations
en les partageant. Dès lors, il prit plus souvent le
chemin de Rome, en dépit de la canicule. Il y donnait par dépêche rendez-vous à son tapissier et
conférait avec lui comme un ministre avec son
chef de cabinet.

Précédée d'une cour, entourée des trois autres
côtés par un jardin, la maison avait l'air coquet et
joyeux d'une villa de Cannes. Sous prétexte de
posséder, à Sienne, un palais gothique, Mario
entendait que son hôtel fût décoré dans le style
Louis XVI le plus pur, avec un petit nombre

7.

d'objets d'art, triés sur le volet. Seul, son cabinet
de travail, tendu de velours de Gênes, s'inspirait
de tendances différentes, avec ses bronzes, les
reliures vénitiennes de sa bibliothèque et un pres-
tigieux Melozzo da Forli montrant le pape Innocent VIII entre deux cardinaux.

Un soir qu'il revenait de la ville, sa femme lui
tendit un pli ouvert.

— Tiens, lis, dit-elle. Moi, je vais me préparer
pour le dîner.

C'était une lettre de Mme Ricciardi, une lettre
datée d'Amsterdam, huit pages d'une écriture
serrée dans lesquelles la voyageuse narrait sa
promenade à travers les bonnes villes de la
Belgique et de la Hollande, un long pèlerinage à
des sanctuaires d'art qu'elle ne connaissait pas.
Elle livrait ses impressions dans un langage
familier, sans apprêt, qui la dévoilait toute,
comme aurait fait une confession.

Sa lecture terminée, Mario plia la lettre. Il y
avait une ride entre ses sourcils et dans ses yeux
une ombre de mélancolie.

Laura trouva les Leoni installés chez eux;
l'ordonnance de l'appartement, sobre et raffinée
tout ensemble, la déconcerta. Était-ce donc pour
préparer un intérieur si différent du sien que
Mario s'était enfermé dans un mystère impénétrable? Fallait-il y voir sa réponse aux questions
si passionnément débattues pendant l'hiver?

Eva venait de donner le jour à une petite fille,

une petite Laura. Mme Ricciardi avait accepté avec
joie d'être la marraine de sa nièce ; elle se pencha
sur le berceau et mit un baiser léger sur le front
de l'enfant, sans chercher à dissimuler son attendrissement.

XIII

Le deuil était à peine terminé, que Mario exprima le désir de conduire sa femme dans le monde. Eva n'y connaissait pour ainsi dire personne; elle rêvait et redoutait à la fois de pénétrer dans cet éden mystérieux.

— Le monde ressemble aux fantômes que crée notre imagination, dit Mario; il n'est intimidant que de loin. D'ailleurs, pour te guider dans ce labyrinthe, tu as le meilleur des fils conducteurs.

— C'est-à-dire!

— La beauté d'Ariane.

Eva rougit du plaisir que lui fit ce compliment. Mario ne les prodiguait pas; et elle se prépara, non sans un grand battement de cœur, à affronter le Minotaure.

Dès l'hiver précédent, Mario avait renouvelé connaissance avec quelques-uns des anciens amis

de son père, entre autres avec le prince et la
princesse de Costareaie.

Don Leone Carcano, douzième prince de Costareale, était le chef d'une illustre famille napolitaine qui, ralliée à Murat, avait été tenue à l'écart
par les Bourbons restaurés. Ne pouvant se consoler de leur disgrâce, les Carcano avaient boudé
un demi-siècle durant. C'est pourquoi don Leone
avait salué avec enthousiasme la réunion des
Deux-Siciles au royaume d'Italie. Sa femme
ayant été nommée dame du palais de la reine
Marguerite, à l'avènement d'Humbert Ier, il était
venu se fixer à Rome où il avait loué le premier
étage du palais Conti. C'était d'abord un sports-
man que ce gentilhomme : à Naples ses attelages
reflétaient la correction britannique; dans la
capitale, il suivait exactement les chasses à courre
sur des chevaux irréprochables qui permettaient
à ses soixante-trois ans de franchir les durs
obstacles de la campagne romaine, sans risquer
de rester en panne au passage d'un *staccionata*.
Avec sa longue barbe blanche, ses traits fortement
accusés, l'élégance de sa taille, il ne pouvait
nulle part passer inaperçu. On s'étonnait seulement qu'il n'eût pas été choisi pour exercer une
des grandes charges de la cour, tant sa belle
prestance et son urbanité rappelaient les anciennes
manières.

La princesse, de six ans plus jeune que son
mari, passait pour une femme d'un esprit supé-

rieur. Son train de maison était vraiment princier. Elle ouvrait sa porte à deux battants tous les jeudis du carême. Ces soirs-là, la cour du vieux palais retentissait du bruit des carrosses s'engouffrant sous la voûte et des chevaux piaffant sur le pavé sonore. Les femmes, précédées de leurs valets de pied, montaient l'escalier monumental. Au premier étage, s'ouvrait la salle des gardes, immense, à demi-éclairée, avec son lit de justice surmonté du baldaquin et orné du blason de la famille. Là s'arrêtait la valetaille. Puis à travers des pièces décorées dans le goût somptueux du xviie siècle, on se dirigeait vers le salon où la princesse recevait ses invités.

C'était une salle carrée, d'une hauteur peu commune, même à Rome. Les murs disparaissaient sous une quadruple rangée de tableaux. Le plafond blanc reposait sur une corniche en saillie d'où jaillissaient des stucs d'une conception hautement décorative, dus à l'imagination souvent désordonnée mais inépuisable du Bernin. Quatre-vingts personnes pouvaient s'y asseoir commodément. On éprouvait un éblouissement quand on parvenait pour la première fois au seuil de ce salon. Il fallait le coup d'œil de l'aigle pour découvrir la maîtresse de la maison et, pour la joindre, l'art du navigateur. La princesse circulait sans relâche au milieu de ses invités, interdisant aux hommes de faire bande à part, à moins qu'ils ne fussent des personnages assez importants pour

agiter des questions d'État, s'appliquant par-dessus
tout à ce que les jolies femmes eussent une cour
empressée autour d'elles.

En dehors de ces réceptions officielles, la princesse de Costareale n'admettait dans son cercle
qu'un petit nombre d'élus, ce qu'on nomme en
Espagne une *tertulia*, des familiers qui trouvaient
chaque soir une tasse de thé ou un verre de
limonade. Sans viser à l'esprit, la princesse en
avait beaucoup; bienveillante pour ses amis, elle
se montrait impitoyable à l'égard des importuns,
féroce pour les prétentions injustifiées. On citait
d'elle des mots cruels. Elle avait un sien cousin,
le duc Lupini, qui aspirait, en raison de son
immense fortune, à devenir ministre. En attendant mieux, il était conseiller communal de
Rome. Assidu aux séances du Capitole, il y prononçait de longs discours auxquels lui seul attachait de l'importance. Un soir qu'après avoir dîné
au palais Conti, il alléguait, pour se retirer,
l'obligation de prendre la parole à la séance du
soir, la princesse lui dit sur le ton de la bonhomie :

— Va, mon cher, sauver le Capitole une
seconde fois !

Lupini était sorti enchanté du compliment.

La princesse avait accueilli Mario comme le
fils d'un ancien ami, puis, ayant reconnu qu'il
serait une excellente recrue pour son salon, elle
le pria de lui amener Mme Leoni. Celle-ci vint au
palais Conti un soir de janvier; la princesse fut

frappée de sa beauté, ce qui ne l'empêcha pas de
la trouver un peu neuve; elle ne s'en montra pas
moins gracieuse et fit comprendre à Eva qu'elle
la prenait sous sa protection. En même temps,
elle lui présentait son fils aîné.

Don Giulio Carcano avait vingt-neuf ans. En
dehors d'un goût singulier pour les gravures
anglaises, il n'entretenait d'autre souci que celui
de plaire aux jolies femmes. Grand, mince,
élancé, avec une fine moustache, des cheveux
blonds cendrés coupés en brosse, de grands yeux
rêveurs, il faisait sa cour à voix basse, sur le ton
de la confidence. Don Giulio eût été la bête noire
des maris jaloux sans son habitude invétérée de
se retirer tous les soirs avant minuit pour aller
chercher à la sortie de son théâtre ou rejoindre
chez elle une danseuse célèbre par la souplesse
de sa taille.

Don Giulio s'empressa auprès d'Eva, qui put
échapper ainsi à la tâche ardue de fournir son
mot dans la conversation de la princesse. D'autre
part, elle avait conquis d'emblée un admirateur
dont l'hommage suffisait à consacrer les prétentions d'une femme à la beauté.

Dans ce cénacle, Mme Leoni ne fit qu'un nombre
restreint de connaissances, mais de connaissances
précieuses. La jeune femme avait un fond d'amour-
propre qui la poussait à rivaliser avec les per-
sonnalités les plus en vue. Dès que sa timidité
fut vaincue, elle s'appuya résolument sur le pa-

tronage de la princesse de Costareale par la
recherche de ses avis sur toutes choses. La vieille
dame, qui savait qu'en lançant une jolie femme
elle en agacerait beaucoup d'autres, accepta, sans
se faire prier, le rôle de protectrice. C'était un
atout dans le jeu d'Eva; dès qu'on sut qu'elle
avait ses grandes et ses petites entrées au palais
Conti, les invitations se multiplièrent.

Cependant, comme la princesse napolitaine
s'était créée des inimitiés par ses appréciations
caustiques et ses exclusions, les écueils étaient
semés sous les pas de la nouvelle venue; pour en
triompher, Mme Leoni aurait dû dépenser des trésors de finesse et de ténacité, si elle n'avait pas
trouvé en son mari un auxiliaire incomparable.

Mario avait été pris à l'improviste d'une sorte
de fièvre qui lui faisait rechercher avidement ce
qu'il avait dédaigné jusqu'alors. On aurait pu
croire qu'un esprit malicieux lui avait révélé le
prix caché des distractions dont les oisifs essayent
de remplir le vide de leurs journées, tant il mettait d'âpreté à les poursuivre. A peine eut-il pris
pied dans le monde, qu'il ouvrit les portes de son
hôtel à quelques privilégiés. Les petits dîners du
villino Leoni furent bientôt cités parmi les plus
gais de Rome. On vantait l'esprit du maître de
céans, on vantait la correction du service et la
science du cuisinier. Tout le monde s'accordait à
reconnaître que Mme Leoni réalisait un type
accompli d'élégance; le couple était lancé.

8

XIV

Lorenzo était devenu quasi célèbre. Son mariage, en le mettant en évidence, avait attiré l'attention sur ses œuvres. Les *Vierges aux Rochers* obtinrent à Venise un vif succès, et une médaille au Salon de Paris. Dès lors, les commandes affluèrent à l'atelier du Capitole. Les amateurs commençaient à bourdonner autour de sa réputation naissante, comme des insectes autour d'une lampe.

Prévoyant la difficulté de renouveler son coup de maître au moyen de vastes compositions, Lorenzo prit le parti de se confiner jusqu'à nouvel ordre dans le portrait. Il escomptait par avance, sur ce terrain circonscrit, des victoires faciles et lucratives.

L'année suivante, il envoya deux toiles à Paris et, dès la fin d'avril, il partit pour la France avec sa femme.

La concorde régnait toujours dans le ménage, mais à l'exclusion de toute tendresse. Le peintre reprochait mentalement à Laura sa froideur, une froideur universelle, impassible, qui dépassait de loin les conjectures les plus pessimistes qu'il avait formées avant son mariage.

Il s'était bercé de l'espoir que sa femme accompagnerait Mme Leoni dans le monde, que ses succès l'aideraient lui-même à se faire valoir. C'était une chimère qui s'évanouissait. Aux insinuations les plus détournées, comme aux plus pressantes sollicitations, Laura opposait une résistance qui déconcertait par sa douceur même.

Ce qui achevait de vexer Lorenzo, c'était de se voir méconnu de celle qui aurait dû être la première à proclamer son talent. Ce talent, Laura ne le niait pas, mais elle le considérait comme une force matérielle, impersonnelle pour ainsi dire, qui la laissait de glace. Bien plus, le goût de l'artiste lui était devenu tout à coup suspect. Par esprit d'opposition ou par caprice, elle avait tendu de vert tendre son salon particulier, et elle n'y avait admis que des meubles légers, des gravures, des saxes et des fleurs.

Les Ricciardi passèrent le mois de mai à Paris, elle, ravie de n'y connaître âme qui vive, de n'être connue de personne, de faire ample provision de souvenirs pour ses heures de solitude; lui, subitement allumé par le luxe qu'il coudoyait, sentant fermenter en lui la convoitise des

plaisirs dont l'air était saturé, l'envie, une envie
folle de se révéler à la foule élégante sous les
doubles espèces de l'artiste et de l'homme à
bonnes fortunes.

Un soir, il émit l'idée de finir l'été en Allemagne. Après Amsterdam et Bruges, Munich et
Dresde l'attiraient. Justement, Laura venait de
lire qu'on jouait cette année-là au théâtre de
Wagner; elle répondit que le voyage lui souriait,
pourvu qu'on fît halte à Bayreuth. Bon enfant,
quand on ne contrariait pas ses goûts, le peintre
consentit gracieusement.

— Si nous demandions à Eva de nous accompagner, suggéra la jeune femme.

— Pourquoi pas? Mario est un fanatique de
Wagner, si je ne m'abuse, et il parle allemand
assez couramment pour se faire comprendre. Il
acceptera, j'en mettrais ma main au feu, et nous
aurons un guide tout trouvé.

A Rome, Eva accueillit avec empressement la
suggestion de sa sœur; aussi lorsque, le lendemain, Mario vint souhaiter la bienvenue à ses
parents, Lorenzo lui dit:

— Tu sais que nous nous proposons, Laura et
moi, de faire une tournée en Allemagne et de
nous arrêter à Bayreuth. On donne *Parsifal* et
la *Tétralogie* en troisième série, c'est-à-dire le
10 août et les jours suivants. J'espère que tu
nous accompagneras.

— Bigre! mais c'est une idée lumineuse que

vous avez eue là. Programme magnifique, chan-
teurs de premier ordre, et Franz Richter pour
diriger l'orchestre, c'est un régal de roi. Quelle
bêtise j'ai faite de prendre des engagements!

Laura fit un brusque mouvement et Lorenzo
se récria.

— Oui, j'ai eu la naïveté de me souvenir que
j'ai des parents à Sienne et qu'ils ne connaissent
pas ma femme. Après deux ans de mariage, c'est
tout de même un peu raide! Bref, je leur ai écrit
et, pendant cinq ou six semaines, nous allons
courir de châteaux en châteaux.

— Mais ne pourrait-on pas faire une combinaison, insinua le peintre? Nous irions seuls, ma
femme et moi, à Nuremberg et à Munich, et tu
nous rejoindrais à Bayreuth. La série des opéras,
c'est une affaire de dix jours!

— Impossible, mon cher, il y a les dates. J'ai
naturellement songé à montrer le fameux *Palio*
de Sienne à Eva et on le court le 16 août. Mon
voisin Guidoni a mis le balcon de son palais à
ma disposition.

— Eva ne m'a pas soufflé mot de cet arrange-
ment, interrompit Laura.

— Elle l'ignore!... Il s'agit d'une surprise que
je lui ménage et, à ce propos, je vous prie de me
garder le secret. Quelle guigne! moi qui raffole
des Niebelungen.

— C'est dommage! soupira Laura.

Son rêve s'envolait, ce voyage qu'elle escomp-

tait comme une délivrance. Et quelles raisons
futiles Mario avait alléguées pour se dérober,
comme toujours, des prétextes à peine déguisés!...
Depuis qu'Eva s'était transformée en mondaine,
les réunions de famille avaient à peu près pris
fin. Quand les deux ménages se rencontraient
d'aventure, Mario se montrait aimable, empressé,
galant même avec elle, mais il ne sortait plus,
en lui parlant, du domaine des généralités,
fuyant les tête-à-tête comme on esquive une
corvée. Et elle se sentait seule, cloîtrée dans son
intérieur sans amour ainsi qu'une carmélite au
fond de son couvent. Personne! pas une affection
vive pour la soutenir, la consoler, pour sécher les
larmes qu'elle sentait proches! Sa sœur, elle
l'aimait bien, mais n'ayant pas partagé avec elle
ses joies et ses déceptions de jeune fille, il lui était
interdit de lui confier ses tristesses de femme...

Le programme de Bayreuth comprenait, cette
année-là, l'*Anneau des Niebelungen*, le *Vaisseau
Fantôme* et *Parsifal*. Quand l'orchestre fit entendre
dans le silence et l'obscurité les premières notes
de l'*Or du Rhin*, Laura se trouva transportée
comme par enchantement dans le pays des
légendes. Elle vit les filles du fleuve sacré glisser
à travers les ondes vertes, tandis qu'une mélodie
lumineuse se détachait sur le fond des harmonies
orchestrales, comme une fleur éblouissante sur
un tapis de gazon. On sentit dans cet auditoire
d'élite, ardent et discipliné, tout ensemble,

comme un frémissement d'enthousiasme contenu
qui porta l'émotion de la jeune femme à son
comble. Elle reconnut que jusqu'à cette minute,
la pensée du compositeur lui avait échappé et
son attention s'absorba dans un recueillement
mystique.

Quand, après deux heures et demie, la lumière
reparut dans la salle, Laura crut sortir d'un rêve
passionnant. Lorenzo avait trouvé la séance longue
démesurément. La jeune femme lui ayant fait
part de ses impressions, il avoua que la musique
méritait sa réputation, que l'interprétation laissait
peu de place à la critique, mais il déplora l'absence d'entr'acte.

— Probablement pour ne pas interrompre le
développement progressif du drame, répondit
Laura.

— Quel drame? dit Lorenzo; il n'y a pas l'apparence d'un drame: ces légendes sont enfantines,
elles n'offrent pas le moindre intérêt. La musique
est superbe, j'en conviens, mais on pourrait la
servir à plus petites doses.

Mme Ricciardi se récria. A ses yeux, musique et
paroles composaient un tout homogène, indivisible; elles avaient surgi simultanément dans le
cerveau du maître, comme la forme et la couleur
dans celui d'un peintre. Ignorer ce que sentent
et ce que pensent les personnages, c'était ce
mettre dans l'impossibilité d'apprécier la valeur
artistique de l'ouvrage, sa portée morale.

Lorenzo laissa couler ce flot, puis il répéta dédaigneusement qu'il ne se souciait pas de ces théories d'école, et qu'à laisser deux heures durant dans l'obscurité des gens que la bière n'appesantit pas, on abuse étrangement de leur patience et de leurs nerfs.

Piquée au vif, Laura allait répliquer, quand, par bonheur, un Allemand qui habitait Rome l'hiver vint interrompre la discussion. Encore sous l'impression de l'intransigeance de son mari, la jeune femme se promit de ne reprendre l'entretien sous aucun prétexte.

— A quoi bon! murmura-t-elle.

Rien ne la charmait comme de se promener entre deux actes dans la forêt voisine; elle y retrouvait aux portes du théâtre les grands arbres et la solitude impressionnante de la vieille Germanie.

La *Walkyrie* et *Sigfried* se déroulèrent magistralement. Laura s'abandonnait tout entière à l'ivresse de suivre les phases successives de la tragédie, bercée par les alternatives d'une polyphonie large, inépuisable. Les amours de Sigmunde et de Sieglinde l'émurent par leur naïve spontanéité. Elle partagea le dépit de Brunehilde quand Wotan promit à l'altière Fricka de rompre l'union des amants. Il lui sembla, comme au poète, que le lien conjugal ne peut retenir ceux que la haine sépare. Elle fit des vœux pour la walkyrie désobéissante. Ses yeux se mouillèrent au moment où la lance du plus puissant des dieux frappe son fils à mort et qu'il prononce la déchéance de Brunehilde.

Cependant Wotan se laisse attendrir; il endort la vierge, l'entoure d'un cercle de feu et décide qu'elle sera réveillée par un héros « qui ne connaîtra pas la crainte ». Ce héros, c'est Sigfried qui passe à travers les flammes, tire la jeune fille de son sommeil et s'unit à elle dans un transport divin.

Et Laura pensait qu'elle souhaiterait de s'endormir de la sorte, si un héros dont elle ne démêlait pas les traits devait la réveiller et l'emporter loin de l'existence que le sort lui avait faite... Et tandis que le drame s'achevait, emporté par le torrent des puissantes harmonies, son cœur se serrait à se rompre dans un mystérieux émoi; pour un rien, elle aurait fondu en larmes.

XV

L'hiver suivant, Mme Leoni prit un jour dès le mois de janvier : elle eut la satisfaction de voir réunies chez elle les femmes qui donnaient le ton : décidément on l'adoptait.

Don Giulio Carcano lui faisait une cour assidue qui l'avait d'abord un peu inquiétée. Elle avait cru devoir en toucher deux mots à son mari comme d'une obsession dont elle ne savait comment se débarrasser. Mario l'avait rassurée pleinement : si le caractère de don Giulio l'inclinait à plaire aux jolies femmes, il ne les courtisait que pour la forme ou, si l'on prétère, pour la galerie ; ses assiduités ne compromettaient pas ; d'ailleurs, pour vivre dans la société, il convient d'en subir les lois, d'en respecter les usages, et une femme du monde ne peut pas plus échapper aux poursuites de la malveillance que se soustraire aux hommages. La sagesse consiste à agréer ceux-ci de bonne grâce et à mépriser celle-là.

Cette théorie optimiste surprit la jeune femme et ne laissa pas de piquer son amour-propre. Ne constituait-elle donc pas un objet précieux qui valait la peine qu'on s'en préoccupât? Une confiance aveugle frise l'insouciance et ne décèle pas un excès d'amour. Il ne lui aurait pas déplu de trouver chez son mari un peu moins de magnanimité et un peu plus de jalousie, dût un contrôle affectueux restreindre dans une certaine mesure son indépendance.

Mme Leoni n'eut pourtant pas de peine à se consoler de la liberté qu'on lui laissait. Elle prit une part d'autant plus grande aux plaisirs du carnaval que son tempérament la portait à se montrer plus épouse que mère. La naissance de sa fillette avait fermé l'ère des projets chimériques et charmants que la grossesse avait fait éclore. La petite Laura grandissait comme une Anglaise, confinée dans la nursery. Sa mère la faisait appeler au moment où elle achevait sa toilette. Eva prenait l'enfant sur ses genoux, roulait les boucles blondes entre ses doigts, lui répétait en la caressant qu'elle était jolie comme un cœur, l'embrassait dix fois de suite et la rendait à ses bonnes.

Quelque solides que fussent les liens qui l'attachaient à son mari, Mme Leoni commençait à éprouver la griserie d'être admirée par les uns, jalousée par les autres, recherchée par tous. Sa

coquetterie naturelle se développa rapidement
dans le milieu nouveau où elle évoluait. Elle
avait le don inné de l'imitation. Rien de ce qui
plaisait chez les autres femmes ne lui échappait.
Elle notait avec une sûreté de coup d'œil infaillible un détail de toilette, une inflexion de voix,
une attitude, un geste, et elle savait à l'occasion,
tirer, de ses remarques, un parti inattendu.

Mario ne constata pas sans quelque surprise
qu'Eva s'appropriait sans effort apparent le ba-
gage intellectuel avec lequel les purs mondains
exécutent le voyage à travers l'existence. En
moins d'un an, elle était instruite de tout ce qui
concernait les grandes familles romaines, la
colonie étrangère, le monde diplomatique. Elle
pouvait discuter les derniers romans, effleurer la
politique. Elle avait pénétré les intrigues dont la
société était le théâtre, savait qu'il ne fallait pas
manquer d'inviter M. X avec Mme ***. Mieux que
cela, elle tendait à usurper la réputation de femme
d'esprit.

Dans le salon des autres, elle avait contracté
l'habitude des apartés, entraînant d'emblée l'entretien dans la sphère des questions sentimentales,
amenant doucement ses interlocuteurs à de dan-
gereuses confidences ; mais sitôt qu'elle sentait le
désir des hommes s'éveiller, elle modifiait aussitôt
sa tactique, devenait doucement railleuse, mali-
cieusement incrédule, laissant ses adorateurs in-
certains de ce qu'ils avaient à craindre et à espérer.

Le cercle de la jeune femme se trouva bientôt composé d'un petit nombre d'amis désintéressés et d'une suite de candidats malheureux qui dépensaient le plus clair de leurs loisirs à se surveiller les uns les autres. Ne pouvant alléguer aucun titre authentique à une préférence, ces derniers se consolaient en constatant que nul n'était plus favorisé qu'eux. Le seul dont la présence aurait pu porter ombrage était don Giulio Carcano, car il fallait bon gré, mal gré, s'effacer devant ce courtisan de la première heure, mais ses rivaux avaient, on sait pourquoi, les motifs les plus solides de ne pas lui tenir rigueur.

Les Ricciardi se montrèrent aux réunions intimes du villino Leoni. Avec sa beauté gracieuse et fière, la simplicité tranquille de ses manières, Laura ne pouvait manquer d'attirer les regards; on la jugea pourtant trop froide pour une femme qui devait faire son chemin dans le monde. Le talent du mari méritait des égards qu'on lui refusait d'autant moins qu'il était riche; mais peu à peu, il avait cessé de se contraindre; le naturel, un mélange de suffisance naïve et de roublardise, remontait à la surface. Laura surprenait des sourires peu flatteurs pour celui dont elle portait le nom; elle ne s'en montrait que plus résolue de se blottir dans son coin.

Certains succès avaient mis Lorenzo en confiance. Il lui semblait que l'heure était venue de s'imposer. Aussi cachait-il mal son dépit d'être

9

aussi peu secondé par sa femme. Son amour-
propre commençait à souffrir de se voir en toute
occasion effacé par son beau-frère. N'y avait-il
donc pas en lui l'étoffe d'un premier rôle?

Vers le milieu de février, il convia la société à
l'exposition de ses derniers ouvrages. Mario
entraîna la princesse de Costareale dans l'atelier
du Capitole. Une toile s'imposait par son importance : deux jeunes filles, des Anglaises probablement, et deux sœurs à n'en pas douter, dans un
jardin; l'une assise dans un fauteuil jouait avec
un *lupetto*, au poil frisé, pelotonné sur ses genoux; l'autre, debout, se redressait et regardait en
face d'elle, comme si un objet venait d'attirer
son attention. L'allure du groupe évoquait à la
fois la manière de Van Dyck et celle de Gainsbo-
rough, sans doute en raison de la grâce aristocratique des modèles, les filles d'un membre du
parlement britannique que la douceur du climat
avait attiré en Italie.

La princesse de Costareale fut frappée de la
franchise avec laquelle ces portraits avaient été
exécutés; elle complimenta le peintre, tout en se
disant :

— N'est-il pas curieux que ce garçon vulgaire
insinue tant de poésie dans ses figures? Cela
rappelle ces ténors qui ressemblent à des bouchers
— quand ils n'en sont pas — et qui roucoulent à
ravir des chansons d'amour.

Se penchant vers Leoni, elle lui demanda à

voix basse si Mme Ricciardi se trouvait dans l'atelier.

— La voici, répondit le jeune homme en la désignant.

La princesse manifesta incontinent à Lorenzo le désir de connaître sa femme. Celui-ci s'empressa. Mme Ricciardi, très sobrement, mais très élégamment mise, fit sur la grande dame une impression favorable. Mario l'ayant, un moment après, reconduite jusqu'à sa voiture, la princesse lui dit :

— Je vous fais compliment de votre belle-sœur ; elle est tout simplement délicieuse.

Elle négligea, toutefois, d'engager les Ricciardi à ses jeudis, ne se figurant pas le peintre dans son salon : elle se contenta de leur envoyer une carte pour la dernière de ses réceptions. Laura rompit l'enveloppe en présence de son mari. Après avoir pris connaissance de l'imprimé, elle le tendit à Lorenzo en disant :

— C'est un peu tard !

Ricciardi lut avec une extrême attention.

— Pourquoi un peu tard? — La princesse est-elle donc tenue de nous inviter?

— Non, mais à mon humble avis, il est incorrect d'attendre son dernier jeudi pour nous faire signe. C'est comme si elle nous disait : je veux bien vous recevoir, mais pas plus d'une fois.

— Quelle susceptibilité ridicule ! s'exclama

Lorenzo qui croyait retrouver chez sa femme un parti pris de réclusion.

— En tout cas, je te préviens que je n'irai pas chez la princesse, répondit Laura piquée.

— Libre à toi d'avoir tes nerfs, répliqua le peintre plus sèchement encore ; pour moi, je ne commettrai pas la bêtise de répondre à une gracieuseté par une impertinence.

Et il sortit en tapant la porte.

Laura demeura un instant abasourdie. C'était la première fois que son mari lui parlait sur ce ton ; il fallait que ce fût la dernière. Elle se promit de ne tolérer sous aucun prétexte une nouvelle incartade. Son instinct l'avertissait que lancé sur cette pente, le peintre ne s'arrêterait plus.

Le jeudi suivant, Ricciardi se présenta seul au palais Conti. Au regard interrogateur de la princesse, il répondit par des excuses : Mme Ricciardi était un peu souffrante, elle était désolée, elle avait été bien sensible à l'honneur... Il aurait pu continuer longtemps sur ce ton, la princesse ne l'écoutait plus. Elle s'était retournée vers de nouveaux arrivants. D'abord un peu décontenancé, Lorenzo reprit son aplomb en apercevant un groupe de jeunes gens au milieu duquel trônait Mrs Harrison.

— Venez vous asseoir ici, lui cria l'étrangère, et dites-nous quelque chose de drôle.

Le lendemain, au déjeuner, il se montra d'humeur enjouée. Feignant de ne pas remarquer

le maintien glacial de sa femme, il raconta sa
soirée, s'extasiant sur la somptuosité des appar-
tements et sur l'animation de la fête. Il n'omit
qu'un détail : l'accueil sec que lui avait réservé
la maîtresse de la maison.

XVI

Il y a beaux jours que la semaine sainte n'attire plus la foule au Vatican, mais les Romains et les étrangers se plaisent à entendre chanter les ténèbres dans les basiliques majeures. Saint-Pierre se transforme, le jeudi saint, en un salon mondain où l'on fait de la musique; on peut y causer des sujets les plus étrangers à la cérémonie sans scandaliser personne.

A Saint-Jean-de-Latran, le lendemain, on retrouve, devant la grande mosaïque absidiale, les mêmes auditeurs, animés de la même curiosité distraite, mais l'air qu'on respire est sépulcral. Mme Leoni y contracta la grippe.

Mario ne la quitta pas tant qu'elle garda le lit; il reprit ensuite son train de vie habituel. La jeune femme, un peu surprise de voir son mari sortir tous les soirs, lui en fit de timides reproches. Il sembla tomber des nues. S'il se montrait chez

leurs amis, c'était par convenance, mais pour peu
qu'Eva en exprimât le désir, il s'abstiendrait.

— Non, non, répondit-elle vivement ; le docteur
m'ordonne le repos, je ne dois pas veiller. D'ailleurs, Laura m'a offert de me tenir compagnie
après dîner. Tu as raison, il serait ridicule de
changer sa vie pour un rhume.

Mais tandis que ses lèvres formulaient cette
approbation, son cœur tout bas protestait. Il lui
semblait que si Mario eût été confiné dans sa
chambre, l'envie de se distraire ne lui serait pas
venue. Ce fut une impression fugitive qui s'effaça
bientôt dans son esprit.

Au premier signe, Mme Ricciardi accourut. On
causait à cœur ouvert. Eva, encore vibrante des
événements de la saison, égrenait le chapelet des
menus scandales, des mariages, des brouilles. La
sœur aînée opinait que ces choses ne méritaient
guère qu'on s'y intéressât.

Un soir que Laura venait d'émettre un de ces
jugements sévères, Mario, qui n'était pas encore
sorti, quitta sa réserve indifférente et fit une déclaration de principes inattendue ; sans doute le
monde est pavé de banalités ; cela tient à ce que
la généralité des hommes — et même des femmes — appartient au grand troupeau : c'est pourtant là qu'on rencontre le plus d'esprit et de
qualités éminentes, car la société romaine a cessé
d'être exclusive, elle accueille avec empressement
toutes les supériorités pourvu qu'elles se parent

de bonnes manières et de politesse ; c'est un lieu commun facile d'affirmer que les gens du monde ont tous les travers, tous les défauts, tous les vices, et qu'ils manquent de fond. Les critiques sont le plus souvent débitées par ceux que le monde exclut. En réalité, les salons voient défiler des talents de toutes nuances. Pour les trouver, il suffit de les chercher ; tant pis pour ceux qui ne les cherchent pas.

Ce ton doctrinal tranchait tellement avec les habitudes de langage de son mari, qu'Eva crut y voir une leçon à l'adresse de Laura. Elle s'empressa, quand Mario fut sorti, de plaisanter sur le penchant qui l'entraînait au paradoxe.

Mme Leoni surprit cette intention conciliante ; l'impression qu'elle emporta n'en fut que plus pénible. Pour une fois que son beau-frère daignait discuter avec elle, c'était pour condamner ironiquement sa manière de voir.

Vers le milieu d'avril, Lorenzo partit pour Paris, afin de surveiller l'installation de ses envois. Laura avait trouvé un prétexte pour ne pas l'accompagner. L'espoir du peintre ne fut pas déçu. Une première médaille affirma son succès ; les appréciations de la critique le consacrèrent.

Il reprit le chemin de l'Italie, la tête pleine de grands projets, ne fit que traverser Rome et y revint la semaine suivante, après avoir loué, pour la saison d'été, une villa bâtie sur la falaise de Sorrente.

Son premier soin fut de courir chez les Leoni
et de leur offrir l'hospitalité de sa villa. On ordonnait précisément les bains de mer à Eva, mal
remise de sa grippe. Mario ne s'attendait pas à
cette invitation. Ne trouvant pas d'objection à
formuler, il hésita un instant et finit par accepter
de la meilleure grâce du monde.

XVII

Le 15 juillet, Mme Ricciardi était installée. Eva la rejoignit quelques jours plus tard avec sa fillette, une enfant de deux ans qui avait les yeux de son père et des boucles blondes, legs atavique de quelque ascendant oublié. Les maris arrivèrent ensemble, la semaine suivante.

Ils avaient causé tout le long de la route. Le peintre ne tarissait pas sur Paris, sur les connaissances qu'il avait faites, sur la vie facile qu'on mène entre les boulevards et les Champs-Elysées. Ah! tous ses succès n'avaient pas été obtenus sur le terrain de l'art!

Dissimulant sa surprise, Mario laissa voir que ces confidences l'intéressaient à un haut degré. Il n'en fallait pas davantage pour délier la langue de Ricciardi. Sans se faire prier, il entra dans des détails intimes qui attestaient de façon péremptoire le peu de place que Laura occupait dans sa vie.

— Pauvre femme! pensa le Siennois.

La villa surgissait sur la falaise granitique. Elle se composait d'un *casino* et d'un grand jardin. La maison ne se réclamait d'aucun style, car, à côté d'un toit à l'italienne, s'élançait une tour surmontée d'une pointe gothique. Habitée l'hiver par des Anglais, les Wilson, elle renfermait tous les accessoires propres à assurer le confort. Ce qui faisait le charme de cette résidence, c'étaient les plantes rares dont le jardin était rempli et les pins parasols, vieux d'un siècle, qui ombrageaient la terrasse du côté de la mer.

Mario, qui connaissait Rio de Janeiro et le Bosphore, assurait que le golfe de Naples supportait la comparaison. Au Brésil, c'était la grandeur sauvage, à Constantinople la splendeur de l'Orient, ici l'harmonie des lignes et des couleurs. Lorenzo préférait d'instinct les paysages restreints aux horizons sans limite; le golfe n'en exerçait pas moins sur lui sa séduction. Il semblait parfois qu'une poussière impondérable d'azur voltigeât dans l'atmosphère, mais dans ce bleu, les nuances variaient à l'infini, depuis les tons diaphanes du ciel jusqu'aux teintes soutenues et profondes du Vésuve. Sur les pentes de la montagne, des taches blanches innombrables brillaient sous le soleil d'été, tandis que dans l'air immobile, la fumée du volcan s'élevait d'abord perpendiculairement, puis, sous l'action d'un courant supérieur, s'épandait comme une nappe horizontale au-dessus du

cratère. attestant que le feu intérieur veillait toujours et que, de cette apparente sérénité, pouvaient
surgir à l'improviste la tempête et la mort.

Au pied de la falaise à pic, l'effort séculaire des
flots avait creusé des grottes. Quelques contre-
bandiers s'y étaient installés, vers le milieu du
siècle. On racontait à ce propos une anecdote
romantique. Le fils d'un contrebandier avait
conçu une passion ardente pour une fille du
pays. Les parents de la donzelle encourageaient
la recherche de l'amoureux, mais elle était restée
obstinée dans son refus, si bien que, désespéré,
le pauvre garçon avait escaladé un soir la falaise
encore inhabitée et s'était laissé choir dans le
vide. On montrait l'endroit témoin de ce drame.

Dès que les nouveaux hôtes de la villa Wilson
se trouvèrent réunis, la vie s'organisa. Le matin,
on descendait sur la grève pour se baigner. Dans
l'après-midi, chacun employait son temps comme
il l'entendait.

Lorenzo entrevoyait l'avenir sous les teintes
les plus riantes. Rome lui paraissait maintenant
une ville morte, enlisée dans le souvenir] déce-
vant de ses gloires passées, roulant dans le cercle
sans issue de préoccupations d'un autre âge; un
artiste de valeur y laissait totalement languir ses
facultés créatrices. Et il songeait à Londres, à
New-York, à Paris, aux deux premières villes
pour y faire fortune, à la troisième pour y
répandre royalement l'argent gagné. En atten-

dant, il coulait ses jours dans une oisiveté relative, crayonnant des paysages, lavant des aqua-
relles.

Les femmes passaient leurs matinées ensemble.
Après déjeuner, Eva, toujours un peu lasse, se
retirait volontiers dans sa chambre, tandis que
Laura descendait au jardin pour songer ou pour
lire. Parfois le bébé faisait une bruyante apparition sous l'ombre des allées. Laura prenait sa
petite nièce sur ses genoux, ondulait les boucles
blondes de ses cheveux, lui apprenait des mots
familiers et, si personne ne l'observait, dévorait
l'enfant de baisers.

A la surface, Mme Ricciardi n'avait presque pas
changé, mais les symptômes d'une préoccupation
incessante se lisaient dans la fixité de son regard,
dans l'expression figée de son visage mobile.
Quelque passion que la musique lui inspirât
naguère, elle ne s'asseyait plus que rarement au
piano ; elle ne chantait jamais, quoique sa voix
eut repris avec le temps sa fraîcheur et son élas-
ticité. Il semblait que toute initiative lui pesât,
tant elle se montrait invariablement disposée à
faire ce qu'on lui proposait, mais sans élan. Vis-à-
vis de Mario, elle observait maintenant une certaine réserve, voisine de la froideur, mais c'était
une attitude toute défensive qui ne se traduisait
par aucun acte, par aucune parole dont il pût
prendre ombrage. Il aurait fallu une rare puissance d'observation pour saisir les indices de la

rancune obstinée cachée sous ces apparences
correctes.

Mario se laissait vivre, libre de tout souci
apparent. Il partait fréquemment pour des excur-
sions solitaires, passant des journées entières à
sillonner le golfe; il aimait aussi à se retirer
dans son cabinet pour y travailler, — il le disait
du moins — à une importante étude de psychologie expérimentale ; quand tous les hôtes de la
villa se trouvaient réunis, au moment des repas
ou le soir sur la terrasse, il prenait une part
active à la conversation, la faisant passer, avec son
art habituel, des sujets sérieux aux sujets les
plus frivoles ; mais, pris involontairement d'une
grande pitié pour sa belle-sœur, il l'observait à la
dérobée avec une attention inquiète. Les confidences de Lorenzo hantaient son souvenir. En
notant le détachement de toutes choses que
décélait la manière d'être de Laura, il se disait
qu'elle souffrait de se voir délaissée sans raison,
car sa beauté formait plus que jamais le com-
plément harmonieux des dons de son esprit.

XVIII

Quand il faisait beau, on dînait sur la terrasse, en plein air ; c'était une volupté toujours nouvelle pour ces âmes d'artistes.

Un soir qu'Eva, contrariée par une violente migraine, était remontée dans sa chambre, sitôt le dîner achevé, les trois autres personnages, assis dans de vastes fauteuils d'osier, semblaient savourer en silence le charme de voir le ciel changer de couleur au-dessus d'eux. Les hommes fumaient ; Laura, la tête renversée en arrière, ne faisait aucun mouvement. Peu à peu, la nuit était venue, d'une limpidité infinie ; le ciel, constellé d'étoiles brillantes comme des pierreries, laissait tomber sur la terrasse une clarté mystérieuse, encore atténuée par le voisinage des grands arbres.

S'adressant à son beau-frère, Lorenzo dit à voix basse :

— Je crois qu'elle est endormie.

Sans changer de position, Laura répondit :

— Pas le moins du monde.

— Alors tu rêves, cela n'est pas douteux.

— Non plus... je me laissais seulement pénétrer par la douceur de cette belle soirée.

— Je mettrais ma main au feu, dit Mario sérieusement, que le fils du contrebandier s'est suicidé par une nuit semblable à celle-ci.

— Pour se dissimuler la hauteur de la falaise, fit Lorenzo railleur.

— Le soir d'un beau jour, poursuivit Laura sans tenir compte de l'observation de son mari, est bien fait, en tout cas, pour porter à son comble un désespoir comme celui du pauvre abandonné. Dans l'approche de la nuit, comme dans celle de l'hiver, n'y a-t-il pas une image émouvante de la mort ?

— Cela est si vrai que, pour échapper à ces séduisantes perspectives, je vais m'enquérir de ce qui se passe dans le monde, dit Lorenzo ironiquement, et prenant les journaux qu'un domestique venait de déposer sur la table, il se dirigea vers la maison.

Laura qui, tout en parlant, s'était redressée, inclina de nouveau la tête à cette boutade. Mario qui l'observait, crut apercevoir, un moment après, des larmes perler dans les yeux de sa belle-sœur.

La révélation de cette détresse lui communiqua une émotion si vive que, sans autre réflexion, se penchant vers elle, il lui demanda sur un ton d'inquiétude :

— Vous souffrez ?

Il dut regretter son indiscrétion, tant l'effet qu'elle produisit fut brusque et inattendu. La jeune femme avait relevé la tête par un mouvement violent.

— Que vous importe ! fit-elle durement.

Mario demeura interdit, sa gorge se contracta ; il ne trouva rien à répondre.

Après un silence de quelques secondes, Laura poursuivit d'une voix que la colère faisait trembler :

— Cette marque d'intérêt de votre part est véritablement touchante, et vous vous étonnez sans doute que je ne vous en témoigne pas toute ma reconnaissance. Mais, j'y pense ! Il est probable que vous prenez plaisir à étudier mon état d'âme, en psychologue, et dans je ne sais quel but littéraire !

Ceci fut débité avec une intention si manifeste de malveillance, l'accent reflétait un dédain si profond que Mario se cabra sous l'outrage comme s'il eut senti sur sa joue le cinglement d'une cravache.

— Voilà, dit-il froidement, de bien étranges paroles ! Je ne m'abaisserai pas à en chercher la raison, mais vous auriez pu me signifier autrement que votre hospitalité vous pesait. Permettez-moi donc de prendre congé de vous ici-même.

10.

Et il s'inclina comme pour s'éloigner.

Dans un éclair, Laura comprit à quel point sa sortie était inconcevable. A quelle étrange tentation avait-elle donc cédé? En même temps, la vision de l'issue fatale à laquelle aboutissait son accès de colère s'imposait à son esprit. Ce fut donc d'une voix changée, méconnaissable qu'elle murmura :

— Pardonnez-moi, je ne parlais pas sérieusement.

— Ce n'est pas là matière à plaisanterie, dit Mario d'un ton glacial. D'ailleurs, l'accent corroborait les paroles. Souffrez donc, Madame, que je maintienne une résolution irrévocable.

Laura s'était levée ; elle se rapprocha de son beau-frère. Un moment, elle demeura silencieuse, comme suspendue entre des résolutions contraires. Enfin elle s'exprima en ces termes, d'une voix que l'émotion brisait :

— Je vous ai blessé, je le vois, mais il faut absolument que vous me pardonniez... je suis si malheureuse ! Vous l'avez deviné, vous me l'avez dit, et c'est ce qui m'a fait tant de mal. Songez que depuis des mois, vous ne m'avez témoigné que froideur et que dédain ! Il me semblait discerner en vous la volonté ferme de m'éloigner de votre ménage. Sous les paroles d'intérêt que vous venez de m'adresser, j'ai cru sentir comme une ironie cachée, la satisfaction de constater ma faiblesse. Je vous en conjure donc, Mario, oubliez, pardon-

nez et, si vous le voulez, plaignez-moi... bien que
mes chagrins vous soient, je le crains, bien indifférents.

Tandis qu'elle s'exprimait d'une voix soumise,
pour ainsi dire suppliante, Mario passait par une
série de sensations contradictoires. Il comprenait
d'instinct qu'il avait fallu à cette jeune femme si
maîtresse d'elle-même de bien graves motifs pour
la faire sortir de son habituelle réserve. En face
de cette misère qui se révélait ainsi, son ressentiment tomba, faisant place à un sentiment tout
autre.

— Je veux vous croire, dit-il doucement; il
me serait vraiment trop pénible de penser que je
me suis si grossièrement trompé sur votre compte.

— Encore une prière, continua Laura, ras-
surez-moi complètement. Dites-moi que je m'abusais en attribuant votre question de tout à l'heure
à quelque vaine curiosité.

— Mon Dieu! ma question était bien naturelle. Quand j'ai vu vos yeux se mouiller après
la boutade un peu brusque peut-être, mais en
réalité assez inoffensive de ce pauvre Lorenzo,
j'ai cru comprendre qu'elle rouvrait quelque
blessure cachée et, devant la preuve de cette
peine, j'ai éprouvé le désir de vous témoigner
ma sympathie. Vos larmes m'ont d'autant plus
affecté que, depuis quelque temps déjà, j'avais
constaté l'air d'accablement répandu sur votre
visage.

— Mais alors, si vous notiez ces symptômes de ce que vous appelez ma peine, pourquoi vous y montriez-vous si résolument indifférent? Je vous assure que votre attitude pour ainsi dire hostile n'a pas peu contribué à augmenter ma tristesse. J'imaginais que j'avais plus de droit à la sympathie... du mari de ma sœur.

— Hélas! à quoi bon marquer qu'on participe aux chagrins qu'on se sent incapable d'alléger, auxquels on ne pourrait peut-être qu'apporter un surcroît d'amertume.

Et, comme la jeune femme faisait un mouvement de surprise, il poursuivit d'une voix sourde :

— Je crains que de lourdes responsabilités ne pèsent sur nous. Qui sait si le jour de notre double mariage n'a pas été un jour néfaste?

— Vous aussi! s'écria Laura.

Ils étaient debout l'un près de l'autre, en proie à une indicible émotion. Ils sentaient confusément que des paroles irrévocables avaient été prononcées, que jamais, quoiqu'il arrivât, elles ne sortiraient entièrement de leur mémoire. Tous deux demeuraient silencieux, comme s'ils avaient peur maintenant d'entendre de nouveau le son de leur voix.

Celle de Lorenzo les tira de cette angoissante situation : il n'y avait rien dans les journaux, et il venait voir si sa femme et son beau-frère avaient suivi l'exemple du contrebandier. Cette

plaisanterie, débitée sur un ton enjoué, rendit
aux jeunes gens leur présence d'esprit. Laura
s'esquiva pour s'enquérir de l'état de sa sœur.
Mario s'assit et Lorenzo suivit son exemple. Ils
échangèrent des paroles banales suivies de longs
silences. La nuit italienne resplendissait dans sa
tonalité neutre. A droite, au-dessus du volcan
perdu dans la nuit, une lueur indécise, inter-
mittente se balançait.

XIX

Mario avait vu toute la nuit l'image de Laura bercer son rêve; le visage de la jeune femme, baigné de larmes, était paré d'une grâce touchante.

Il se leva dès l'aube, s'habilla en un tour de main et sortit sans bruit de la villa, se dirigeant vers le port. Il y trouva son batelier habituel, loua la barque pour toute la journée et manda un gamin prévenir Ricciardi qu'il ne rentrerait que pour dîner.

Tandis que le patron profitant de la brise qui se levait sur le golfe, hissait la voile latine, Mario s'était blotti à l'avant, contre les planches.

Cinq minutes plus tard, la barque filait vers Capri.

Il réfléchissait. La scène de la veille l'avait déconcerté. Plusieurs fois, depuis les confidences du peintre, il s'était demandé si Laura soupçon-

nait les infidélités de son mari. Le doute se dissi-
pait. Aurait-elle laissé entrevoir, à la première
alerte, la blessure saignante, si elle avait con-
servé des illusions? Mais la défaillance de la
jeune femme motivait-elle, excusait-elle sa faiblesse à lui? Pourquoi avait-il perdu soudain
l'empire qu'il exerçait ordinairement sur lui-
même? Parce qu'elle lui avait adressé des paroles
violentes qu'il ne croyait pas mériter?

— Avec les femmes, murmura-t-il, on doit
s'attendre à tout. C'est avec ses nerfs que je me
suis trouvé aux prises. Voilà pourquoi un moment après m'avoir maltraité, elle m'adressait
d'humbles excuses d'une voix si humble que son
accent m'a causé un trouble involontaire.

Selon toute apparence, Lorenzo était inter-
venu à temps pour clore une situation scabreuse.
Mario ne se dissimulait pas l'ambiguïté de ses
propres paroles. De quel droit insinuer que le jour
de son mariage devait être inscrit au nombre des
dates néfastes? Quels griefs articulait-il donc
contre sa femme, et était-il bien fondé à se dire
malheureux? Quelles déductions Laura allait-elle
tirer de cette extravagante confidence?

Tandis qu'il se perdait dans cette méditation,
le bateau, emporté par la brise matinale, courait
incliné sur la crête des vagues courtes et rap-
prochées. Au loin, le golfe ressemblait à un
champs de bleuets piqué de roses blanches. Parfois les lames en rencontrant la coque, se bri-

saient, livrant au vent de vaporeux flocons d'écumes. Mario se laissait éclabousser par cette rosée impalpable, sans s'apercevoir qu'elle mouillait. Son front s'était encore assombri.

Il voyait défiler la procession des menus événements qui remplissaient ses deux dernières années, vains fantômes disparus sans laisser trace de leur passage. Pourquoi?

— Parce que, conclut-il, j'ai réglé ma destinée sur les conseils de mon égoïsme. A force de chercher le repos, j'ai fait le vide en moi et autour de moi. Et dire que je me suis marié pour trouver l'amour et garder l'amitié! L'amour n'est pas venu, et j'ai pris plaisir à décourager l'amitié qui m'ouvrait les bras. C'est pur miracle si elle a résisté. Eh bien! puisque cette charmante et malheureuse femme invoque ma sympathie, abandonnons-la lui tout entière, sans arrière-pensée; contribuons à lui former, s'il est possible, une atmosphère de confiance et de réconfort.

La barque bondissait sur la surface mouvante comme une balle lancée par la main d'un géant. Après avoir encore une fois approché la terre ferme, le batelier virait de bord, la proue dirigée vers Capri.

— Aborde, si tu peux, à la grotte verte, cria Mario.

XX

Lorsque Laura parut, sur le coup de midi, dans le salon du rez-de-chaussée, la grande lumière qui venait du dehors accusa la pâleur mate de son visage, mais sa démarche légère et assurée ne trahissait aucune lassitude.

Elle avait quitté la terrasse, la veille au soir, sous l'empire d'une exaltation temporaire qui lui enlevait le contrôle de ses propres sensations. Les pensées vacillaient dans sa tête, ainsi que dans une sphère vide. Seules, les dernières paroles de son beau-frère continuaient de résonner à son oreille comme une fanfare d'espérance. Au sortir d'une longue période de découragement, l'amour de Mario, subitement entrevu, éblouissait ses regards : elle restait fascinée, inerte, devant cette perspective inespérée. Ce qu'elle avait pris pour le signe d'une indifférence hostile, était l'héroïsme d'une âme noble résolue de garder

11

pour elle seule le fardeau d'une passion sans issue.
Il l'aimait, il souffrait à cause de cet amour, et
elle ne s'en doutait pas...!

Elle s'était couchée machinalement sans que la
fièvre qui fermentait en elle permît à ses paupières
de se fermer. Elle ne reprit sa lucidité que pour
se demander si Mario avait surpris le secret de
son cœur. Sans doute, elle n'avait laissé échapper aucune parole qui trahît son amour, mais
l'aveu ne résultait-il pas à l'évidence des larmes
qu'elle n'avait pas su retenir, de la véhémence
de ses reproches, de l'appel adressé à la sympathie
de celui qu'elle venait d'offenser mortellement?
Si Mario n'avait pas été averti de prime abord par
cette incohérence, la simple raison devait l'amener tôt ou tard à découvrir la vérité.

Alors qu'adviendrait-il?

— Le mari de ma sœur! balbutia-t-elle.

Et en un clin d'œil, son imagination en délire
lui représenta les orages prêts à fondre sur sa
tête : la paix de la famille violée, des complications sans nombre, peut-être le scandale! Terrifiée,
elle sentit un frisson d'angoisse courir sur sa peau.

A la réflexion, elle se rassura. Puisque Mario
avait si jalousement dissimulé ses sentiments,
puisqu'un incident fortuit avait seul triomphé de
sa résolution, il suffisait d'un peu de prudence
pour sauvegarder l'avenir.

Elle avait alors complaisamment échafaudé un
plan de défense à deux où elle aurait pour alliée,

pour complice, la magnanimité de son beau-frère.
Quelle perspective !

Quand la femme de chambre se présenta :

— J'ai à peine dormi, dit-elle, préviens ma
sœur que j'ai la tête lourde et que je ne descen-
drai pas ce matin.

Il était tard quand elle se leva. Elle mit à sa
toilette des raffinements inusités, désireuse d'effacer la trace d'une nuit agitée. Sur le coup de
midi, elle se dirigea vers le salon, impatiente de
donner à Mario l'exemple de la discipline qu'ils
devaient exercer dorénavant sur eux-mêmes.

Eva et Lorenzo l'attendaient pour passer dans
la salle à manger.

— Eh bien, ta migraine ? questionna Eva.

— Beaucoup mieux, et la tienne ?

— Tout à fait passée.

— Alors, à table, dit Lorenzo ; Mario m'a fait
prévenir qu'il passait la journée en mer.

Cette absence aurait dû, ce semble, dissiper les
dernières inquiétudes de Laura ; ce fut le contraire
qui advint. Toutes ses batteries étaient dressées
en vue d'une entrée en campagne immédiate ; a
défection de Mario réduisait ses combinaisons à
néant. Comment ! il se dérobait à la première escarmouche, lui, le paladin sans peur et sans reproche ! Il n'avait donc pas traversé les mêmes
émotions pour aboutir aux mêmes résolutions
qu'elle-même ?

Dès lors, par un revirement instantané, ses

préoccupations reparurent avec une telle force qu'elle dut se faire violence pour les dissimuler. Ne pouvant pas rejeter son défaut d'appétit sur la migraine, elle allégua la fatigue d'une nuit blanche et les nombreuses tasses de thé qu'elle avait bues le matin.

XXI

On se mit à table pour dîner sans que Laura eût recouvré sa sécurité du matin. Mario, retrempé par une journée passée au grand air, se montra plein de bonne grâce, quand on le pria de raconter ses « aventures ».

Après un bain délicieux dans les eaux cristallines de la grotte verte, il avait abordé à la *petite marine*, avait déjeuné dans une auberge sur la grève; puis, contournant le monte Solaro par la route en corniche, il ne s'était arrêté qu'au village d'Anacapri, où demeurait un peintre de sa connaissance, marié à une femme du pays. Et il s'étendit sur le type alternativement grec et arabe des Capriotes.

— J'ai autrefois connu, dit-il, la fille d'un pêcheur du nom de Carmela. Elle conservait, sous le hâle, la pureté de lignes des marbres grecs. Même à Mégare, un jour de Pâques, il est

malaisé de rencontrer des traits aussi classi-
ques.

— Qui sait si cette Carmela n'aura pas trouvé
un prince napolitain pour lui offrir son nom! dit
Eva railleuse.

— C'est très possible! Ces filles de Capri sont à
la fois jolies et honnêtes... en général. Pour les
avoir, il faut les épouser, et on les épouse quelquefois, témoin mon ami; alors, on finit ses jours
à Capri. Lui n'est pas à plaindre; on ne croirait
jamais que sa femme a vendu du corail, pieds nus,
aux étrangers. Et puis, cette petite île est un bijou, une émeraude enchâssée dans l'azur de la
Méditerranée, et comme on y vit tranquille! Il
semble que le vent du large la protège contre le
bruit du monde.

Ces paroles alertes tombaient sur l'âme de
Laura comme une rosée du soir, froide et pénétrante. A retrouver si calme celui dont les aveux
l'avaient délicieusement troublée la veille et dont
la présence lui causait encore un inconcevable
émoi, elle éprouvait une involontaire déception.
Peu s'en fallut qu'elle ne qualifiât mentalement
sa sérénité de froideur et son enjouement d'égoïsme.
La tempête ne s'apaise pas ainsi sans transition.
Les émotions profondes laissent leur empreinte
dans le cœur qu'elles ont fait défaillir. L'amour
de Mario n'était donc pas ce sentiment impérieux
dont elle subissait elle-même la tyrannie!

La pensée qu'elle s'était peut-être égarée à la

poursuite d'une chimère lui infligea une torture
insupportable. Le battement de ses artères se
précipita si désespérément qu'elle ne parvint plus
à cacher son malaise. Mario qui, tout en causant.
ne perdait pas un des mouvements de la jeune
femme, la vit blêmir. Comme le dîner s'achevait,
il laissa tomber à dessein la conversation et se
leva.

Laura quitta la salle à manger comme on
s'éloigne d'un lieu de supplice. Il lui semblait que
son cerveau était vide ; une sorte de vertige l'aveuglait. Vaguement elle comprit qu'elle devait se
retirer au plus vite sous peine de se trahir.
S'approchant du guéridon devant lequel se tenait
Eva qui versait le café, elle dit :

— C'est véritablement stupide, mais après ma
névralgie de cette nuit, je me sens lasse et vais
me coucher. Vraiment, entre Eva et moi, c'est à
qui tiendra le *record* de ces vilains malaises.

Et elle se retira tandis que Lorenzo remarquait :

— Ce sont les bains de mer prolongés en plein
soleil ; on a beau les prendre de grand matin, la
chaleur est déjà forte.

Puis, se tournant vers sa belle-sœur, il ajouta :

— Vous devriez faire comme nous et mettre
des chapeaux de paille à larges bords ; ce n'est
peut-être pas très élégant, mais sous cet abri, on
se moque des coups de soleil.

XXII

Les semaines qui suivirent s'écoulèrent sans bruit. Il semblait que la villa Wilson abritât des hôtes uniquement préoccupés de filer des jours paisibles sous un ciel privilégié.

Eva se remettait à vue d'œil : le sang circulait plus rapidement sous la peau : elle reprenait, avec ses forces, son entrain habituel ; ses yeux se portaient plus souvent vers Mario avec une complaisance amoureuse. Seules, les migraines encore fréquentes rappelaient le mal disparu : pour en adoucir la violence, elle devait recourir parfois à des calmants énergiques, morphine ou chloroforme.

Lorenzo paraissait libre de tout souci. Il n'en profitait pas moins des repas en commun pour conduire une campagne savante. Avec une expansion de surface, des feintes compliquées, des rélicences, des retours en arrière, il levait un à

un les voiles qui cachaient des résolutions mûries
de longue date et arrêtées dans son esprit : le
succès de ses envois à Paris l'engageait à y louer
un pied-à-terre ; sa femme pourrait l'y rejoindre
quand le cœur lui en dirait et si les Leoni vou-
laient les accompagner dans la grande ville, on
ferait une installation à quatre.

Il exposait ces idées ainsi que des éventualités
lointaines, mais ses précautions oratoires cachaient mal le ferme propos de s'établir définitive-
ment en France. Mario, qui lisait dans l'esprit de
son beau-frère comme dans un livre ouvert,
s'inquiétait de l'impression que ces plans d'avenir
devaient produire sur Laura.

— Voilà, se disait-il, le secret de ses alarmes,
de sa tristesse ! Elle entrevoit à courte échéance
le relâchement de son mariage stérile ; elle comprend que Lorenzo médite de se créer une vie à
part.

Aussi ne constata-t-il pas sans une extrême
surprise que, loin de combattre les projets de son
mari, elle l'encourageait à les réaliser. Bien plus,
c'est elle qui souleva des objections contre l'idée
de le suivre en France. Enfin, lorsque Lorenzo fit
allusion à l'escorte possible des Leoni, tout à coup,
elle s'indigna.

— Autant quitter Rome tout de suite et nous
fixer à Paris !

Lorenzo parut frappé de la justesse de ces raisons : il irait donc seul en France, puisqu'il le

fallait. Au fond, il se félicitait d'avoir remporté
cette victoire sans brûler une cartouche. On
approuvait sa conduite en conseil de famille.

Cette rouerie acheva d'éclairer Laura. Que lui
importait, d'ailleurs ? Dans la crise qu'elle traversait, son mari ne pouvait pas lui apporter de
concours efficace. Il avait fallu la menace d'un
nouveau rapprochement avec Mario pour la tirer
de son apathie. La perspective de poursuivre
sous un autre ciel l'expérience, qu'elle subissait à
ses dépens, la révolta. Il lui semblait qu'elle ne
retrouverait l'apaisement que dans son petit
salon de Rome, au milieu de ses livres et de ses
fleurs. L'inaltérable azur de ce long été l'énervait
comme un défi porté au trouble de son âme.

L'attitude de son beau-frère la déconcertait. Ses
égards tranchaient avec sa froideur d'antan ; elle
surprenait quelquefois ses yeux fixés sur elle avec
une sollicitude inquiète, mais aucun symptôme
ne décélait chez lui l'obsession que détermine un
amour réduit à se cacher. Il travaillait, sortait,
mangeait, causait, plaisantait, comme si la scène
de la terrasse n'eut pas eu lieu. Si son cœur
battait, c'était de mouvements bien cadencés.

La vie en commun ne permettait pas à
Mme Ricciardi d'écarter de son esprit le problème
angoissant. Elle ne respirait que les jours où
Mario partait en mer ; mais, à son retour, la fièvre
la reprenait plus violente. Une tension continuelle
de la volonté lui permettait de cacher à son mari

et à sa sœur, observateurs inattentifs, le désarroi
de ses pensées, mais au prix de quelles souffrances !
Son visage diaphane et amaigri, l'atonie de ses
prunelles en portaient l'éloquent témoignage.

La constatation de ce dépérissement rapide
inspirait à Léoni une commisération sans borne,
avec le désir impérieux de venir en aide à sa
belle-sœur; mais l'attitude qu'elle avait prise à
son égard paralysait sa bonne volonté. Après
avoir adressé un appel si pressant à son amitié,
elle se dérobait comme si elle eut pris à tâche de
décourager son dévouement. Se repentait-elle
donc de lui avoir confié ses chagrins et entendait-
elle garder dorénavant ses soucis pour elle seule?
C'était une question qui hantait maintenant l'esprit de Mario, dès qu'il était seul, sur mer ou
dans la montagne. Lentement, sournoisement,
sans qu'il y prît garde, la personne de Laura
devenait le premier, pour ne pas dire l'unique
objet de ses pensées.

XXIII

Au commencement de septembre, une volée de
Napolitains de la meilleure société s'abattit sur
Sorrente. Du jour au lendemain, l'hôtel Tramontano, avec ses terrasses suspendues en face du
Vésuve, se remplit de mouvement et de bruit. Ce
ne furent plus que promenades en voiture à la fin
de l'après-midi, que sauteries se prolongeant fort
avant dans la nuit, selon cette maxime qui fait
qu'à Naples on met son bonheur à se coucher avec
les étoiles.

On se levait au hasard du réveil ; on se plon-
geait dans la mer si on était debout à l'heure du
bain et on faisait religieusement la sieste après
déjeuner.

Quelques jeunes gens qui venaient chaque année à Rome pour la semaine des courses et que le
sport avait rapprochés des Leoni, se présentèrent
à la villa Wilson, aussitôt qu'ils surent quels en

étaient les hôtes. Avec la familiarité napolitaine,
ils invitèrent les Romains aux divertissements de
l'hôtel Tramontano.

Cette proposition ne tendait à rien moins qu'à
bouleverser les habitudes des deux ménages ; elle
fut pourtant accueillie avec faveur, d'abord
par Mme Ricciardi qui inclinait à penser que tout
valait mieux que l'existence à laquelle elle était
réduite. Eva obéissait à des mobiles d'un autre
ordre. Trop étrangère aux complications sentimentales, malgré sa finesse, pour soupçonner le
genre de péril que courait son bonheur conjugal,
elle éprouvait le sentiment obscur que son mari
s'éloignait d'elle. Dans son retour à la santé, elle
aspirait à l'amour, comme une fleur aspire au
soleil quand vient le printemps. Or, l'amour se
montrait trop avare de caresses à son gré. Aussi
salua-t-elle l'arrivée des Napolitains comme un
événement providentiel dont elle pouvait tirer
des résultats inespérés.

Deux femmes conduisaient la bande joyeuse,
jeunes toutes deux, toutes deux jolies, l'une Napolitaine, la duchesse Druso, l'autre transplantée
d'Amérique, Ellen Davis, mariée au prince de
Rocchetta, dont elle avait relevé la situation avec
ses dollars. La première avait des cheveux fauves
ondulés, la seconde des boucles blondes, d'un
blond de suédoise qui s'harmonisait à la perfection avec sa carnation laiteuse, ses lèvres roses
et ses yeux de pâle saphir.

Quoique très liées, les deux femmes dirigeaient des coteries distinctes. Elles tenaient à Naples le haut du pavé. L'Américaine déroutait la médisance bien qu'elle fît tout ce qu'il fallait pour se compromettre. Sa gracieuse personne décelait une telle maîtrise de soi ou, si l'on préfère, une telle inaptitude à l'amour, que ses excentricités les plus audacieuses échappaient aux atteintes ordinaires de la malignité.

Donna Enrichetta, d'une vivacité primesautière, ne cherchait pas à dissimuler que son unique souci consistait à jouir sans arrière-pensée des avantages que la Providence lui avait départis. On lui prêtait plusieurs liaisons, bien qu'elle n'eût que vingt-sept ans.

Le duc Druso, brillant cavalier. homme du monde jusqu'au bout des ongles, traitait sa femme en amie. On allait jusqu'à prétendre qu'ils échangeaient des confidences sur les succès qu'ils enregistraient chacun de leur côté. Quant au prince de Rocchetta, petit et malingre, il était resté dans l'opulence le garçon effacé que Naples avait connu couvert de dettes et réduit aux expédients.

Les nouvelles venues réservèrent aux Romains l'accueil le plus cordial : c'était un renfort qui leur tombait du ciel. Eva entra de plain pied dans l'intimité des hommes et, du premier regard, elle fit de Druso son admirateur. Mme Ricciardi ne se livra pas aussi facilement, mais ses velléités de résistance n'obtinrent aucun succès, les

Napolitains n'étant pas de complexion à en tenir
compte. Bon gré, mal gré, il fallut qu'elle contri-
buât à l'entrain général. Dès le premier soir, on
dansa ; Laura se laissa faire violence et ce ne fut
pas elle qui donna le signal de la retraite.
Mᵐᵉ Leoni comprenait qu'elle ne pouvait éviter le
péril d'une rechute qu'au prix de grands ménage-
ments ; comme elle n'entendait pas compromettre
par une imprudence les plaisirs que lui promettait l'hiver romain, elle sut résister aux instances
et se retira vers minuit.

XXIV

Obéissant aux suggestions de son mari, la duchesse Druso avait prié les Romains à dîner. Elle attendait ses invités en jouant de l'éventail.

— Tout le monde est en retard aujourd'hui, dit-elle.

Au même moment, la porte s'ouvrit et on annonça :

— Le marquis de Santa Cristina.

Grand, de mine correcte, portant une barbe soyeuse qui encadrait un visage allongé d'une blancheur d'ivoire neuf, le nouveau-venu pouvait avoir trente ans, même un peu plus. Ce qui frappait en lui, c'était le mélange de fatigue et de pénétration de son regard. Brillant officier de chasseurs, il avait brusquement donné sa démission pour suivre une étrangère que personne ne connaissait à Naples. Après dix-huit mois passés au dehors, il était revenu seul, morne, muet, impénétrable. On disait tout bas que Druso était l'unique dépositaire du secret de son ami.

Santa Cristina ne se mêlait à la société que par horreur de la solitude : il aimait à s'isoler au milieu de l'animation des autres. Lui-même confessait que rien ne l'intéressait ici-bas. Tirant l'épée comme un maitre, il fréquentait les salles d'armes pour tuer le temps et éviter l'embonpoint. Il avait sur la rade un petit yacht monté par six hommes ; pour ses promenades en mer, il choisissait de préférence les heures où ses amis faisaient la sieste ; le bruit des flots formait à ses oreilles une harmonie savante dont il ne se lassait pas.

— Don Pablo Saavedra, cria le domestique.

Un personnage entre deux âges, que la graisse envahissait, fit son entrée. Il n'avait d'espagnol que le nom. Un de ses ancêtres s'était transporté de Tolède à Naples et y avait fait souche d'Italiens. Par tradition, les Saavedra continuaient à baptiser leurs enfants sous des noms castillans, quoiqu'ils eussent perdu depuis longtemps l'usage et même la connaissance de l'espagnol. Don Pablo ne faisait pas exception à la règle, si ce n'est qu'il agrémentait parfois son discours du juron inoffensif de *caramba*.

La duchesse tendit la main ; le nouveau-venu pour la lui baiser s'inclina aussi profondément que le lui permit le gilet blanc qui le sanglait, après quoi se tournant vers Druso, il dit :

— Comment va, très-cher !

12.

Orphelin à vingt ans, don Pablo avait dissipé
joyeusement son patrimoine en menant grand
train à Paris et à Londres. Ruiné, il n'avait pas
cessé de fréquenter le monde où l'on s'amuse,
soutenu, disait-on, par des parents riches, ne
négligeant pas surtout de se faire héberger par
les gens qu'il divertissait, car il n'eût tenu qu'à
lui de remporter des succès fous dans les petits
théâtres de Naples. Son ventre en balcon, sa
physionomie toujours en mouvement, ses yeux à
fleurs de tête, sa moustache rebelle au fer, ses
joues pendantes disposaient à l'hilarité. Avec
cela, une verve intarissable et une si parfaite
naïveté apparente à débiter les anecdotes les plus
croustilleuses ou à glisser les plus perfides insinuations, que les douairières perdaient le courage
de lui en vouloir.

Lorsqu'on annonça les Romains, le duc et la
duchesse se portèrent à leur rencontre, suivis de
don Pablo et de Santa Cristina, mais, à peine
avait-il fait quelques pas, que ce dernier s'arrêta
court, comme frappé d'ataxie locomotrice. Après
avoir présenté Saavedra, la duchesse lui fit signe
d'approcher. Il serra la main des hommes et
s'inclina profondément devant les femmes, sans
profiter du droit que lui conférait l'usage du *shake
hands*. Son visage était si pâle, si défait, que
Ricciardi, se penchant à l'oreille de Druso, lui
demanda :

— Le marquis a l'air bien souffrant?

— Détrompez-vous, riposta le duc.

Puis, il ajouta :

— Ne vous étonnez de rien avec lui; c'est un personnage muet.

A table, la duchesse avait placé Leoni à sa droite, Mme Ricciardi à la droite de son mari et les deux Napolitains aux dernières places. Il se trouva que, circonstance fortuite ou voulue, Santa Cristina isolait les Leoni, alors que don Pablo servait de trait d'union entre Lorenzo et sa femme.

Après un quart d'heure de conversation générale, Saavedra était lancé. Délibérément, il prit la parole et ne la quitta plus, à la grande joie de Ricciardi qu'émerveillait cet entrain endiablé. Laura se laissa, de son côté, gagner par les saillies d'un esprit nouveau pour elle. Druso n'eut garde de laisser échapper l'occasion. Ses devoirs de maître de maison accomplis, il ne s'occupa plus que de sa voisine de gauche. Il comptait se borner à sonder le terrain, à poser au besoin de simples jalons; les ripostes de la jeune femme ne se firent pas attendre, marquées au coin de la plus pure coquetterie. Eva, en femme à qui ces joutes sont familières, prit en un tour de main l'offensive et plaça son interlocuteur dans l'alternative de rompre ou de se découvrir prématurément. Le duc, qui n'en était pas à ses premières armes, perdit contenance. Ignorant où sa voisine voulait en venir, il craignait que la première rencontre, se passant en jeux d'esprit, n'engendrât un insipide

marivaudage. Il savait qu'en Italie, ce n'est ni par
des traits brillants ni par des fleurettes qu'on plaît
aux femmes. L'amour doit rester sérieux pour être
pris au sérieux.

Cependant Mme Leoni, si prompte d'habitude à
embarrasser les hommes dans leurs propres filets,
dédaigna tout à coup ses avantages, permit à son
interlocuteur de reprendre son sang-froid et de lui
déclarer que la conquête d'un cœur de femme
était le but le plus noble qu'un homme pût se
proposer. Mme Leoni sembla n'avoir pas entendu ;
saisissant au vol une proposition hasardée de
don Pablo, elle y répondit, à travers la table,
laissant son voisin dans l'incertitude de l'effet
produit par sa déclaration de principes.

Voyant le duo s'établir entre Eva et son mari,
la duchesse crut que son devoir lui commandait
d'occuper à son profit l'attention de Leoni. Pour
y parvenir, elle déploya toutes ses grâces. Elle
réussit d'autant plus facilement que son voisin
lui plaisait et que Mario n'accordait pas une
ombre d'importance au manège de sa femme.

La gaieté régna bientôt sans partage, grâce à
la verve de don Pablo.

Lorenzo, étourdi, ravi, riait aux larmes, se
laissait progressivement aller à donner la répli-
que à son voisin ; mais il n'était pas de force à
jouter avec le gros Napolitain qui, sans se dé-
partir du ton le plus courtois, lui décocha coup
sur coup ses traits les plus acérés.

Tout le monde s'intéressait à ce tournoi qui ne
déplut qu'à Laura. Quelque dédaigneuse indifférence
que lui inspirât son mari, elle souffrait de
le voir servir de cible au tir supérieur de don
Pablo. Sa physionomie reprit peu à peu sa gravité
habituelle, sans que personne y fît attention,
hormis Santa Cristina.

Le marquis ne perdait pas un des mouvements
de Mme Ricciardi. Ses moindres gestes, les impressions
éphémères qui se reflétaient sur son visage,
il les relevait, les analysait comme s'il eût voulu
pénétrer son être intime et surprendre le mystère
de son âme.

Le dîner terminé, on rejoignit le reste de la
bande sur la terrasse de l'hôtel. Les deux groupes
se confondirent sans que le duc s'éloignât de sa
voisine de table. Des réflexions pleines de liberté
de la jeune femme, il conclut qu'elle ne lui tenait
pas rigueur. Pleinement rassuré désormais, il
jugea qu'il serait téméraire de compromettre le
succès de ces préliminaires par une assiduité hors
de propos. Il se leva pour allumer un cigare et
entraîna Lorenzo du côté de la terrasse qui dominait
la mer.

Il faisait ce soir-là une température accablante,
comme si le Vésuve fût sur le point de se réveiller.
Le sirocco soufflait en sourdine, transportant
de lourdes humidités. Une proposition de valser
n'obtint aucun succès. Le piano eut beau jouer
Amoureuse dans le salon voisin, les danseurs

ordinaires restèrent ensevelis dans leurs fauteuils ; on causait, on ne dansait pas. Druso,
adossé à la balustrade, humait tout en rêvant, le
parfum d'un second havane quand Mme Leoni,
quittant brusquement sa place, s'approcha de lui
et d'une voix haute lui posa cette question :

— On m'a dit que vous étiez grand amateur de
chasse à courre?

— On vous a dit vrai ; j'adore les exercices à
cheval, quels qu'ils soient.

— Alors vous connaissez nos chasses romaines?

— A parler franc, c'est à peine si je les connais. J'y ai fait quelques apparitions sur des chevaux d'emprunt et elles m'ont vivement inté-
ressé. Quoique familiarisé avec les obstacles du
Yorkshire, je trouve les galops de la *campagna*
plus accidentés, plus fertiles en émotions.

— Puisque vous vous déplacez aussi facilement, pourquoi ne viendriez-vous pas passer
l'hiver à Rome? Nous chassons le renard, mais
je vous prie de croire que ce ne sont pas les seules
distractions de la capitale. Nous serions très-heu-
reux de vous voir... ainsi que la duchesse.

Druso rougit de plaisir ; des lueurs vives et ra-
pides passèrent dans ses prunelles.

— Ce serait, je vous assure, un vif plaisir pour
moi, mais...

— Mais quoi ! Vous ne trouvez même pas une
objection plausible à m'opposer.

— Je veux dire qu'on ne prend pas une décision de cette nature au pied levé. Trois mois hors
de chez soi! ... Qu'en dis-tu, Enrichetta?

Aucun détail de ce manège n'avait échappé à la
duchesse. Elle répondit qu'un aussi long déplacement méritait, en effet, réflexion. mais que rien
ne s'opposait à ce qu'on y songeât.

— Ce serait délicieux, reprit Eva, de nous retrouver tous à Rome cet hiver.

Puis, se retournant du côté de la mer, elle
baissa la voix et continua de causer avec Druso.

Les avances de Mme Leoni, ou plutôt ses provocations avaient surpris le duc et choqué Laura au
delà de toute expression.

— Quelles étranges manières ! se disait
Mme Ricciardi ? Est-ce donc ainsi qu'on se com-
porte dans le grand monde !... Accepter qu'on
vous fasse la cour, passe encore, mais se jeter à
la tête des gens, c'est franchir les limites per-
mises à la coquetterie, car une femme n'a jamais
le droit de faire ouvertement litière de sa réputation. Que doit penser Mario ?

Mme Ricciardi aurait poursuivi ces réflexions,
si don Pablo n'y avait pas coupé court. Visant
Santa Cristina, assis auprès de Laura, il proposa
sur un ton sérieux une promenade en bateau.

— N'est-ce pas, Giovanni, que rien ne vaut une
heure passée sur mer quand il fait, comme ce soir,
une température de serre chaude et tenez, voici
justement la lune qui se lève.

— Sans dou'e.

— Eh bien! partons; seulement je vous préviens que nous ne nous arrêterons qu'à Corcyre.

— Pourquoi Corcyre? dit Laura distraite.

— Ignorez-vous donc que Corcyre et Cythère, c'est la même chose, sous deux noms différents? Le présent et le passé, caramba! Tout vieillit, hélas! l'amour seul reste jeune! Cythère, voyez-vous, est le seul lieu du monde où notre ami, le beau ténébreux, ait chance de se dérider.

Et Saavedra fit une grimace moqueuse, pendant que le visage du marquis se rembrunissait encore.

— En ce cas, reprit Laura par esprit de contradiction, vous deviendrez peut-être mélancolique.

A ce concours inespéré, Santa Cristina laissa percer une gaieté insolite et prononça cette phrase:

— Ce serait véritablement très drôle!

Cette réflexion émanant d'un personnage aussi renfermé dût paraître fort divertissante, car on l'accueillit par un éclat de rire unanime et prolongé.

— Bravo, marquis, bravo! cria-t-on de toutes parts.

Seul, don Pablo ne riait pas; piqué au vif, il répliqua aigrement:

— Pas plus drôle que de te voir folâtre.

Minuit venait de sonner. Eva s'était rapprochée des dames, prenait congé. A son tour, Mme Ricciardi se leva. On échangeait des poignées de main quand la princesse de Rocchetta, qui s'était tenue toute la soirée à l'écart, intervint. Elle proposait un pique-nique général à Castellamare : on partirait à cinq heures, on dînerait à l'hôtel Quisisana et on reviendrait le soir par la route en corniche, avec la fraîcheur de la nuit. Une bruyante acclamation accueillit cette proposition, que les Leoni s'empressèrent d'accepter. Lorenzo objecta, embarrassé, qu'il devait passer deux jours à Naples pour affaires.

— Qu'à cela ne tienne, dit la princesse, nous nous donnons rendez-vous mercredi prochain, à cinq heures, devant la porte de l'hôtel.

Le peintre s'inclina en remerciant.

XXV

Lorenzo partit le lendemain, non pour régler des affaires comme il le prétendait, mais afin de rejoindre dans un pavillon de Pausilippe une chanteuse napolitaine dont il avait fait la connaissance à Paris.

Pendant que son mari courait à ce rendez-vous, Laura en arrivait, de déductions en déductions, aux conclusions les plus accablantes.

— Il est très-possible, se disait-elle, que les légèretés d'Eva aient déplu à Mario au point de lui inspirer le regret de l'avoir épousée. Voilà pourquoi il s'est déclaré malheureux et non parce qu'un abîme nous sépare. Il n'y a donc aucune raison pour qu'il m'aime et il ne m'aime pas.

Au doute des derniers jours, succédait une demi-certitude qui lui apparut tout à coup sous les couleurs d'une épouvantable catastrophe.

A partir de cette minute, Mme Ricciardi ne dor-.

mit plus; elle perdit l'appétit; ses yeux se cernèrent d'un ovale bleuâtre, ses joues pâlirent encore comme si le sang s'en allait. A la moindre alerte, un sursaut coupait, paralysait sa respiration. Plusieurs fois, dans le jardin, la brise automnale ayant soufflé parmi les fleurs, elle sentit ses jambes mollir et faillit tomber.

Mario, de plus en plus alarmé par les progrès de ce mal silencieux, lui demanda un matin si elle souffrait. L'accent du jeune homme révélait une sollicitude si émue que Laura faillit lui ouvrir son cœur. Un reste de prudence, sa vaillance innée la retint à temps. Elle se contenta de répondre qu'elle ne se sentait pas bien et qu'elle allait consulter la Faculté.

— Je me lève tous les matins avec la tête lourde parce que je dors mal : ce doit être l'influence de la mer.

Le docteur posa des questions, ausculta, et, ne trouvant rien, adopta la manière de voir de sa cliente : le séjour prolongé sur la falaise avait surexcité les nerfs et provoqué les troubles dont elle souffrait. Il prescrivit des calmants et conseilla de retourner à Rome, le changement de climat devant suffire pour triompher d'un désordre sans gravité.

Quand Lorenzo revint, sa femme lui apprit qu'elle avait fait appeler le médecin.

— Qu'a-t-il dit?

— Il prétend que ce sont des troubles nerveux

causés par le voisinage de la mer; il me conseille
de quitter Sorrente le plus vite possible.

Cette solution dérangeait les projets de Ricciardi.

— Quels ânes bâtés que ces médecins! Ils
ne voient jamais plus loin que leur nez. La
mer! elle a bon dos, la mer. Ce n'est pas l'air
qui te fait mal, mais l'abus des bains. Je te
l'avais bien dit, on ne se baigne pas en septembre. As-tu vu des Napolitains se baigner en
septembre?

— C'est possible, et je crois que j'ai eu tort,
mais maintenant que le mal est fait, l'air du large
achève de me détraquer

Lorenzo fit observer que la location de la villa
prenait fin le 15 octobre, à peine trois semaines à
attendre.

Laura insista :

— Vraiment je ne suis pas bien, je sens que je
devrais partir.

La voix de la jeune femme décelait un tel accablement, sa figure tirée une si réelle souffrance,
que Lorenzo cessa de discuter.

— Nous avons demain le pique-nique à Castellamare, une promenade en voiture te fera peut-
être du bien. Dans le cas contraire, nous fixerons
immédiatement le jour de notre départ; cela te
va-t-il ainsi?

Laura fit un signe d'assentiment. Enfin elle
allait pouvoir s'enfuir, échapper aux exigences

de la vie commune qui la torturaient. Pour Lorenzo, il pensait :

— Je la laisserai partir, puis, sous le premier
prétexte venu, j'irai passer huit jours à Pausilippe.
Parfait !

Quand Eva apprit que sa sœur allait quitter
Sorrente, elle manifesta l'intention de l'accompagner.

— Reste, au contraire, dit Laura, je t'en supplie. La campagne te réussit; sauf tes migraines,
tu parais tout à fait remise.

— C'est vrai, appuya Lorenzo; je ne vous ai
jamais vu meilleure mine, et, vous savez, ces
couleurs vous vont très bien... D'ailleurs, rien
n'est encore décidé; nous avons remis à vendredi
le soin de prendre une résolution définitive.

Le soir, on servit le café au salon : la pluie de
la journée avait laissé sous les arbres une humidité pénétrante. Lorenzo avait pris un des journaux
que la poste venait d'apporter; les deux femmes
en firent autant. Tout en fumant, Mario alla s'ap-
puyer au chambranle de la porte qui donnait sur
la terrasse. De là, il pouvait, sans attirer l'attention, observer les deux sœurs assises à quelques
mètres l'une de l'autre. Lorenzo n'avait pas
exagéré : Eva semblait transformée par ces deux
mois passés entre le ciel et l'eau; sa beauté dont
le charme résidait surtout dans l'éclat du teint,
s'épanouissait. Quel contraste avec son aînée !

Laura tenait entre ses doigts un journal illus-

tré pour se donner une contenance, car ses yeux
fixaient depuis plusieurs minutes le même point
de la même page. La lumière d'une lampe éclairait une moitié de son visage que contractait une
pensée unique. Mario recula d'un pas dans l'ombre.
Une commisération sans limite lui remplissait le
cœur, tant la prostration mentale s'imprimait fortement dans l'attitude raidie de la jeune femme,
dans l'immobilité de ses prunelles. Un trouble
tout nouveau s'empara de lui.

— Je l'aime, murmura-t-il sourdement.

Il jeta son cigare éteint et cessant de regarder
du côté de sa belle-sœur, il se mit à faire les cent
pas sur la terrasse, en dehors du demi-cercle
lumineux qu'engendrait la clarté venue du salon.
Au bout de quelques minutes, il s'arrêta et dit
encore !

— Je l'aime, à n'en pouvoir douter.

Il se rapprocha de la balustrade, on pêchait
aux flambeaux sous la falaise; plusieurs barques
se suivaient; à la lueur des torches, on discernait les hommes debout à l'avant, un trident à la
main. Mario ne les vit pas; ce qu'il apercevait,
c'était Laura, non pas la femme qui lisait à quelques pas de lui, mais une jeune fille lointaine.
Des détails oubliés se présentaient et voici qu'une
image plus lumineuse allait se matérialisant
devant ses yeux vides. Lui, racontait ses voyages,
et il se sentait enveloppé et comme pénétré par un
regard attentif. Alors il comprit que ce regard-là

avait fixé sa destinée, que depuis cette minute
fugitive, il avait de propos délibéré clos ses paupières pour ne pas voir au dedans de lui-même,
que tout ce qu'il avait enduré de lassitude et de
désenchantement lui venait de la blessure qu'il
avait reçue dans la fatale journée de Tivoli.

XXVI

L'automobile des Rocchetta démarra et disparut
dans un tourbillon de poussière. Les voitures suivirent de très loin, en file indienne. Tout le monde
était d'humeur joyeuse, comme il arrive au début
d'une excursion ou d'un voyage. A un coude de
la route, don Pablo qui précédait, dans le phaéton de Santa Cristina, le landau des Romains, fit
volte-face :

— C'est ici, cria-t-il en étendant la main, que
le comte d'Évian a précipité son fils dans la mer!

On joignit Castellamare sans incident. Après
avoir circulé dans la petite ville, les excursionnistes gagnèrent l'hôtel Quisisana où une table
de dix-sept couverts avait été commandée. Quand
le maître d'hôtel annonça que le dîner était
servi. Rocchetta dit à la ronde :

— Messieurs, le bras aux dames, on s'assied
où l'on veut.

En offrant le sien à Mme Ricciardi, il la conduisit à un des bouts de table, tandis que la princesse, à l'autre extrémité, groupait les Druso et les Leoni autour d'elle. Laura se trouva placée entre le prince et Santa Cristina ; elle courait le risque de rester souvent livrée à ses réflexions, car l'éloquence ne constituait pas le fort de Rocchetta. Contre toute attente, ce fut le marquis qui ouvrit le feu.

— Avez-vous réfléchi quelquefois, madame, à la question des ressemblances?

Laura leva sur son voisin un regard surpris.

— Certainement, répondit-elle, d'autant plus que je ressemble extrêmement à ma sœur.

— Une vague conformité de traits, ce qu'on appelle un air de famille, pas autre chose!

— Maintenant, c'est possible, mais quand nous étions jeunes filles, il est arrivé souvent qu'on nous prît l'une pour l'autre.

Et le souvenir de la confusion dont son beau-frère avait été victime fit passer un nuage de rêverie dans ses yeux.

— Ces ressemblances entre frères et sœurs, entre jumeaux, ne méritent pas, à mon avis, qu'on s'y intéresse. Ce qui me surprend, c'est que deux personnes étrangères l'une à l'autre par le sang puissent former deux exemplaires d'un original unique, comme deux médailles sorties du même moule.

— Pour moi, je suis plus surprise encore de

constater que parmi des millions d'individus de
même race, il est presque impossible de rencontrer deux êtres semblables. Voilà l'incompréhensible.

— Incompréhensible est le mot. La diversité
des individus fait partie des lois de la nature; je
l'admets sans la comprendre. Mais je reste confondu, je l'avoue, quand je rencontre une déroga-
tion flagrante à cette règle, tant je la trouve
inexplicable.

— Vous avez raison.

— Eh bien! Figurez-vous qu'un hasard, un
hasard heureux, m'a mis en présence d'une de
ces ressemblances déconcertantes... Mais je ne
sais si ce que je vous dis vous intéresse.

— Beaucoup.

— En ce cas, si vous m'y autorisez, je vous
ferai juge du fait; après le dîner, voulez-vous?

— Entendu!

La conversation tomba sur cette promesse.

Rocchetta, probablement piqué au jeu par
l'éloquence de son compatriote, reprit contact
avec sa voisine. On parlait théâtre et musique.
Deux jeunes gens soutenaient que l'opéra italien
ne pouvait se rajeunir qu'en adoptant les ré-
formes wagnériennes. Le prince, élevé à l'école
de Rossini, et dont le visage ne s'épanouissait
qu'au moment du ballet, prit Laura pour arbitre.

— Que pensez-vous, demanda-t-il de cette
théorie antipatriotique?

Tout en admirant Wagner, Laura n'admettait
pas que l'imitation du maître suffît à enfanter
des chefs-d'œuvre. Sa réponse fournit un nouvel
aliment à la discussion. On se leva de table avant
d'être tombé d'accord, bien qu'il fût question
d'harmonie. Comme épuisé par son effort, Santa
Cristina n'avait pris aucune part au débat.

Dans la soirée, il pria Mme Ricciardi de lui accor-
der quelques minutes de conversation. Tous deux
se dirigèrent en causant vers un petit salon qui
s'ouvrait sur le grand. Le marquis pria la jeune
femme de s'asseoir et, restant debout devant elle,
il lui tendit un écrin.

— Ouvrez, dit-il.

Laura fit jouer le ressort, se pencha pour regarder et laissa échapper une exclamation de
surprise. Levant les yeux vers le Napolitain, elle
lui demanda vivement :

— De qui tenez-vous cette miniature?

Santa Cristina ne répondit pas directement.

— Comment la trouvez-vous? interrogea-t-il.

— Extraordinaire, et c'est un portrait?

— Naturellement.

— D'une personne que vous connaissez?

— D'une personne que j'ai connue.

Laura examina de nouveau la miniature avec
une attention qui dénotait l'intérêt qu'elle lui
inspirait.

— Autant qu'on peut se connaître soi-même,
finit-elle par dire, il me semble que c'est ma

propre image: avec une coiffure comme celle que
je porte, ce serait à s'y méprendre, mais nous
pourrions soumettre le cas à... mon mari.

Le marquis l'arrêta.

— Pas un mot de tout ceci, je vous en conjure,
à qui que ce soit: c'est le secret d'une morte.

Laura regarda le jeune homme : son visage
étant empreint d'une gravité religieuse.

— Soyez assuré de ma discrétion, dit-elle en
lui rendant l'écrin fermé.

— En dehors de nous deux, personne au
monde ne connaît ce portrait; je n'ai pas résisté
au désir de vous le montrer, parce que votre
voix ressemble aussi à la sienne.

Mme Ricciardi s'était levée; le marquis s'écarta
pour lui faire place. A ce moment, don Pablo entrait dans le petit salon.

Vous savez qu'on part. On a décidé de descendre la colline à pied et de ne reprendre les
voitures qu'en bas : une promenade d'un quart
d'heure dans la poussière et dans la nuit. Singulière idée qu'a eue Druso !

Tous trois rentrèrent dans le grand salon. En
jetant les yeux autour d'elle, Laura constata que
les Leoni et les Druso avaient déjà disparu. Alors
elle se souvint que de toute la soirée ils ne s'é-
taient pas séparés. Elle se joignit au groupe de la
princesse et on descendit bruyamment le chemin
sonore. On atteignit l'endroit où attendaient les
véhicules sans avoir aperçu l'avant-garde. L'au-

tomobile ronflait; Lorenzo y installa les Rocchetta et la machine s'ébranla, suivie à distance respectueuse par les attelages des napolitains.

Sur la route, il n'y avait plus que la calèche de Druso, le landau des Romains et le phaéton de Santa Cristina.

— Nous allons à Tramontano, n'est-ce pas? Je suppose qu'on ne se couchera pas avant d'avoir fait un tour de valse, dit don Pablo.

Laura déclara que se sentant fatiguée, elle préférait rentrer directement chez elle.

— Alors, je te reconduirai, dit Lorenzo, puis j'irai passer une heure à l'hôtel... mais j'y pense, les Leoni n'ont pas de voiture, il faut les attendre.

Saavedra eut un mauvais rire.

— Ne vous inquiétez pas, observa-t-il avec intention, ils ne se perdront pas seuls, ils sont avec de bons amis qui sauront les ramener au bercail.

Laura eut un éblouissement. L'allusion était transparente. De légers, mais multiples rapprochements s'opérèrent rapidement dans son esprit. Son imagination surexcitée lui montra les deux couples bras dessus, bras dessous dans les chemins solitaires et noirs. Santa Cristina qui aidait la jeune femme à monter en voiture la sentit vaciller. Il dut faire un effort énergique pour la hisser sur le marchepied. Avant de se reculer pour laisser passer Lorenzo, il se pencha vers Mme Ricciardi et lui dit à voix basse :

14

— N'oubliez pas que ma confidence me lie à vous pour toujours.

Comme Lorenzo offrait aux napolitains de les reconduire, don Pablo seul accepta. Le marquis s'excusa disant qu'il attendait les Druso pour les accompagner dans son phaéton.

En une heure et quart, on franchit la distance qui sépare Castellamare de Sorrente. La nuit était si sombre qu'on ne distinguait aucun objet. Pour éviter de prendre part à la conversation de son compagnon, Laura feignit de s'assoupir. Elle n'eut pas plutôt franchi la grille de la villa, qu'elle renvoya le domestique.

— Allez vous coucher, j'attendrai ma sœur.

XXVII

La jeune femme avait reçu le coup de grâce.
L'idée que Mario pût tolérer ou plutôt pût encou-
rager les légèretés d'Eva, pour entrer dans l'intimité de la duchesse, paralysait ses facultés
d'analyse, sans lui laisser assez de lucidité pour
réfléchir à l'invraisemblance d'une pareille supposition. Les paroles de don Pablo résonnaient
sous son crâne ainsi qu'une sentence de mort,
évoquant un double et torturant tableau. Ainsi
tout s'abîmait autour d'elle dans un naufrage
affreux, total, irrévocable et pas une épave ne sur-
nageait à la surface...

Machinalement, d'un pas de somnambule, elle
se dirigea vers la terrasse, attirée par le bruit des
flots déferlant contre la falaise. Là, en face de
l'immensité vide, elle sentit toute l'étendue de sa
misère. Il lui sembla que la grande voix de la
mer lui dictait l'inexorable arrêt du destin, et un

frisson la parcourut. Des étoiles paraissaient et
disparaissaient dans le ciel sombre. Le vent commençait à souffler du large, apportant avec lui
les senteurs compliquées des mers italiennes.

Elle se pencha sur le parapet. Ses yeux ne dis-
cernèrent qu'une frange lumineuse et mince qui
se balançait dans le noir, l'écume des vagues,
sans doute. Elle fixa une minute ce ruban mou-
vant : c'était là que le jeune contrebandier s'était
précipité ! Elle aussi pourrait en finir avec la vie
et mourir d'amour ! On croirait à une chute, à un
étourdissement, car personne..., non personne ne
savait. Et le souvenir lointain de son aïeul, le
colonel des dragons de Pie IX, tombant le front
percé d'une balle, traversa son cerveau. On savait
se tuer dans sa famille !

Et, comme si réellement, sa dernière heure
avait sonné, sa vie se déroula devant elle ; elle se
revit petite fille, gâtée, choyée, adulée ; elle grandissait, portait une robe longue, chantait devant
la reine ; alors fondait sur elle la première déception, un gros chagrin, pour une petite cause...

A ce moment, le roulement d'une voiture, qui
approchait au galop, détourna son attention, im-
primant une direction nouvelle à ses idées. D'une
seule course, inconsciemment, elle franchit la
terrasse et se jeta dans l'allée qui aboutissait à la
grille, au risque de se briser contre un arbre. Là
était un kiosque auquel on accédait par quelques
marches. Elle s'y réfugia. Quinze secondes plus

tard, une voiture s'arrêtait devant la porte, au milieu d'éclats de voix. C'étaient les Druso qui ramenaient Mario et sa femme. Laura ne voyait personne, mais les paroles parvenaient distinctement à son oreille. Elle entendit s'ouvrir la portière de la calèche et la duchesse dire :

— C'est dommage que vous ne veniez pas jusqu'à l'hôtel.

Et Eva répondre :

— Il est trop tard, mais merci pour la conduite.

La grille s'était ouverte, une robe frôla le sable de l'allée, puis ce fut la voix grave de Mario qui résonna. Il était retourné vers la voiture, prenait congé de ses amis. Après des échanges d'amitié, les chevaux partirent et la grille se referma aigrement.

A peine le jeune homme avait-il fait quelques pas dans la direction de la maison, qu'il faillit se heurter à une forme claire à peine distincte.

— C'est toi, Eva ?

— Non.

— Comment, c'est vous, Laura ; pas encore couchée !

— Je vous attendais, j'ai à vous parler.

— A cette heure ?

— Maintenant ou jamais, voulez-vous ?

La voix de la jeune femme avait un timbre que Mario ne lui connaissait pas : il semblait qu'elle vibrât dans le voisinage d'une table d'harmonie

14.

brisée. Ce symptôme matériel d'un état anormal, plus encore que l'étrangeté de la démarche, avertit Leoni que les ténèbres allaient être les confidentes d'une scène décisive ; instinctivement son cœur se serra.

— A vos ordres ! dit-il seulement.

— Venez, dit Laura, nous serons mieux sur la terrasse.

Et elle l'entraîna d'un pas de fantôme qui ne faisait pas crier le sable de l'allée. Lui, suivait la forme claire à peine distincte. Elle ne s'arrêta que sur la terrasse, terminée à gauche par une charmille masquant le mur de clôture. De grands arbres ombrageaient cet endroit dans la journée : des bancs de pierre étaient symétriquement rangés le long des charmes.

Une sorte d'accalmie s'était produite dans le cerveau de Mme Ricciardi ; elle voyait très distinctement ce qu'elle allait dire et faire. Après un instant de repos, pour donner à sa respiration le temps de recouvrer quelque régularité, elle reprit la parole :

— Peut-être vous étonnez-vous que je ne remette pas à demain ce que j'ai à vous dire, peut-être cherchez-vous le motif de ma démarche ?

— Je l'avoue.

— C'est que vous n'avez pas comme moi le souci du repos de ceux qui vous entourent.

Mario supposa, malgré l'accent de malveillance, que la jeune femme faisait allusion à elle-même.

— Que voulez-vous dire? interrogea-t-il.

— Faut-il donc que je vous l'apprenne! De qui parlerais-je, sinon de ma sœur, de votre femme.

Leoni tombait des nues.

— De ma femme? dit-il.

— Oui, d'Eva, que vous exposez à un péril extrême, quand ce serait votre devoir de la protéger, de la défendre.

— Moi?

— Vous! Comment la laissez-vous se compromettre ainsi, sous vos yeux?

— Mais vous êtes folle, Laura, et, en vérité, je reste confondu en vous entendant parler de la sorte.

— Ainsi vous admettez que ce Druso puisse lui faire ouvertement la cour, et quelle cour!

— En quoi, je vous le demande, Druso sort-il de son rôle d'homme du monde en adressant ses hommages à Eva?

— Je connais vos théories! Vous trouvez aussi qu'il est dans l'ordre que votre femme réponde à ses avances?

— Pure coquetterie!

— Et qui vous permet d'avancer vos affaires avec la duchesse!

— Laura! fit le jeune homme d'une voix forte.

— Oui, vous quittez l'hôtel Quisisana sans qu'on puisse vous rejoindre, vous courez les chemins en partie carrée et vous revenez tous les quatre au milieu de la nuit. Et vous prétendez

que je ne sois pas surprise, que je ne m'inquiète
pas de ce qui peut arriver, que je vous laisse poursuivre une intrigue indigne, oui, indigne, que je
prête la main à l'écroulement de notre honneur,
au repos d'Eva, vous voulez...

La voix lui manqua, tellement son exaltation
croissante, en tendant ses nerfs outre mesure,
avait épuisé ses forces. Une sorte de sanglot la
secoua de la tête aux pieds. Mario avait deviné
plutôt que suivi dans l'ombre les phases de ce
déchaînement de passion. A mesure que la jeune
femme allait, se grisant de ses propres paroles,
un calme grave entrait dans son âme à lui. Une
lumière éblouissante l'illumina tout à coup.
Tandis que Laura portait convulsivement une de
ses mains à sa gorge, il lui saisit le poignet doucement. A ce contact imprévu, elle fit un mouvement violent de recul; par un effort désespéré,
elle essaya de se dégager.

— Lâchez moi, disait-elle, je vous en prie,
lâchez-moi.

Sans l'écouter, il se pencha sur elle et lui dit
sourdement :

— Vous ne pensez pas un mot de ce que vous
avancez là. Ces monstrueuses accusations sont le
produit de votre esprit malade. Votre sœur
cherche à me piquer au jeu parce qu'elle croit
que je la néglige; quant à moi...

Il s'arrêta. Laura ne cherchait plus à dégager
son poignet. Subitement, elle avait compris l'ab-

surdité de ses soupçons. Aux dernières paroles du
jeune homme, son cœur avait cessé de battre,
comme si ses oreilles allaient entendre l'arrêt
auquel sa vie était suspendue. Ses yeux cher-
chèrent vainement dans la nuit les yeux de Mario.
Un lourd silence régna sous les arbres dont le
vent agitait imperceptiblement la cime. Leoni
reprit dans un murmure :

— Cette minute, voilà des semaines que je la
pressens. Dieu m'est témoin que j'ai fait ce qui
dépendait de moi pour qu'elle ne sonnât pas,
mais ce qui est écrit est écrit... Ainsi, Laura, il
est donc vrai que vous m'aimez?

La jeune femme, à ces mots, se sentit défaillir.
Sa tête s'inclina profondément vers le sol; nulle
parole ne sortit de sa bouche.

Il poursuivit après une pause :

— Et le destin a voulu que moi aussi je vous
aime d'un amour qui peut-être surpasse le vôtre.

Laura ploya sous cet aveu comme une tige
légère sous un fardeau trop lourd. Mario entrevit
la forme blanche qui fléchissait et il la reçut dans
ses bras. Avec des précautions infinies, il la trans-
porta sur un des bancs de pierre qu'il chercha à
tâtons. Il l'y assit, se plaça près d'elle et, passant
un bras derrière ses épaules pour la soutenir, il
lui prit la main.

Laura n'était pas évanouie, mais une langueur
invincible la paralysait. Elle flottait dans un
demi-rêve, sans force pour se ressaisir. Vague-

ment, elle souhaitait que cet état ne prît jamais fin.

— Vous souffrez? demanda-t-il.

Une faible pression lui répondit. La main était glacée; petit à petit elle se réchauffa, le corps reprit son aplomb; et dans la nuit silencieuse, invisibles l'un à l'autre, sans un mot, ils se communiquèrent leurs pensées les plus intimes, celles qu'ils n'auraient pas su rendre par des paroles, tant le langage le plus passionné est incapable de reproduire ce que nous ressentons le plus profondément.

Longtemps, très longtemps après, — car les minutes ont parfois une durée incommensurable, — Mario entendit ces mots faiblement prononcés :

— Est-il donc possible que vous m'aimiez?

— Hélas!

— Et il y a longtemps?

— Je ne saurais vous le dire, je l'ignore moi-même. Cet amour s'est glissé en moi, pareil à un poison subtil; lorsque j'ai essayé d'en arrêter les effets, il était trop tard.

— Un poison?

— N'est-il pas à craindre qu'il ne trouble profondément notre existence?

— Hélas !

— Vous souvenez-vous de nos longues promenades quand vous étiez encore jeune fille? Je développais mes idées favorites sur la nature et sur

l'art. Vous ne sauriez imaginer quelles sensations
délicieuses je savourais en constatant chez vous
la compréhension des choses qui forment à mes
yeux le charme et l'ornement de la vie! Puis,
après votre mariage, cette impression n'a fait que
grandir... Il est arrivé un moment où je me suis
dit qu'auprès de vous, j'aurais goûté la félicité
parfaite. Mais à quel résultat pouvaient aboutir
des regrets de cette nature? Je me suis alors interdit de penser à vous, je me suis juré de rendre
ma vie étrangère à la vôtre.

Il s'arrêta un moment, puis il reprit:

— Je crois que cette retraite marque la première étape de mon amour... Cependant, à force
de vivre loin de vous, je m'habituai à l'existence
qui devait être la mienne. La fatalité a voulu que
je vinsse ici. Voilà ce qu'il fallait éviter à tout
prix. J'ai manqué une seconde de résolution! Dès
que je fus auprès de vous, je vous sentis malheureuse. Le soir où j'entrevis des larmes dans vos
yeux, je ne sais quelle angoisse m'étreignit le
cœur à l'improviste et vous vous souvenez de la
scène qui suivit. Ah! ces larmes! Je ne pouvais
les oublier! Vous fûtes dès lors l'unique objet de
mes préoccupations et un jour vint où je reconnus
que je vous aimais... C'est à cette lumière nouvelle que je dus sans doute la révélation de
votre secret. Vraiment, Laura, mon âme est rem-
plie de votre image; tout en vous me charme, me
ravit, m'émeut au delà de ce que je pouvais ima-

giner. Je vous adore pour tout ce que Dieu a mis
en vous de dons célestes, pour votre beauté har-
monieuse, pour votre sourire désenchanté, pour
la noblesse de votre caractère et aussi pour cet
amour que depuis longtemps je pressentais, car,
dites-le moi, ma chère Laura, il me semble que
même autrefois je ne vous étais pas tout-à-fait
indifférent.

Mme Ricciardi avait passé, tandis que Mario
parlait ainsi, par des sensations délicieuses. Ces
aveux passionnés, variations nouvelles sur le
vieux thème, sur le thème immuable dont les
amoureux s'enivreront aussi longtemps qu'il y
aura des amoureux ici-bas, tombaient sur son
cœur altéré comme une ondée des tropiques,
chargée de parfums enivrants ; elle les accueillait
les yeux clos. Graduellement sa faiblesse s'était
dissipée. Sa main pressa longuement la main du
jeune homme et sa voix balbutia :

— Je vous aime depuis que je vous connais.

— Se peut-il?

— Depuis cette journée de Tivoli qui est restée
pour moi une journée idéale, dont le souvenir
m'a laissé d'abord de si douces émotions, puis des
regrets si amers.

Un silence suivit ces paroles. De larges gouttes
de pluie, tombant sur les hautes branches des
arbres qui protégeaient le banc de pierre, commençaient à filtrer à travers les feuilles. Les deux
jeunes gens savouraient sans un mouvement ces

minutes d'exaltation inoubliable qui suivent la
déclaration d'un amour partagé. Dans l'ombre
complice, il leur semblait que cette ivresse revê-
tait je ne sais quoi de grave et presque de sacré.
Une émotion toute-puissante les étreignait. Ce fut
Laura qui se dégagea la première. Se levant, elle
serra la main de Mario :

— Au revoir, laissez-moi goûter seule le
charme de cette heure délicieuse que vous venez
de me donner; je ne l'oublierai jamais, quoi qu'il
arrive; elle compense et au delà toutes mes
peines passées.

Et glissant dans l'ombre, la forme claire disparut. La jeune femme regagna sa chambre par
l'escalier de la tourelle. Dans son cœur, tout chantait l'hymne de l'amour; ses tourments avaient
disparu comme s'évanouissent les fantômes à
l'approche de l'aurore. Elle avait tant souffert à
l'idée que l'amour de Mario lui échappait, que la
certitude de cet amour la jetait dans une sorte de
transport. Elle se répétait que rien ne pourrait
jamais atténuer le souvenir de cette nuit obscure
et de ces déclarations brûlantes murmurées à son
oreille. Elle se mit au lit en hâte et s'abîma dans
une contemplation extatique, doucement agitée
par la variété des impressions mêmes qu'elle évoquait; puis le sommeil la surprit sans lui enlever
le sentiment physique de bonheur dont elle était
pénétrée.

XXVIII

Mario était resté sous les arbres. Les dernières paroles de Laura chantaient à son oreille une mélodie céleste. Son être tout entier, vibrait comme une corde de violon que l'archet vient d'ébranler. Il avait encore la sensation de la petite main serrant la sienne, du corps morbide que son bras soutenait.

Mais cette femme était la sœur d'Eva!

A la pensée qu'une barrière infranchissable lui défendait d'obéir aux impulsions de son cœur et de sa chair, il sentit comme la morsure d'un reptile, morsure d'autant plus profonde que lui-même avait, par son mariage, contribué à dresser l'obstacle.

Le bruit de la grille qu'on ouvrait le fit tressaillir. Une minute plus tard, le bruit d'un pas décidé résonnait sous les arbres. En sentant son beau-frère passer près de lui, dégagé de toute préoccupation, les pensées les plus bizarres se heurtèrent dans le cerveau du Siennois : c'était le mari de Laura! l'homme qui la délaissait, et pour qui! Il ne se demanda pas si la froideur de l'épouse n'avait pas engendré l'indifférence de l'époux. Il ne voyait dans cet abandon qu'une aberration inconcevable, qu'il bénissait toutefois, puisqu'elle lui épargnait la torture de savoir celle qu'il aimait soumise à de déconcertantes servitudes.

Lorenzo avait passé. Leoni fit quelques pas hors de l'abri que constituaient les arbres. La pluie tombait à flots. Le jeune homme comprit alors qu'il était temps de rentrer, mais, en approchant de la maison, il constata que la porte était fermée et qu'il avait négligé de mettre la clef dans sa poche.

Il fit sous l'averse le tour de la maison; les issues en étaient hermétiquement closes. Seule, une faible lueur filtrait à travers les rideaux de la chambre de Lorenzo. Il n'y avait pas moyen d'entrer. Mario songea d'abord à se réfugier dans le kiosque et à y attendre le matin. L'idée d'agir ainsi qu'un malfaiteur l'arrêta. Que faire? Appeler Laura, c'était s'exposer à la compromettre. Pour recourir à sa femme, il fallait lui expliquer pourquoi il était resté une heure à la belle étoile. Restait Lorenzo! En dépit de sa répugnance, c'est à lui que Leoni s'adressa. Un caillou qui vint frapper contre la vitre attira l'attention du peintre.

Une ombre parut derrière le carreau, puis la
fenêtre s'ouvrit, et une tête se pencha en dehors,
scrutant les ténèbres.

— C'est moi, viens m'ouvrir, demanda-t-on
d'en bas.

— Bien, j'y vais.

A peine Mario avait-il franchi le seuil, qu'il
dit :

— Ne faisons pas de bruit, je ne veux réveiller
personne.

— D'où viens-tu donc, trempé comme un
barbet?

— De Sorrente; j'ai ramené ma femme ici, puis
voyant qu'il était encore de bonne heure, je suis
retourné en ville. C'est en approchant d'ici que je
me suis souvenu d'avoir laissé la clef sur mon
bureau.

Après une pause, il ajouta à voix basse :

— Je te prie de garder pour toi cette aventure;
il est inutile qu'Eva s'inquiète du refroidissement
que peut me valoir ce bain.

— Tu sais que je suis discret par nature, et
puis, c'est à charge de revanche.

Ils montèrent au premier étage sur la pointe
des pieds; Leoni serra la main de son beau-frère
et rentra chez lui en tapinois. Demeuré seul,
Ricciardi pensait :

— Ce sournois de Mario ! Comment soupçonner
qu'il eût une intrigue à Sorrente !

Puis les incidents de la soirée lui revenant en

mémoire, il se rappela les paroles énigmatiques de Saavedra :

— Tiens, la duchesse, dit-il... Ah! mais, il court la poste, ce gaillard-là ; c'est tout à fait amusant.

Cependant, les allées et venues des deux hommes avaient à moitié réveillé Mme Leoni, quand un bruit léger se produisit du côté de la porte qui séparait la chambre de son mari de la sienne ; c'était comme un verrou qu'on tirait.

— C'est toi, Mario ? demanda-t-elle à mi-voix.

Comme on ne répondait pas, elle se leva et marcha vers la porte, à tâtons ; elle trouva le bouton et essaya d'ouvrir, la porte était fermée.

— Mario ! appela-t-elle en frappant légèrement.

— Qu'y a-t-il ? répondit la voix du jeune homme.

— Ouvre-moi !

— Laisse-moi dormir.

— Voyons, Mario, sois gentil, ouvre-moi, je t'en prie.

— Ma chère Eva, je suis fatigué et je te prie de me laisser dormir.

Mme Leoni retourna dans son lit en proie à une vive contrariété ; ses yeux étaient pleins de larmes. Quelques minutes plus tard, elle crut entendre un frôlement dans la chambre voisine ; elle conçut un moment l'espoir que son mari se ravisait, venait lui demander pardon de sa froideur. Sa respiration s'arrêta, mais la porte ne

15.

s'ouvrit pas. Pendant un quart d'heure, d'étranges pensées défilèrent dans son cerveau, puis elle s'endormit de son beau sommeil de jeune femme.

C'était toujours aux repas que les habitants de la villa Wilson échangeaient leurs impressions. Le lendemain à déjeuner, Lorenzo prit la parole; l'aventure de la nuit l'avait singulièrement inté-ressé. Il aborda tout de suite les sujets frivoles, s'étendant avec complaisance sur les intrigues dont la société napolitaine donnait le spectacle. Tout en causant, il observait. L'air maussade de sa belle-sœur le surprit.

— Saurait-elle quelque chose? se demanda-t-il.

Il brûlait du désir de s'en assurer; la physio-nomie sérieuse de Mario le retint.

— Il y a de l'orage dans l'air, pensa le jeune homme, et, s'adressant à sa femme, il émit l'opi-nion qu'elle avait très bonne mine.

— Je me sens beaucoup mieux ce matin, dit-elle.

— A la bonne heure! j'aurais parié qu'une longue promenade te ferait du bien. En tout cas, nous partirons quand il te plaira, tu sais.

XXIX

Mme Ricciardi ne parvenait pas à cacher son
bonheur. Deux nuits d'un sommeil, qu'elle ne
connaissait plus depuis des semaines, avaient
suffi pour rendre à son visage, à son pauvre
visage amaigri la fraîcheur de la jeunesse. Devant
ce changement, on décida de remettre le départ
au 8 octobre. Mario, qu'un procès appelait à
Sienne, reconduirait sa femme et sa belle-sœur
dans la capitale. Lorenzo resterait le dernier pour
surveiller le déménagement.

Avant de quitter Sorrente, les Romains vou-
lurent offrir une petite fête à leurs amis. Comme
la salle à manger ne comportait pas une réunion
nombreuse, on invita les Druso, Santa Cristina
et don Pablo à dîner ; les Rocchetta et leurs intimes promirent de venir le soir prendre des
glaces.

A voir l'entrain de chacun, on n'aurait pas

soupçonné que cette soirée préludait à une séparation. Seule, Eva laissait percer quelque nervo-
sité. Son humeur avait pris une allure agressive,
comme si elle subissait à son tour l'influence de
la mer.

On parla de ce qu'on ferait en quittant le golfe.
Les Druso se proposaient de passer quelques semaines en Calabre dans un vieux château de
famille. Le duc avait encore sa mère et c'était la
seule époque de l'année où la duchesse douairière réunissait ses enfants autour d'elle, ayant
deux filles mariées en Sicile.

— Après cette villégiature, nous rentrerons à
Naples, dit dona Enrichetta, mais je doute que
l'hiver nous réserve des surprises agréables. On
signale des deuils de tous les côtés et plusieurs
palais resteront hermétiquement fermés.

— Pourquoi ne pas venir à Rome pour la saison des chasses? Vous paraissiez accepter cette
idée l'autre soir, suggéra Mᵐᵉ Leoni.

— Il y a les difficultés de l'installation.

— A votre place, observa Lorenzo, je m'éta-
blirais tout bêtement au Grand-Hôtel. On y trouve
le confort des meilleures maisons et on voit défiler dans le hall, à l'heure du thé, la société la
plus select.

— C'est une idée, fit Druso, en regardant
Mᵐᵉ Leoni.

— Mais une idée ruineuse, caramba! ricana
don Pablo. A mon humble avis, mieux vaut cent

fois louer un *villino* meublé, comme il y en a
tant dans le quartier de l'Indépendance. On y est
chez soi.

Il aurait pu ajouter : et il y a toujours une
chambre pour un ami.

— Moi, dit la duchesse, j'avoue que j'incline-
rais pour le Grand-Hôtel; on n'y serait jamais
seul et les Hercolani s'y installent chaque hiver.

— Les Hercolani, des raseurs de la plus belle
eau, grommela encore don Pablo. Le mari, un
Lucius Verus qui se gobe à cause de sa barbe
bouclée; la femme, un mannequin de chez
Worth!

— Tu es sévère! dit Santa Cristina.

— Je suis encore indulgent.

Et s'adressant à dona Enrichetta, il ajouta :

— Si ce sont les Hercolani qui vous attirent
au Grand-Hôtel, je n'envie pas vos soirées.

— Calmez-vous! mon cher. D'ailleurs nous ne
sommes pas encore partis; on ne s'expatrie pas
ainsi au pied levé, cela dépend de bien des choses.

Son départ, en effet, dépendait de la décision
que prendrait certain de ses amis dont elle se
sentait depuis trop longtemps séparée.

— Pour moi, déclara Santa Cristina, si la duchesse nous montre le chemin de Rome, je la
suis les yeux fermés.

— Et la bouche close, grogna don Pablo qui
était décidément de méchante humeur et il y
avait de quoi. Le palais de Druso pouvait passer

à bon droit pour son quartier général. Bon gré,
mal gré, il fallait se résigner à les suivre, mais
quel trou dans son budget! Maudits Romains
avec leurs sottes idées; ils ne le porteraient pas
en paradis!

Comme Druso offrait son bras à Mme Leoni
pour la reconduire au salon, il lui glissa dans
l'oreille.

— Me conseillez-vous franchement de m'établir à Rome?

— Certainement.

— Et d'y être votre humble serviteur?

— Très-humble même, si cela vous tente.

Et elle lui quitta le bras.

Le salon était vide de meubles, pour qu'on pût
faire un tour de valse avant de se séparer. Des
lanternes vénitiennes éclairaient le jardin. Ce
fut une soirée dont on emporta un souvenir du-
rable. A Naples, on sait jouir de l'heure qui
passe sans se soucier de celles qui suivront peut-
être. Mme Ricciardi contribua par son entrain au
succès de la réunion. Elle bostonna autant que
sa sœur. On aurait dit qu'une bonne fée avait
dissipé son malaise.

On ne se sépara qu'à deux heures du matin.
Huit jours plus tard, Sorrente avait repris son
calme habituel.

A peine Lorenzo eut-il embarqué les siens,
qu'il boucla sa valise et courut rejoindre son
étoile à Pausilippe.

DEUXIÈME PARTIE

I

Mario ne fit que toucher barre à Rome.

Laura, livrée à ses réflexions, ne sortit pas de l'enchantement où l'amour l'avait plongée. Elle avait vécu si longtemps dans l'indifférence, dans le détachement de toutes choses, qu'elle se croyait transportée dans un monde nouveau. Tout était métamorphosé en elle et autour d'elle. Elle se sentait grandie démesurément par l'élection de l'homme qu'elle plaçait au-dessus de tous les autres. Des sensations étranges, indéfinissables, délicieuses la pénétraient, elle s'extasiait devant une fleur, un coin de ciel, au contact d'un souffle d'air.

Afin de prolonger aussi longtemps que possible cet état d'exaltation, elle s'interdisait de porter ses regards vers l'avenir, essayant de goûter pleinement la volupté de l'heure présente. Elle se laissait entraîner à revivre ces minutes uniques où s'évanouissant dans les bras du bien-aimé, elle avait entendu descendre de ses lèvres de si douces choses.

Le retour de Lorenzo ne dissipa pas cette extase. Le peintre revenait de Naples avec l'idée arrêtée de se fixer à Paris avec ou sans sa femme; il ne parla pourtant que d'un voyage de reconnaissance qui ne se prolongerait pas au delà de deux mois. Ces ouvertures n'ayant soulevé de la part de Laura aucune objection, il se mit en route le cœur léger.

Mme Ricciardi se réjouit sans réserve de ce départ qui la délivrait d'une compagnie odieuse et d'une surveillance éventuelle.

Elle avait obtenu la permission d'entrer dans les jardins de la villa Médicis. Le matin, les quinconces étaient généralement déserts. Elle allait s'asseoir sur un banc isolé, derrière les buis, non loin d'une fontaine jaillissante. Là, elle lisait, entrecoupant sa lecture de troublantes évocations. Parfois, pénétrant dans les allées ombreuses et solitaires, elle se dirigeait vers une petite loggia bâtie sur les murs même de Rome. Une arcade élégante, ornée d'une déesse de marbre debout sur un socle, s'ouvrait à la fois sur les ombrages

de l'Académie de France et sur les pelouses de la
villa Borghèse, dont elle n'était séparée que par
le chemin de ronde. Dans cette retraite, tout était
mystère et silence ; tout respirait un arôme pénétrant de poésie intime. Il semblait à Laura que
ce portique fût le temple même de l'Amour.
Accoudée au parapet, elle laissait errer ses regards sur les perspectives et ne voyait que Mario.

Avec une précision singulière, elle évoquait
les contours de son visage sérieux, le charme
troublant de ses longs regards de tendresse, sa
moustache qui frisait sur les lèvres, sa main fine
et nerveuse, comme celle du *César Borgia* longtemps attribué à Raphaël.

En revenant par la place d'Espagne, elle
achetait les fleurs que l'on vend par gerbes sur
l'escalier de la Trinité du Mont, fleurs de la campagne, fleurs sauvages et simples qui embaument.
Remplissant un fiacre de cette moisson odorante,
elle en égayait son salon et sa salle à manger.

Le soir, elle s'endormait au milieu des images
créées pendant son sommeil, essayant de se laisser
surprendre par une torpeur qui, en engourdissant
peu à peu ses pensées, communiquait à son rêve
la sensation de la réalité.

Cependant l'absence de Mario se prolongea fort
au delà de ses propres prévisions. Habituée à le
voir presque à chaque heure dans la dangereuse
intimité de Sorrente, Mme Ricciardi ne tarda pas à
souffrir de la séparation, d'autant plus que, par

11

une entente mutuelle, ils avaient décidé de ne pas
s'écrire. Elle se demandait aussi, non sans anxiété,
comment elle s'y prendrait pour se rapprocher
de son beau-frère, sans attirer l'attention. A force
d'y songer, elle conclut qu'elle devrait aller dans
le monde. Cette perspective qui, un an plus tôt,
l'aurait épouvantée, lui sourit, à sa vive surprise.
Les élans de sa jeunesse, si longtemps réfrénés,
reprenaient leurs droits. Elle se sentait la nostalgie
d'être admirée, dans les salons romains, sous les
yeux de Mario.

Fortifiée par un long repos, sa voix avait recouvré, sans qu'elle y prît garde, ses qualités
d'antan. Il lui arrivait souvent de se mettre au
piano pour chanter : èn constatant ses progrès,
elle pensait :

— Il verra qu'au moins en musique, je puis
aspirer au titre d'artiste !

Dans leur veuvage temporaire, les deux sœurs
se réunissaient assez souvent pour prendre leurs
repas ensemble. Un jour que Mme Ricciardi avait
déjeuné chez Eva, elle fit innocemment allusion à
ses projets pour l'hiver.

— Te voilà donc réconciliée avec le monde ! fit
Eva émerveillée.

— A moins de vivre en recluse, il faut bien que
je sorte ; que ferais-je de mes journées et surtout
de mes soirées, maintenant que Lorenzo est à
Paris ?

— Et tu prends ton parti de cette séparation ?

— Lorenzo prétend que pour un peintre de sa
valeur, hors de Paris, il n'y a pas de salut.

— Tu aurais pu l'accompagner.

— J'y ai songé, mais, à te dire vrai, il ne m'a
guère encouragée à le suivre. Il m'a prévenue
qu'il passerait le plus clair de ses après-midi dans
son atelier. Me vois-tu me morfondre en attendant
qu'il en ait fini avec ses modèles?

— Oui, je comprends, dit Eva rêveuse.

Et, après quelques secondes de réflexion, elle
reprit sur un ton singulier d'amertume :

— D'ailleurs, les hommes ne valent pas la
peine qu'on leur sacrifie un caprice.

Laura regarda sa sœur, intriguée. Eva rougit
un peu ; ne désirant sans doute pas s'expliquer sur
les raisons de cette sortie, elle se hâta de reprendre :

— Il faut absolument que je te conduise chez
ma couturière ; tu verras quelles jolies toilettes
elle a rapportées de Paris.

En sortant du villino, Laura fit plusieurs courses.
Rentrée chez elle de bonne heure, elle s'installa
dans un fauteuil confortable et ouvrit un volume
dont elle venait de faire l'emplette.

C'était un roman autour duquel les journaux
parisiens faisaient grand bruit. Elle dévora les
premières pages ; le style, riche en couleurs, cha-
toyait, mais, à mesure que l'action allait se déve-
loppant, Laura se sentait mal à l'aise. Le héros,
un blasé de vingt-trois ans, menait ses affaires de

cœur comme on dirige une maison commerciale.
Il jouissait pour l'instant des faveurs d'une femme
mariée qu'il avait subjuguée en courtisant suc-
cessivement toutes ses amies. Il prétendait maintenant qu'elle lui fît épouser sa belle-sœur, une
jeune fille qui sortait du couvent, pourvue d'une
superbe dot. La maîtresse, séduite par ce bel exem-
plaire d'homme exempt de préjugés, avait consenti, mais à la condition expresse qu'il ne serait
jamais que de nom le mari de sa femme. Il s'était
d'abord égayé de cette exigence enfantine, puis,
reconnaissant qu'elle équivalait à un ultimatum,
il avait cédé, avec la ferme intention de tenir cette
promesse comme non avenue. Elle avait deviné
la restriction mentale. « Tu sais, lui avait-elle
« dit la veille de la cérémonie, tes lettres sont
« chez mon notaire ; si tu manques à ta parole, je
« le saurai. Sois certain que ta femme aura sur-le-
« champ entre les mains une délicieuse corres-
« pondance pour achever sa lune de miel. » —
« Tu ne ferais pas pareille bêtise ; ce serait un
« scandale qui te frapperait la première. » —
« Un scandale ! je m'en moque comme de ceci. »
Et elle avait jeté dans la cheminée une cigarette
à moitié fumée. Le ton de ces paroles certifiait leur
sincérité. Il était sorti en roulant dans sa tête les
projets les plus sinistres...

Laura ferma le livre, écœurée à la pensée qu'on
pouvait rencontrer sur son chemin des êtres aussi
pervers.

Par une curieuse association d'idées, l'image
de Lorenzo se forma dans son cerveau. Elle sentait sourdre contre lui un âpre ressentiment, depuis qu'elle discernait en lui l'*obstacle*. Ce qu'elle
lui reprochait par-dessus tout, c'était d'avoir
réussi, par ses manières insinuantes, à l'épouser.
Pendant l'espace d'un an, de douze mois, il avait
su dissimuler, jouer un rôle, feindre le désinté-
ressement, car, cela sautait aux yeux, il n'en
voulait qu'à sa fortune. Avait-il été arrêté une
minute par la preuve éclatante qu'il n'était pas
aimé?

— Il est bien certain, ajouta-t-elle mentalement, j'ai cédé à ses supplications... ou plutôt
à l'assurance que Mario, amoureux d'Eva, était
résolu à l'épouser.

Elle demeura songeuse. Les yeux fixes et troubles, elle évoquait la scène qui avait décidé de
son sort et voici qu'un soupçon, déjà conçu et re-
poussé, l'assiégeait derechef... Si, par aventure,
Lorenzo avait menti? Si Mario, à cette époque,
n'aimait pas Eva?...

— Oui, je sais, poursuivit-elle à voix haute, il
ne l'aurait pas épousée... Qui sait!

Ses sourcils s'étaient rapprochés comme si,
sous le crâne, une pensée se précisait, ou une résolution.

Laura mettait son chapeau pour sortir quand on lui annonça que M. Leoni l'attendait au salon. Si violent fut le transport de joie qui l'asssaillit, qu'elle dut attendre quelques secondes pour répondre, sans se trahir, qu'elle allait le rejoindre. Aucun avis ne la préparait à ce retour improvisé, encore moins à cette visite.

De la pièce voisine, elle aperçut, par la porte ouverte à deux battants, Mario abîmé dans la contemplation des *Vierges aux Rochers*. Retenant sa respiration, elle s'avança jusqu'au seuil du salon, sans que sa présence eut été pressentie. Il ne bougeait pas, perdu dans sa rêverie. Ah! comme il l'aimait! Quelle parole aurait rendu l'éloquence de cette extase!

Elle demeura immobile, les bras pendant le long du corps, l'épaule appuyée au chambranle de la porte, sans autre mouvement que celui de

son sein soulevé tumultueusement. De ses prunelles s'échappait un fluide caressant; jamais il
ne lui avait paru plus séduisant, dans sa mâle
élégance; jamais elle n'avait éprouvé avec une telle
intensité la convoitise de son amour! Tandis qu'elle
le dévorait des yeux, il se retourna, averti de sa
présence par cette sensation magnétique que
chacun de nous a notée au moins une fois dans sa
vie. Il fit quelques pas pour se rapprocher d'elle.

— Oh! Laura!

— Vous ici, Mario!

— Est-ce un reproche que vous m'adressez?
dit-il, en pressant la petite main qui se tendait
vers lui.

— Non, grand Dieu! Ne découvrez-vous pas
sur mon visage l'excès du bonheur que me cause
votre retour. Il y a des jours et des jours que je
l'attends comme un bien qui m'est indispensable.
Votre absence a duré si longtemps!

— Le strict nécessaire, je vous assure. Dès
que le jugement a été prononcé, je suis accouru.
Combien de fois j'ai maudit ces interminables
procédures!

— Vous avez pensé à moi?

— Sans cesse. Dès que j'étais seul, vous sur-
gissiez à mes côtés. Dans cette ville où chaque
pierre me rappelle un souvenir d'enfance, vous
avez maintenant gravé votre passage, comme si
vous eussiez été matériellement ma compagne
d'exil.

— Mario!

— L'amour est un initiateur incomparable.
Croiriez-vous qu'à force de converser mentalement avec vous, je me suis mis à rimer? J'ai
composé de la sorte une dizaine de pièces. Je
vous les enverrai; vous me donnerez votre avis.

— Je crains bien de n'être pas un juge impar-
tial, défiez-vous.

— Vous voyez que je ne vous oubliais pas.

— Je l'espérais bien; mais, à propos, quand
êtes-vous arrivé à Rome?

— Hier, à minuit. Si je suis ici, c'est que moi
aussi j'étais tourmenté par l'envie de vous revoir,
de vous parler; c'est que je voulais prendre vos
ordres sur la conduite que je devrai tenir vis-à-
vis de vous.

— Comment mes ordres !... mais je n'ai pas
d'ordres à vous donner.

— Vous savez bien qu'une simple prière, que
la moindre manifestation d'un désir équivaut
pour moi à un ordre auquel je serai toujours
empressé de me rendre.

La jeune femme détacha une rose de son corsage et la tendit à Mario.

— Alors, dit-elle, aimez-moi de plus en plus,
voilà mon unique désir.

Dans ses yeux, comme dans une gemme d'O-
rient, une flamme s'était allumée, répandant sur
son visage un rayonnement magique. Fasciné par
cette lueur, il ouvrit les bras. Elle ne s'y jeta pas,

mais s'avançant un peu, elle posa la tête sur son épaule. Au milieu des boucles sombres d'où s'exhalait un léger parfum, les lèvres de Mario remuèrent comme pour un baiser. A ce frôlement imperceptible, elle frissonna toute entière. Il lui prit la main.

— Venez vous asseoir sur ce canapé, murmura-t-il.

Pendant ses longues heures de solitude, dans le silence émouvant de Sienne, il avait réfléchi, réfléchi profondément. Certes, il aimait Laura de toutes ses facultés d'artiste, de toute l'impétuosité de son sang méridional. Il l'aimait et la désirait passionnément. Aussi avait-il défendu obstinément, pied à pied, les droits de son amour contre les hésitations qui surgissaient dans son esprit. Envers Lorenzo, il ne se croyait plus tenu à aucun égard. Mais Eva, mais Laura elle-même? Eva l'adorait; c'est lui qui l'avait choisie, élue, librement, pour être sa femme; pouvait-il, sans une insigne lâcheté, trahir sa confiance en lui susbtituant qui?... sa sœur!... Quant à Laura, là était l'obstacle, l'obstacle insurmontable. Allait-il la pousser au crime de Paolo Malatesta, lui préparer une chute sans pardon et des remords sans fin?...

Un devoir strict s'imposait. Il se souvint des paroles de la Francesca, familières à toute mémoire toscane :

« Nous lisions un jour par passe-temps l'his-

toire de Lancelot et comment l'amour s'empara
de lui; nous étions seuls et sans soupçon... Il y
eut un passage qui nous perdit. »

Ils étaient sans soupçon !... C'était leur excuse,
cette ignorance, et pourtant, elle n'avait pas
trouvé grâce devant le poète. Or, lui savait, prévoyait le piège que cachait une nouvelle rencontre. La tentation, voilà ce qu'il fallait fuir.
La sagesse conseillait une séparation complète,
immédiate. Devant cette solution radicale, il
hésitait, trouvait des objections. Comment motiver un départ aux yeux d'Eva, de Lorenzo, aux
yeux du monde? Il ne pouvait imposer l'exil à
sa jeune femme sans prendre l'engagement moral
de lui prodiguer les marques d'un amour qu'il
n'éprouvait plus...

Bref, il avait résolu d'avertir loyalement sa
belle-sœur du danger qui les menaçait, lui laissant le soin d'aviser.

Quand ils furent assis côte à côte, il reprit :

— J'ai encore dans les oreilles et dans le cœur,
Laura, les paroles prononcées par votre bouche
dans cette nuit dont vous m'avez assuré vouloir
garder éternellement le souvenir. Bien souvent,
depuis, elles ont résonné à mon oreille comme la
plus délicieuse des musiques, mais aussi comme
une menace suspendue sur notre tête. Hélas! il y
a certaines fatalités contre lesquelles on se sent à
peine la force de lutter et c'est bien une fatalité
qui a fait de moi le mari de votre sœur...

La jeune femme, qui avait les yeux fixés à terre, releva la tête à ces paroles, laissant percer sur ses traits un commencement d'inquiétude.

— Lorsque je songe aux complications véritablement inextricables que cet amour peut engendrer, j'avoue que je tremble pour vous et que je me demande si mon devoir ne me commande pas de m'éloigner pendant qu'il en est temps encore.

A c s mots, les joues de Laura se décolorèrent. L'absence, elle venait d'en éprouver le tourment, et il parlait de séparation !

— Oh ! Mario ! pas cela, je vous en conjure, dit-elle en portant ses mains à ses tempes, comme pour chasser une pensée odieuse.

— Alors, dites, que dois-je faire ?

Elle ne répondit pas sur-le-champ. Sa tête se courba gracieusement dans une pose méditative. Visiblement, elle n'était pas préparée à résoudre une question aussi délicate.

Enfin, fixant Mario, elle dit :

— Ne vous sentez-vous donc pas assez de résolution pour voir simplement en moi une amie qui vous est passionnément attachée ?

Il détourna les yeux.

— Je crois qu'il vaut mieux que je m'éloigne, répondit-il tristement.

— Il sera fait comme il vous plaira.

Mais, en dépit de ses efforts, elle fondit en larmes.

Leoni se laissa glisser à ses pieds.

— Laura, ma chère Laura, balbutiait-il, calmez-vous, au nom du ciel... Ne pleurez pas, je vous en supplie, vous savez bien que je n'aime que vous au monde. Voyons, que vous ai-je donc dit pour vous causer un si grand chagrin?

Elle ne l'entendait pas, le front dans ses mains, la poitrine soulevée par des sanglots convulsifs, tels ceux que laissent échapper les enfants. Voyant ses efforts vains, Leoni se releva et s'assit près de son amie, pour ne pas succomber à la tentation de réconforter dans ses bras ce corps qui palpitait pour lui, de tarir sous ses ardents baisers les pleurs qu'il faisait couler.

Peu à peu cependant la crise s'apaisa ; elle releva timidement la tête et dit à travers ses larmes :

— Mon Dieu! que je suis faible... La seule idée de votre abandon possible m'a bouleversée. Voyez-vous! j'ai eu plus que ma part d'épreuves; la force me manque pour en supporter de nouvelles. N'ai-je donc pas le droit de soupirer après un peu de bonheur? De grâce, si vous m'aimez, Mario, dites-moi que cette séparation n'est pas nécessaire.

— Non, ma chérie, nous ne nous quitterons pas ; ce que vous désirez, je le veux. Ne suis-je pas venu pour apprendre de votre bouche ce que je dois faire? D'ailleurs, loin de vous, pour moi non plus la vie ne serait pas supportable.

Laura ne pleurait plus. Un sourire glissait sur

son visage mouillé, comme un arc-en-ciel après la pluie d'orage.

— Il me semble que le mieux est de nous laisser vivre comme si rien ne s'était passé entre nous. Ne venez plus ici, ce serait trop dangereux!... mais vous ne savez pas que j'ai trouvé le moyen de nous rencontrer souvent; j'ai résolu de me lancer dans le monde..

Et elle se mit à rire.

— Vous, Laura?

— Cela vous étonne? oui, je comprends. Il y a pourtant le proverbe : « Mieux vaut tard que jamais. » Eva me guidera et même vous, si cela vous tente.

— C'est entendu, dit Mario en se levant; je crois que le Grand-Hôtel sera votre premier champ de manœuvre. J'ai reçu une lettre de Druso, ils viennent tous pour les chasses. Ça va être très gai... Mais, dites-moi, vous n'allez plus être jalouse de la duchesse, ni craindre pour la vertu d'Eva !

— A propos d'Eva, je vous recommande beaucoup de prudence; ne la froissez pas, elle est très-bonne, mais son amour-propre est excessif. Peut-être ne la ménagez-vous pas assez.

— Vous aurait-elle parlé de moi?

— Non, c'est un simple avis que je vous donne.

Tous deux étaient debout devant le tableau des *Vierges aux Rochers*. Une idée traversa le cerveau de Mme Ricciardi.

— Vous souvenez-vous que vous avez d'abord pris ma sœur pour le modèle de Violante?

— Si je m'en souviens! Vous vous ressembliez alors étrangement.

— C'était une ressemblance toute physique. Vous avez dû faire assez vite la différence de nos caractères et c'est alors, je suppose, que vous avez penché pour Eva.

Il lui prit la main qu'il serra dans la sienne, sans qu'elle essayât de la retirer.

— Méchante! dit-il. Je vous assure qu'à cette époque je ne me permettais de préférer personne. Je jouissais sans arrière-pensée de notre intimité. Il me paraissait que cette existence réalisait un rêve de bonheur et je souhaitais de bonne foi qu'elle ne prît jamais fin.

— Cependant vous avez changé d'idée.

— C'est-à-dire que j'ai appris un matin que le réveil approchait, vous alliez vous marier!

— Qui vous l'a appris? dit vivement Laura.

— Lorenzo, naturellement. Il vint lui-même m'annoncer que cette union était décidée et me prier d'être son témoin. Après ses premières confidences, je devais m'attendre à cette nouvelle; je me souviens pourtant qu'elle me surprit comme l'annonce d'une catastrophe.... Mais qu'avez-vous? Vous voilà pâle comme une morte.

— Ce n'est rien, un peu de fatigue... les émotions... je vais m'asseoir un moment; vous disiez donc?

— Eh bien! oui, c'était à mes yeux la rupture
de notre petit cercle, le retour à la solitude, à une
existence qui me pesait. Je fis part de cette impression à Lorenzo qui m'offrit un moyen de prévenir la séparation.

— Et c'était? interrompit anxieusement Mme Ricciardi.

— D'épouser Eva.

— Et cette suggestion vous parut touté naturelle!... Je veux dire que vous avez épousé ma
sœur par horreur de la solitude.

— J'ai longtemps hésité... Oh! ne m'accusez
pas! Bien des fois, je me suis reporté à ces jours
de trouble, d'incertitude... Dans mon esprit, vous
apparteniez à un autre... Je ne songeais même
pas à arrêter ma pensée sur vous... J'imaginais
que votre sœur serait ce que vous étiez; je me suis
trompé et j'expie durement cette erreur... Mais
vous, Laura, vous qui m'aimiez dès cette époque,
pourquoi avoir laissé ce mariage s'accomplir?
Une explication était si simple.

— Je vous la donnerai un de ces jours, si
cela peut vous faire plaisir, dit-elle en se levant.
Aujourd'hui, je suis un peu lasse... et je vais
rester seule ici pour penser à vous. Merci, Mario,
de votre bonne visite.

III

Les Druso arrivèrent à Rome la veille de Noël.
Le marquis de Santa Cristina les accompagnait
ainsi qu'un autre Napolitain, Carlo Mariani, un
fort bel homme, recherché dans les salons pour
sa voix de baryton et dont la barbe était taillée de
façon à accentuer la ressemblance avec Alphonse
d'Este, tel qu'il a été représenté par Titien. Don
Pablo n'apparut que quelques jours plus tard et
descendit dans une modeste pension de la via di
Quattro Fontane.

Le Grand Hôtel, où le reste de la bande prit ses
quartiers d'hiver, était déjà fort animé, surtout à
l'heure du thé et le soir. On faisait assaut de toilettes dans la salle Louis XV du restaurant. La
table des Druso fut, du jour au lendemain, le
point de mire des étrangers ; Santa Cristina, Mariani et don Pablo y avaient leurs places mar-

quées. Les Hercolani, des habitués de vieille
date, dînaient un peu plus loin.

A peine installés, le duc et la duchesse reçurent
une invitation à dîner chez les Leoni. Mariani et
Santa Cristina furent également conviés, mais
aucun carton ne parvint à don Pablo. Le descendant des Saavedra eut beau glisser devant Mario
une allusion transparente à la réunion qui se préparait, Leoni fit la sourde oreille. Il ne lui plaisait pas de se charger de ce parasite. Pablo dévora
l'affront en silence. Décidément ces Romains se
liguaient pour déranger sa vie! — Il se jura de
leur faire payer cher leurs dédains. En guise de
consolation, il s'invita sans façon à la table des
Hercolani, oubliant généreusement les propos
équivoques que le ménage avait coutume de lui
inspirer.

Le dîner des Leoni réussit à souhait.

Mme Ricciardi, dans une toilette mauve très-
simple, rivalisait de grâce avec Eva, plus somp-
tueusement drapée dans une robe rose-thé à
entre-deux de dentelles qui faisait valoir les
lignes souples et opulentes de sa taille. A voir
les deux sœurs à côté l'une de l'autre, sous la lumière opaline qui tombait du plafond, on aurait
dit que Laura était la plus jeune, tant il y avait
de vivacité dans ses mouvements, d'animation
sur son visage.

Un ami du maître de la maison lui chuchota à
l'oreille :

— Vraiment charmante Mme Ricciardi! dommage qu'elle se montre si peu dans le monde.

Mario rougit comme si le compliment lui eût été adressé.

La duchesse exprima le désir que Mariani fît entendre sa voix; Laura s'assit au piano pour l'accompagner. Le Napolitain chanta sans se soucier de la grandeur du salon qu'il remplit de notes sonores, le geste ample et assuré comme s'il se fût trouvé sur la scène. La duchesse l'écoutait pâmée, tandis que Druso flirtait avec Eva dans la pièce voisine. Le morceau terminé, les assistants applaudirent avec la conviction que procure un estomac satisfait.

La duchesse se rapprocha du piano. Laura donnait son opinion sur *Mefistofele* dont Mariani venait d'interpréter un air.

— Voici le passage que je préfère, dit-elle après avoir ouvert la partition au dernier acte, et elle se mit à le fredonner, en s'accompagnant d'une main.

— Comment! vous chantez? fit la duchesse.

— Il y a des années que je ne travaille plus.

— Voyons, pas de fausse modestie, vous avez une voix de rossignol, tout simplement, et vous allez nous dire quelque chose; n'est-ce pas, M. Leoni?

Mario s'associa chaleureusement à la prière de dona Enrichetta; il n'avait jamais entendu sa belle-sœur. Mme Ricciardi ne demandait qu'à céder;

elle entonna une chanson de Paisiello, la plainte
d'un amoureux à sa belle qui lui tient rigueur.
Elle préluda en sourdine, mais, après quelques
mesures, emportée par l'ardeur qui depuis quelque temps la consumait, elle donna toute sa voix.
Ce fut une révélation! Le caractère passionné de
la jeune femme se dévoila comme sous la baguette
d'un magicien; son accent, pour rendre la poésie
touchante de la vieille mélodie, s'imprégna
d'une émotion si intense, si communicative que
Druso lui-même se leva pour se rapprocher de
la chanteuse. Mario ne fit pas un mouvement,
quand elle eut lancé la dernière note, tant il craignait de laisser deviner son trouble. Il y eut un
concert d'éloges auquel Mariani s'associa le premier, avec une spontanéité qui marquait l'absence de toute jalousie professionnelle.

— Mme Ricciardi est une artiste dans toute l'ac-
ception du terme, prononça-t-il avec emphase.

Quand on se sépara, Laura dit au marquis de
Santa Cristina :

— Venez me voir; vous me trouverez toujours
de bonne heure et même quelquefois tard, car je
suis peu mondaine.

Cette assertion devait recevoir un prompt démenti. Les salons romains s'ouvrirent de bonne
heure cette année-là, sans qu'on sût pourquoi.
Les Druso tenaient trop notoirement le haut du
pavé napolitain pour ne pas être accueillis à bras
ouverts dans la capitale.

Le duc se trouva, dès les premiers jours, en
relation avec don Giulio Carcano. Les deux familles se connaissaient des alliances communes.
Don Giulio eut la mortification de constater qu'il
rencontrerait dans son parent un concurrent dangereux aux bonnes grâces de Mme Leoni. C'était
une situation nouvelle dont il pouvait prendre
parti, à la condition qu'on lui laissât les apparences de protecteur en titre qu'il avait jusqu'a-
lors gardées sans conteste. Il se trouva par
malheur que Druso ne lui quitta pas la place. La
conversation à trois ne faisait pas le compte de
don Giulio qui avait sur ce chapitre trop mauvaise
conscience pour s'exposer de gaieté de cœur à
des comparaisons défavorables. Après s'être renfermé quelque temps dans une sorte d'indifférence hautaine, il battit inopinément en retraite.

Mme Leoni, qui comprenait très-bien qu'à ce jeu,
elle risquait de perdre au moins un de ses adorateurs, mit tout en œuvre pour créer entre eux une
atmosphère respirable. Voyant qu'elle échouait
elle prit le parti de se confier au duc.

— C'est un ancien ami à qui je dois des égards,
et puis il disparaît chaque soir avant minuit,
comme Cendrillon.

L'intervention se produisait trop tard. Sans
abandonner les dehors d'une galanterie irréprochable, Carcano s'éloignait. Ce qui ne laissa pas
de contrarier Eva, c'est qu'il évoluait ostensible-
ment du côté de Mme Ricciardi.

— Tu veux stimuler ma jalousie, se dit-elle ;
tu en seras pour tes frais, mon bel ami, Laura
n'est pas coquette pour un liard.

Carcano, plus rusé que n'imaginait Eva, ne
commit pas cette bévue. Au lieu de faire à
Mme Ricciardi une cour qui risquait fort de n'être
pas agréée, il se contenta de lui offrir ses services. Comme elle ne pouvait guère étendre
ses relations sans recourir au patronage de sa
sœur, don Giulio s'ingénia pour lui assurer d'emblée une situation indépendante ; il pria sa mère
de l'engager à ses soirées intimes. La vieille princesse jouissait d'une mémoire impitoyable :

— Si le peintre n'est pas là, je serai enchantée
de recevoir sa femme.

Ce fut don Giulio qui se chargea de faire parvenir le message à sa destination. Mme Ricciardi ne
s'attendait pas à pareille aubaine ; son amour-
propre fut agréablement chatouillé ; elle exprima
sa gratitude et profita d'une visite de sa sœur au
palais Conti pour en franchir le seuil.

En apprenant la démarche de la princesse, Eva
comprit que le coup venait de son sigisbée en
rupture de chaîne. Celui-ci tenait à ce que sa nouvelle protégée ne fît pas chez sa mère une entrée
banale ; il dévoila son talent musical et sa voix de
cantatrice. Laura s'exécuta de la meilleure grâce
du monde. Ce fut un succès intime qui consacra
sa position.

Les Leoni se retirèrent un peu avant onze heures

pour se rendre au rout de l'ambassade de ***.
Laura, ne connaissant pas l'ambassadrice, rentra
directement chez elle.

A l'ambassade, Druso faisait faction.

— Quelle élégance ! dit-il à Mme Leoni, tout le
monde s'en va.

Les salons, au contraire, regorgeaient d'invités.
Le duc avait pris le bras de la jeune femme. Tous
deux circulèrent à travers les groupes et pénétrè-
rent dans une pièce un peu moins encombrée; ils
s'assirent sur un canapé où on se fit scrupule de
les déranger.

— Je vous avais prié de ménager Carcano, dit-
elle d'une voix un peu fâchée : vous n'avez pas
suivi mon conseil et maintenant il boude; je crains
que nous ne nous en soyons fait un ennemi.

— Que nous importe! repondit-il, heureux
d'être associé à sa compagne, même dans l'inimitié de don Giulio. Vous avez mon dévouement
et vous savez qu'il est absolu.

— Jusqu'à ce qu'on le mette à l'épreuve.

— Essayez !

Mme Leoni s'éventait, feignant l'indifférence.

Profitant de cet instant d'inattention affectée
ou réelle, le duc promenait ses yeux hypnotisés
sur le cou nacré, puis, les abaissant vers les ondulations tentatrices de la gorge, il ajouta plus bas:

— Vous ne vous doutez pas du tendre intérêt
que vous m'inspirez; je ne sais ce que je ferais
pour vous en convaincre.

— Arrêtez, mon cher, sans quoi vous allez tomber à mes genoux et, vous avez beau dire, il y a encore beaucoup de monde.

— Ai-je besoin de tomber à vos genoux pour vous dire que je vous aime?

Ses regards attestaient qu'il n'exagérait pas. Mme Leoni se leva comme si elle n'avait pas entendu et, accostant une de ses amies, elle se dirigea vers le salon principal.

Druso, livré à ses réflexions, se félicita de la tournure qu'il avait imprimée au dialogue. Ardemment épris de Mme Leoni depuis le jour de leur rencontre, il se promettait de ne pas rester sur cette première escarmouche, persuadé, dans sa fatuité d'homme à succès, que la jeune femme se félicitait d'avoir, en perdant un amoureux transi, conquis un adorateur convaincu.

Il n'en allait pas tout à fait de la sorte. Eva traversait une crise périlleuse à tous égards. Elle en était presque arrivée à se demander si elle aimait encore son mari. Comment rester indéfiniment attachée à un homme tellement maître de ses impressions que rien au monde ne semblait susceptible de l'émouvoir? Quelque prix que l'on attache aux belles manières, à l'intelligence, à l'esprit, ces qualités ne tiennent pas lieu de tout aux yeux de la femme qui aime. Pour réchauffer cet époux de glace, elle avait mis en batterie toutes les pièces de l'arsenal féminin, mais en pure perte. Sans qu'elle en convînt, son cœur saignait d'une froideur dont elle ne parvenait pas à prendre son parti.

Quelle différence avec Druso! Celui-là, au moins, vivait. Qu'il fût superficiel et exempt de préjugés, sa réputation et la présence de Mariani à Rome en témoignaient avec éloquence; on parlait de ses amours comme des campagnes de Napoléon. Tout cela empêchait-il qu'il éprouvât cette fois un sentiment profond? On ne sacrifie pas son palais de Naples, le cercle où on fréquente, les soirées de San Carlo pour suivre une femme qu'on n'aime pas, surtout quand cette femme ne vous a encore fourni aucune assurance de succès.

Elle venait de commettre, il est vrai, sa première imprudence. Pourquoi avait-elle rompu avec sa tactique habituelle, en permettant au·duc de lui déclarer ses intentions? elle n'aurait pas su l'expliquer. Ses nerfs avaient-ils joué dans cette défection un rôle inattendu et Druso avait-il bénéficié à son insu de l'irritation que l'attitude de Carcano avait provoquée? ou bien glissait-elle réellement sur une pente fatale, éprouvant pour son soupirant un attrait dont elle ne s'avouait pas le danger? Il est bien certain que son amour-propre triomphait de l'hommage persévérant d'un des plus brillants cavaliers de l'Italie. A tout prendre, cette victoire faisait plus que compenser la dérobade de Costareale, pour ne pas dire l'abandon de Mario.

Avant de se mettre au lit, elle alluma toutes les

lampes électriques de sa chambre à coucher. Sur son peignoir jonquille, elle laissa rouler les ondes de ses noirs cheveux et se campa devant la psyché. Longtemps, elle caressa des yeux son image qui conservait dans toutes les attitudes une grâce victorieuse.

— Tant pis pour ceux qui ne me trouvent pas à la hauteur ! finit-elle par dire.

Il y a apparence qu'elle serait restée bouche close, si d'aventure on lui avait demandé le commentaire à ces paroles menaçantes.

18

IV

La saison battait son plein. Les mondains se
montraient à peu près tous les soirs. On dansait
chez les Romains, on dansait dans les ambas-
sades, on dansait dans la société étrangère, de
plus en plus compacte, de plus en plus prépondé-
rante. Et les cotillons se prolongeaient fort avant
dans la nuit.

A Rome, comme ailleurs, la curiosité s'attache
de préférence aux astres nouveaux. Cet hiver-là,
on était d'accord pour admirer la femme d'un
secrétaire de la Légation du Mexique, Mme Hernandez Silva, une beauté créole accomplie, rap-
pelant les madones profanes de Murillo par son
visage ovale presque trop régulier, par ses traits
purs et ses yeux baignés de langueur. On disait
qu'elle avait obtenu à Londres l'année précédente
un succès éclatant. C'en était assez pour précipiter à ses pieds la phalange disciplinée du sno-

bisme. Mme Hernandez Silva n'avait pas de concurrence à redouter, dans les salons de la capitale, si ce n'est celle de Laura.

Mme Ricciardi était romaine, mais c'est à peine si les Romains la connaissaient. Son apparition fit grand tapage, sans soulever de protestations. Ses toilettes, dans leur sobriété relative, marquaient le goût de l'accent personnel, de l'harmonie, la curiosité du détail sobre. Sa gaieté de bon aloi, son éloignement de toute coquetterie provocante, ralliait à sa cause jusqu'à la partie féminine de la société; en elle, on ne discernait pas la rivale.

Eva, au contraire, avait éveillé de sourdes rancunes; aussi les méchantes langues insinuaient-elles que Mme Leoni avait eu de bonnes raisons pour cacher sa sœur. Ces jalousies s'avivaient depuis que la jeune femme était davantage tourmentée par l'envie de plaire. Sa mise affectait maintenant certaines complications savantes; sa main s'oubliait à assouplir les volutes de ses cheveux en molles ondulations; il flottait sur toute sa personne comme une poursuite de séduction à laquelle Marie restait hélas! insensible, dont le duc se grisait ainsi que d'un arome capiteux et qui ne laissait pas de fomenter l'inimitié rageuse des beautés incomprises.

Les indices de ces dispositions malveillantes n'échappaient pas à la clairvoyance d'Éva, mais elle les attribua au dépit que provoquait l'éclat de

sa nouvelle conquête et n'en éprouva qu'un plus
ardent désir de l'afficher aux yeux de tous. C'était
commettre une seconde maladresse. La légion
fidèle, qui se consolait des allures protectrices de
don Giulio, ne se résigna pas aussi facilement à
subir la préférence dont le duc commençait à se
prévaloir. Celui-ci ne pouvait passer à aucun
titre pour un *cavalier servente* et il n'avait pas,
accoutumé de se retirer à onze heures. Aussi,
Mme Leoni aurait-elle enregistré certaines défections significatives, si elle n'eut été emportée par
un vent de tempête.

Les assiduités du napolitain défrayaient les conversations; seuls, les intéressés feignaient de ne
pas en percevoir l'écho.

Des raisons d'ordre supérieur s'opposaient à
ce que la duchesse protestât. En public, le beau
baryton observait à son égard la réserve la plus
méritoire, lui parlant moins qu'à aucune autre
femme, ne dansant que rarement avec elle; mais
sur un signe, elle le voyait à ses pieds.

La situation de Leoni se faisait chaque jour
plus délicate. Afin de se distraire, il sortait souvent de très-grand matin. Pour but de ses promenades, il choisissait ces lieux solitaires qui abon-
dent à Rome, en dépit des transformations. Tout
en flânant, il cherchait des images vives et des
expressions neuves pour assurer le relief plas-
tique aux strophes amoureuses que, dans sa
pensée, il dédiait à Laura. Il rentrait chez lui, la

tête bourrée de trouvailles, déjeunait distraitement en face d'Eva hostile et passait ses après-
midi à ciseler un sonnet ou à enfermer dans la
concision d'un distique une pensée rare dont la
recherche le charmait. Jamais il ne s'était senti
autant de verve, mais insensiblement, ses essais
prenaient une nuance plus accentuée d'exaltation,
si bien qu'il n'osait plus les montrer à Laura.

Ces heures de recueillement fiévreux ne l'em-
pêchaient pourtant pas de discerner ce qui se passait autour de lui. Dans le monde, le témoignage des assiduités en quelque sorte officielles
de Druso le poursuivaient comme un reproche
obsédant. Eva s'affichait avec un sans-gêne inutile qui cachait mal le parti pris de lasser la
patience de l'homme dont elle portait le nom.
Mario le comprenait; en son âme et conscience,
il se reconnaissait vis-à-vis d'elle des torts infinis,
avec une invincible répugnance à les réparer.

Un soir que tous deux attendaient en tête-à-
tête l'heure de se rendre au bal de Mrs Steel Lawson, une étrangère établie de longue date dans la
ville éternelle, Mario risqua cette allusion :

— Il faut avouer que Mariani est le modèle
des adorateurs: en voilà un qui ne compro-
mettra jamais personne.

Ce à quoi Eva, qui boutonnait ses gants, répondit du tac au tac :

— C'est qu'apparemment, il n'a plus rien à
solliciter !

18.

La réflexion était si juste, si suggestive que Mario ne trouva rien à répondre. D'un mot, la jeune femme proclamait qu'elle n'avait pas cessé d'être irréprochable. Il aurait pu remarquer sans doute qu'il n'est pas inutile d'observer les bienséances, mais c'était aborder une discussion en règle. Eva attendait peut-être une parole qui lui permît de s'expliquer sans réticences, qui sait même si elle ne la souhaitait pas! Elle ajouta, en effet, après une pause de quelques secondes :

— Les femmes sont presque toujours ce que leurs maris les font.

Mario rougit sous ce reproche mérité ; mais, au lieu de saisir la balle au bond et de faire cesser ce qui pouvait à la rigueur n'être que le fruit d'un malentendu, il répondit seulement :

— Et les maris ce que Dieu les fait.

L'unique espérance qui restât de voir l'harmonie reparaître dans le ménage venait de s'évanouir. Eva sonna nerveusement pour qu'on fît avancer la voiture. Mari et femme partirent sans avoir échangé une parole de plus.

Mrs Steel Lawson occupait le premier étage — *le piano nobile* — d'un palais historique, situé dans un vieux quartier encore intact, à proximité du pont Saint-Ange. Le propriétaire, aux trois quarts ruiné, avait transporté son lit de justice sous les toits. L'étrangère s'était tout d'abord ingéniée à introduire dans les salles décorées par l'Albane le confort moderne ; des tapisseries, des étoffes de soie, des tableaux religieux et profanes achevaient d'imprimer à cette demeure seigneuriale le caractère composite et bâtard si cher au dix-neuvième siècle. Mrs Steel Lawson avait fait venir auprès d'elle, pour l'aider à faire les honneurs de son salon, une nièce, son unique héritière, qu'entourait une nuée de prétendants. En fille pratique, miss Lawson se laissait courtiser par tous, fermement résolue de choisir librement celui qui serait appelé à jouir avec elle des millions de sa tante.

L'appartement se composait d'une longue suite de salons qui se commandaient, comme il arrive souvent dans les palais romains, et d'une large terrasse convertie en jardin d'hiver, où une forêt de palmiers et de camélias abritait des sièges rustiques.

Mme Leoni fut assaillie, dès qu'elle parut, par ses danseurs ordinaires. Apercevant Druso, elle lui cria de façon à être entendue de tous :

— La première valse, n'est-ce pas ?

Tandis que le duc ployait sous cette faveur, Leoni se disait que la bravade de sa femme constituait la réponse à la maxime décourageante qu'il avait émise une demi-heure auparavant. Traversé par le pressentiment d'épreuves prochaines, il courba la tête sous le poids de la responsabilité qu'il venait d'assumer.

Quelques minutes plus tard, Santa Cristina croisa le Siennois qui revenait sur ses pas ; l'alté-

ration des traits du jeune homme le frappa. Mario
se faufilait dans la pièce où Mrs Steel recevait ses
invités. Il feignit, pour se donner une contenance,
d'examiner les toiles médiocres accrochées au
mur, mais ses yeux ne perdaient pas de vue la
porte d'entrée.

Soudain, une forme claire et lumineuse apparut
dans l'encadrement. C'était Mme Ricciardi dans
une toilette toute blanche, une simple rangée de
perles autour du cou et, sur la tête, une flexible
aigrette de diamants. N'était cette parure, on l'eût
prise pour une jeune fille. Mario éprouva comme
un éblouissement; il resta cloué sur place, pendant que sa belle-sœur échangeait quelques paroles banales avec Mrs Steel. En se retournant,
elle aperçut Leoni qui la dévorait du regard; ses
paupières battirent légèrement; elle s'avança de
son côté et lui dit de sa voix musicale :

— Déjà arrivé !

Tous deux se dirigèrent silencieusement vers
la salle de bal; au moment d'y pénétrer, il lui
glissa ces mots dans l'oreille :

— Je désirerais vous parler... un peu plus tard.

— Quand vous voudrez, répondit-elle très vite,
et elle le quitta.

Mme Leoni ne manquait pas une danse. Sa sensibilité nerveuse se détendait voluptueusement à
s'abreuver de rythme et de mouvement. La musique de l'orchestre la caressait délicieusement.
Quand Druso vint la prendre pour valser, elle

inclina la tête sur son épaule, et tout de suite elle
s'abandonna avec une telle langueur que, l'enla-
çant étroitement, il fendit le flot pressé des danseurs comme un loup qui ravirait une brebis.
Lorsqu'il s'arrêta pour reprendre haleine, une voix
émue le supplia :

— Encore !

Il repartit avec l'ardeur que procure instantanément l'absorption d'un stimulant énergique, la
pressant davantage sur sa poitrine pour soutenir
ce corps souple dont la chair, à travers les vêtements, adhérait à la sienne. Quand l'orchestre
cessa de se faire entendre, il la déposa sur une
chaise et s'appuya au mur pour ne pas tomber.
Elle cacha son visage derrière son éventail ; l'éclat
des lumières l'éblouissait.

Quoique Laura ne fût pas moins éprise de
danse que sa sœur, elle avait refusé d'engager le
cotillon, sous couleur de fatigue. Après la dernière valse, Mario, s'approchant d'elle, lui offrit
le bras :

— Voulez-vous prendre quelque chose? demanda-t-il très-haut.

— Volontiers.

Un courant irrésistible les déposa dans la salle
où était dressé le buffet. La joie de vivre animait
les visages, enflait les voix. Au milieu du brou-
haha, il n'y avait pas d'aparté possible. Tout à
coup, un mouvement d'exode se dessina : le cotillon allait commencer. Santa Cristina, qui cau-

sait avec une douairière, ne bougea pas. Un autre groupe semblait résolu d'achever le pillage méthodique du buffet : don Pablo y étalait sa corpulence. Sans perdre une bouchée, il distribuait la gaieté autour de lui.

— Allons nous asseoir dans la serre, dit Mario.

Et il emmena sa compagne dans le jardin d'hiver, vide à cette heure tardive. Avisant deux fauteuils adossés à une haie de verdure, d'où on pouvait surveiller la porte principale, il offrit l'un à Mme Ricciardi et s'assit dans l'autre. Comme il se taisait :

— Vous aviez quelque chose à me dire, commença-t-elle, est-ce donc si grave ?

— Je ne sais... mais vraiment je suis très malheureux.

Les couleurs qui animaient les joues de Mme Ricciardi se ternirent aussitôt comme les pétales d'une fleur délicate au passage d'un souffle glacé.

Il reprit après une pause :

— J'ai beaucoup réfléchi dans ces derniers temps, et je me persuade chaque jour davantage que je suis pour tous ceux qui m'approchent une cause de trouble et de malheur.

Elle fit un mouvement pour l'interrompre.

— Laissez-moi continuer, poursuivit-il amèrement ; je n'ai su rien voir, rien pressentir. J'ai épousé votre sœur que je n'aimais pas ; je ne me suis même pas avisé que vous pussiez m'aimer !... Dans ces circonstances si graves, comme dans

tout le reste de ma vie, j'ai laissé échapper les
occasions que le ciel m'offrait. Laura, je vous
demande pardon du mal que je vous ai fait.

Ses traits étaient décomposés, ses paupières
humides. Laura se sentit défaillir. Si elle l'eût
osé, elle lui aurait mis la main sur la bouche, afin
de l'empêcher de se calomnier à plaisir. Le regard
d'ardente passion qu'elle lui adressa le fit tressaillir jusqu'aux moelles; un instant, il crut
qu'elle allait s'effondrer sur sa poitrine. Il fallut
qu'elle raidît les ressorts de sa volonté pour maî-
triser à demi son émotion et pour lui répondre
d'une voix frémissante :

— De grâce, Mario, ne parlez pas ainsi... Vous
ne pouviez pas savoir... les apparences vous ont
trompé. Non, non, vous n'êtes pas coupable!
Comment auriez-vous pu soupçonner l'odieux...

Elle s'arrêta brusquement en voyant s'allumer
dans les yeux de son beau-frère la flamme d'une
anxiété fiévreuse.

— Vous dites?

Laura perdit contenance. Dans le désordre où
l'avait jeté la plainte du jeune homme, elle s'était
laissé entraîner au delà de ses prévisions. Mille
raisons l'engageaient à retenir le secret qu'elle
avait surpris. Dans un éclair de lucidité, elle dis-
cerna les conséquences irréparables qui pouvaient
résulter d'une confidence faite à la légère; très
vite elle essaya de se reprendre.

— Je voulais dire que j'aurais dû vous avouer

alors le sentiment que vous m'inspiriez ; oui, il fallait triompher de ma timidité, puisqu'il y allait du bonheur de ma vie... vous voyez que vous avez tort de vous croire coupable.

La force lui manqua pour continuer, tellement le regard que Mario attachait sur elle peignait de douloureuse surprise. Ce n'était plus le trouble nerveux de la minute précédente, mais cette sorte d'effroi instinctif qui saisit les âmes les mieux trempées à l'approche d'un danger inconnu :

— Ainsi, dit-il lentement, il y a quelque chose que vous me cachez.

— Mario !

— Il y a un secret ! Vous avez laissé échapper une parole d'une gravité singulière et vous voudriez me faire oublier qu'elle a été prononcée.

— Je vous assure...

Il l'interrompit d'un geste.

— Épargnez-vous un mensonge. Gardez votre secret, puisque aussi bien vous estimez avoir trop parlé, mais vous comprendrez...

A ce moment, Santa Cristina fit irruption dans la serre avec une impétuosité qui contrastait avec sa gravité habituelle. Se dirigeant vers les deux causeurs, il adressa la parole à Mme Ricciardi, sans songer à s'excuser :

— Comment, vous êtes encore ici ! Ne vous voyant plus dans le bal, vous, une danseuse de cotillon, je vous croyais partie depuis longtemps.

— Ce soir, j'étais un peu fatiguée, mais, à

propos, quelle heure est-il donc ? demanda-t-elle
en se levant.

— Deux heures moins un quart, répondit le
marquis après avoir consulté sa montre.

— Déjà ! moi qui voulais me coucher de bonne
heure ! Je m'en vais, au revoir, au revoir !

Et sans se retourner, elle quitta le salon
d'hiver.

A peine Santa Cristina et Leoni s'étaient-ils
éloignés à leur tour, que Pablo Saavedra sortait
des massifs, à quelques pas de l'endroit où avait
eu lieu la conversation rapportée plus haut.

V

Le lendemain, don Pablo mandait à Ricciard
la lettre suivante :

« Mon cher Monsieur,

« Voulez-vous me permettre de vous adresser
et de vous recommander particulièrement un de
mes amis, Gasparre del Rosso, qui se rend à
Paris. Il ne connaît de la grande ville que les
boulevards et les théâtres, et grille de pénétrer, si
peu que ce soit, dans le monde artiste. Nul mieux
que vous ne saurait lui en faciliter l'accès. C'est
un homme de goût, et, ce qui ne gâte rien, de
grande fortune. Je suis certain de vous être
agréable à tous deux en vous mettant en rapport.

« La saison est ici des plus animées, on danse
tous les soirs. Notre clan de Sorrente est au complet, vous seul manquez. Je vous fais mon com-

pliment sur Mme Ricciardi : elle est vraiment charmante, et, de l'avis unanime, la reine de nos
fêtes.

« Encore merci pour mon ami, et à bientôt,
nous l'espérons tous, et, en particulier, votre tout
dévoué.

« SAAVEDRA. »

Ce soir-là, il n'y avait pas de réception dans le
monde. Par contre, le théâtre Valle offrait la pri-
meur d'un drame dont toute l'Italie s'occupait depuis un mois. On s'était disputé les places. La
princesse de Costareale avait invité Mme Ricciardi
dans sa loge tandis que les Druso et les Leoni fu-
sionnaient dans une autre. La salle devint hou-
leuse dès les premières scènes. Tandis que l'action
allait se déroulant, le nombre des mécontents se
multipliait, devenait légion.

La tombée du rideau provoqua parmi les spec-
tateurs une agitation inaccoutumée. On faisait
des visites hâtives dans les loges ; on discutait
avec passion, dans les couloirs, la valeur de la
pièce. Chez les Druso, on ne ménageait pas l'auteur ; on admettait qu'il avait de l'esprit jusqu'au
bout des ongles, mais quel manque de discerne-
ment et quelle insupportable prétention ! Seul,
dans son coin, Mario ne soufflait mot.

La princsssse de Costareale laissait voir plus
d'indulgence. Lorsque don Pablo entra dans sa
loge, au dernier entr'acte, elle essayait de prouver

qu'à l'aide d'habiles remaniements, on rendrait
la pièce excellente.

— N'est-ce pas votre avis? demanda-t-elle à
Mme Ricciardi dont le regard distrait se perdait
dans la salle.

— Sans doute, ce n'est pas un chef-d'œuvre,
répondit Laura après une courte hésitation, mais
la plupart des scènes renferment de vraies trouvailles.

— Le malheur, observa quelqu'un, c'est qu'on
a précisément crié sur les toits que c'était un
chef-d'œuvre.

— Très juste! reprit Mme Ricciardi. Ces éloges
outrés gâtent l'écrivain qui ne supporte plus de
critiques; ils échauffent l'envie des bons confrères
et provoquent la mauvaise humeur du public.
C'est ainsi que déraille le talent d'un auteur et
celui-ci en a beaucoup.

— Voici un *nouveau* sujet de discussion avec
votre beau-frère, remarqua méchamment don
Pablo, il trouve la pièce détestable.

Le visage de Laura se couvrit de pourpre à ces
paroles. Les autres n'y prirent pas garde.

— A propos de Leoni, fit la princesse, dites-
lui, si vous le rencontrez, qu'il a manqué à tous
ses devoirs; il aurait bien pu venir nous saluer.

Saavedra s'inclina et sortit en même temps que
don Giulio qui changeait de théâtre. S'adressant
à Carcano, le pseudo-Espagnol laissa négligemment tomber ces mots :

— Si Leoni n'a pas paru dans la loge de la princesse, c'est qu'il y a du froid entre lui et sa belle
sœur.

— Tiens, pourquoi? questionna Giulio subitement intéressé.

Il se disait que Leoni subissait sans doute l'influence de sa femme dont la jalousie avait pu
être déjà mise en éveil.

— Qui sait? fit don Pablo énigmatique, dans
les amitiés un peu vives, il y a toujours des hauts
et des bas.

Un rire équivoque épanouit sa face bouffie.

Les deux hommes se séparèrent. Chemin faisant, Carcano méditait sur ce qu'il venait d'entendre. Il savait que son compatriote n'était pas
homme à parler de la sorte sans intention.
Ceux qui virent l'héritier des Costareale franchir
quelques minutes plus tard le seuil du théâtre
Costanzi ne purent douter que des pensées joyeuses
égayaient le cerveau du jeune patricien.

A quelques jours de là, le bruit se répandit
dans Rome que le carême verrait des tableaux vivants au palais Conti. Détail surprenant! Il ne
s'agissait pas de charité. La princesse de Costareale prétendait subvenir à ses bonnes œuvres avec
sa bourse; quand elle ouvrait ses salons, c'était
afin de réunir ses amis et ses connaissances, non
pour admettre indistinctement chez elle ceux qui
avaient le moyen de se procurer un billet à prix
d'argent, comme au théâtre.

19.

On allait colportant dans la ville qu'il y aurait quatre tableaux séparés par des intermèdes de chant; le rideau tombé sur la dernière scène, on souperait par petites tables avec les acteurs en costumes. Laura, Eva et Druso acceptèrent sans se faire prier de monter sur les planches. Leoni se montra plus récalcitrant; il fallut pour le décider que la princesse lui déclarât tout net qu'on ne pouvait se passer de son concours.

Mario ne se sentait pas le cœur aux divertissements. Il avait quitté le bal de Mrs Steel Lawson dans un état de profond découragement. A certaines minutes de la vie, la plus légère déception, une simple contrariété peut nous conduire à un abîme de désespérance. Il s'était couché physiquement malade; il se réveilla pénétré du dégoût de ce qui l'entourait.

A peine habillé, il fit seller un cheval et se dirigea au pas vers la porte S. Giovanni. Hors les murs, le pavé de la via Appia nuova reluisait de givre sous le soleil oblique. Une tramontane glacée descendait en sifflant des hauteurs du Monte Gennaro. L'atmosphère, plus limpide qu'aux plus beaux jours d'été, lui aurait permis de compter les maisons de Frascati. Il se jeta, aussitôt qu'il le put, à travers champs et piqua des deux comme s'il eût suivi les chiens, au risque de blesser sa monture sur ce terrain durci.

Il revint à Rome les nerfs détendus, le sang plus léger, le cerveau dégagé de ses chimères.

Assurément Laura avait un secret, à telles
enseignes que, sous le coup d'une émotion profonde, peu s'en était fallu qu'elle le lui livrât;
mais, si un motif impérieux l'avait arrêtée dans
la voie des confidences, l'en aimait-elle moins
pour cela?

Il se reprochait maintenant l'âpreté de ses dernières paroles. Sans le désir impérieux de connaître le secret de sa belle-sœur, il lui aurait
adressé séance tenante un mot de repentir. Cette
même soif de savoir le retint toute la soirée au
fond de l'avant-scène du théâtre Valle, mais il se
promettait bien d'entretenir Laura le lendemain,
au bal de la Légation de***.

Mme Ricciardi n'y parut pas, au cruel désappointement de Mario qui se leurrait de l'espoir
qu'elle ne le laisserait pas plus longtemps sous le
coup de la poignante incertitude qui le tourmen-
tait. En promenant sa mélancolie à travers l'appartement, il avisa un fumoir abandonné. Des boîtes
ouvertes traînaient sur les tables; il prit une
cigarette, mais ne l'alluma pas et s'installa, pour
méditer à son aise, dans l'angle d'un canapé.

Si les paroles de Laura signifiaient quelque
chose, l'acte odieux visé par elle avait eu pour
objet et pour résultat de rendre un mariage entre
eux impossible. Or, une action délictueuse suppose un coupable; quel était ce coupable?... Un
nom déjà pressenti brûla les lèvres du jeune
homme : *Lorenzo!* — « Cherchez à qui le crime

profite », dit l'axiome juridique. Lorenzo n'était-il pas devenu le mari de Laura?

Ce simple soupçon fit passer dans l'âme du Siennois un courant de rage, mais presque aussitôt il reprit son sang-froid pour continuer son investigation mentale. Certes, les scrupules n'avaient jamais entravé Ricciardi et, depuis, que sa fortune lui assurait l'indépendance, il ne se souciait même plus de garder les dehors d'une délicatesse importune. Etait-il interdit de soupçonner son égoïsme de quelque traîtrise profitable?

Cette hypothèse admise, il restait à préciser la nature de l'acte incriminé. Mario ne trouvait dans sa mémoire aucun indice qui lui permît d'éclaircir le mystère. Lui fallait-il donc, pour recueillir une lueur révélatrice, remonter à l'époque où il ne connaissait pas encore la famille Silvestrini?

Inopinément, l'idée lui vint d'une séduction possible : Lorenzo profitant de l'inexpérience de la jeune fille ou de sa sympathie naissante pour l'induire à quelque imprudence irréparable. Et aussitôt une odieuse vision s'empara de son cerveau, fit tressaillir sa chair. Que Laura fût la femme de Lorenzo, il s'y résignait, mais qu'elle eût été sa maîtresse!...

Tandis que cette conjecture s'emparait de son esprit, l'entraînant dans le tourbillon des complications imaginaires, le jeune homme eut l'im-

pression d'un regard investigateur pesant sur lui.
Quand il leva les yeux, il distingua, derrière le
rideau d'un léger brouillard, de longs favoris
blancs et un cordon bleu de ciel balafrant une
poitrine. Le possesseur de ces avantages semblait
savourer l'ivresse inoffensive de lancer régulièrement des bouffées de fumée au son d'une
musique lointaine. Depuis quand était-il là?
Mario l'ignorait. Cette figure correcte et froide
n'éveillait aucun écho dans son souvenir. Il se
demanda s'il venait d'être le jouet d'une illusion
ou si la curiosité de l'inconnu s'était bien réellement exercée à ses dépens. Ce simple doute lui
causa un malaise si intolérable qu'il se leva et
quitta le fumoir. Il chercha sa femme, la rejoignit
dans la salle de bal et la prévint qu'il rentrait à
pied.

Dans la rue déserte, il reprit son monologue
interrompu, sans se soucier du brouillard humide
qui traversait ses vêtements.

Il se disait :

— Séduire une jeune fille constitue sans con-
tredit l'acte d'un lâche, mais il est avéré que ces
vilenies se commettent tous les jours et, en
général, impunément. Laura, ne me connaissant
pas, ne pouvait m'aimer; son innocence a pu
tomber dans un piège habilement tendu. Le coupable s'est alors généreusement offert à réparer
son crime par un mariage. C'est sur ces entrefaites que je suis arrivé à Rome et que la compa-

raison de nos caractères a tourné à mon avantage.
Mais que pouvait faire la malheureuse enfant?
Me confesser sa chute? Non, mille fois non! S'ouvrir à un homme dont on ignore les sentiments,
c'est courir au-devant d'une réponse mortifiante,
s'exposer à une proposition plus avilissante
encore. Mieux vaut renoncer à celui qu'on aime
que d'encourir son mépris ou même sa pitié. Le
désespoir dans le cœur, la victime avait alors
consenti à épouser son amant.

La raison du jeune homme capitulait. Il traversa sans rien voir la place Colonna où des
cochers immobiles sommeillaient sur leur siège en
attendant le client. Il n'entendit pas la fontaine
chanter au pied de la colonne Antonine. Dans le
brouillard plus épais, il se sentit grelotter et
pressa le pas.

Son sommeil fut accompagné de sursauts péni-
bles. Laura, victime d'une séduction vulgaire!
Le cauchemar dura aussi longtemps que la nuit,
mais à la lumière matinale, l'image fière et se-
reine de la jeune femme se dégagea des ombres
calomniatrices. Le courant mystérieux qui unis-
sait leurs âmes, un instant interrompu, se réta-
blit, chassant devant lui les fantômes nocturnes.

— Il faut sortir à tout prix de ces énervantes
perplexités, dit-il à haute voix, mais comment?
Si j'allais trouver Laura et si je l'interrogeais en
toute simplicité ?

Le rôle d'inquisiteur lui parut odieux. De quelle

voix poserait-il à la bien-aimée les questions qui
décelaient un doute offensant ?

— Non, conclut-il, je préfère souffrir ce que je
souffre que de lui laisser entrevoir de pareils
doutes. Attendons !

VI

Les acteurs de la princesse de Costareale furent convoqués à une réunion préparatoire dans laquelle on devait décider du rôle réservé à chacun. Les aptitudes individuelles avaient été si minutieusement discutées au préalable qu'on ne prévoyait pas d'objections irréductibles.

Ce fut dans le grand salon du palais Conti que Mario se trouva pour la première fois en présence de Mme Ricciardi après le bal de Mrs Steel Lawson. Il voulut observer la jeune femme avant de l'aborder. Hélas ! la blancheur de ses joues, ses yeux cernés ne décelaient que trop les angoisses des derniers jours. Comprimant son émotion, il dit gaiement bonjour à sa belle-sœur, et serra d'une pression amicale la main qu'elle lui tendait. Il put observer que cette marque de sympathie avait suffi pour détendre le visage contracté de son amie.

La princesse, ayant constaté que personne ne lui avait fait faux bond, indiqua le sujet des tableaux.

Le rideau devait se lever sur une représentation minutieusement exacte des *Fileuses*, de Velasquez.

Venait ensuite une *Cour de Ferrare*. Le Tasse lisait un fragment de son poème devant Alphonse d'Este et les princesses ses sœurs. Don Giulio s'était réservé le personnage du Tasse. Mariani s'imposait comme duc de Ferrare ; les rôles d'Eléonore et de Lucrèce revenaient respectivement à la duchesse Druso et à Mme Leoni.

Le troisième tableau était tiré de la scène V du premier acte de *Tristan et Iseult*. Les deux amants viennent de boire le breuvage qui, au lieu de leur procurer la mort, communique à leur amour une violence irrésistible. L'attitude des deux jeunes gens indique qu'ils vont se jeter dans les bras l'un de l'autre. Brangœne, la suivante, qui a opéré la substitution à l'insu d'Iseult, se tient en arrière, interdite à la vue du résultat de son artifice. Mario et Laura avaient été choisis pour remplir ces rôles, avec une cousine de Costareale.

Le dernier tableau montrait Charles-Quint recevant sous sa tente, à Tunis, les captifs africains. C'était la reproduction fidèle d'une précieuse tapisserie des Flandres qui appartenait aux Carcano depuis trois cent cinquante ans. Elle avait été donnée au premier prince de Costareale par don Juan d'Au-

triche qui avait eu le Napolitain sous ses ordres
à la bataille de Lépante. Druso devait paraître
sous les traits de l'empereur, Mᵐᵉ Hernandez
Silva, en princesse tunisienne. On comptait sur
le contraste des costumes espagnols avec les robes
et les turbans mauresques pour assurer à ce tableau un éclat exceptionnel.

Bien que la distribution des rôles ne satisfît pas
toutes les ambitions, elle ne provoqua que deux
ou trois défections insignifiantes. La duchesse et
Mariani se félicitaient intérieurement d'un rapprochement qu'ils n'avaient pas sollicité. Eva et
le duc déploraient, par contre, de se retrouver
séparés. La maîtresse de maison eut à ce propos
un mot délicieux :

— Excusez-moi de vous avoir éloigné de votre
femme, dit-elle à Druso ; vous savez qu'à la scène,
les ménages n'ont pas l'habitude d'être très-unis !

Quant à Mario et à Laura, ils ne savaient que
penser, tant leur réunion dans un tableau aussi
suggestif semblait combiné à plaisir pour les compromettre. Sans avoir eu besoin de se communiquer leurs impressions, ils se demandaient
anxieusement si on prétendait mettre en lumière
une intimité pourtant si discrète. A tout hasard,
Mᵐᵉ Ricciardi tenta un effort désespéré pour
échapper au péril qu'elle entrevoyait ; elle allégua la complication d'un rôle qui surpassait ses
forces. La princesse lui ferma la bouche d'un
seul mot :

— Ma chère, pas de coquetterie entre nous !

Mario n'osa même pas risquer une observation,
tant il craignait d'attirer mal à propos l'attention
sur un sujet aussi délicat. On se sépara en se
donnant rendez-vous pour le premier jeudi de
carême, la princesse désirant que le spectacle eût
lieu quelques semaines avant le jour de Pâques.

Le carnaval jetait ses derniers feux avant d'ex-
pirer. Eva se laissait emporter, avec un parti pris
d'insouciance, dans le tourbillon mondain,
escortée de Druso, son danseur attitré. Le duc
flottait dans une atmosphère de rêve. Par sa
beauté capiteuse, son élégance raffinée, son esprit
tour à tour sérieux et enjoué, les brusques alternatives de son humeur, la jeune femme lui avait
fait perdre ses facultés de jugement. Il ne pensait plus qu'à elle, éprouvait le besoin de la voir
constamment, de lui murmurer des paroles pas-
sionnées, de la presser sur sa poitrine dans l'em-
portement d'une valse. Ce carnaval agité lui avait
communiqué une sorte de fièvre. Il en voyait
approcher la fin avec effroi et avait essayé de faire
partager ce sentiment à Mme Leoni.

— Le carême est le temps de la pénitence,
avait répondu Eva.

— Mais quand on n'a encore péché que par
intention ?

— Taisez-vous, vous devenez inconvenant.

Cette passion envahissante, qu'elle devinait
sincère, flottait autour d'elle comme une conti-

nuelle caresse; aux déclarations enflammées du
gentilhomme napolitain, elle n'opposait plus que
d'inoffensives plaisanteries; elle commençait à
éprouver la curiosité de cette passion. Pourtant,
elle n'aimait pas son soupirant : l'irritation profonde que fomentait en elle l'indifférence de son
mari aurait pu l'éclairer... A cet égard Mario semblait avoir été frappé d'aveuglement, tant il s'affer-
missait dans le propos délibéré de traiter en
simple marivaudage le manège qui faisait jaser
toute la ville. Bien loin de renouveler ses timides
et malencontreuses observations, il se renfermait
dans une attitude de froide indifférence, sans jamais relever les allusions blessantes que le dépit
arrachait parfois à sa femme. L'esprit d'Eva, sollicité par le désir impatient de vaincre d'une façon
ou d'une autre cette apathie blessante, la portait
à imprimer un caractère de plus en plus provo-
quant aux coquetteries dont Druso était l'objet.

De tous les bals de la saison, celui du prince
Frangipane excitait plus particulièrement la curiosité. Le palais féodal, restauré au xvɪe siècle
par Vignola, restait clos plusieurs hivers de suite,
puis il s'illuminait un beau soir pour étaler toutes
ses magnificences.

Les salons succédaient aux salons dans l'appartement d'honneur. Bien qu'on eût prodigué les
invitations, toute une partie de la princière demeure resta vide, pendant que la foule envahissait
la salle de danse. La princesse de Costareale avait

tenu à présenter elle-même` Mme Ricciardi aux
Frangipane. Eva, retenue par une de ses migraines périodiques, n'avait pas accompagné son
mari.

Mario s'était juré d'avoir ce soir là une explication décisive avec sa belle-sœur. Celle-ci se sentait, de son côté, incapable de rester plus longtemps sous le coup des reproches silencieux de
celui qu'elle aimait. A défaut de son secret, elle
comptait lui livrer les raisons de son silence.

Elle éprouvait, depuis quelques jours, une langueur contre laquelle elle essayait vainement de
réagir. Il lui semblait, à de certaines minutes,
qu'avec un mot d'effusion Mario la trouverait docile et obéissante. C'était un état singulier de bien-
être, d'incertitude et de remords. Malgré ses
efforts, elle s'y complaisait, tout en s'adressant de
durs reproches. Elle comprenait l'imprudence,
ou plutôt la témérité de ces longs mois de quié-
tude volontaire, de ces journées passées à bercer
les images d'un amour coupable, sans un regard
vers l'avenir. Il avait fallu la peine causée à Mario
pour la réveiller; elle avait alors éprouvé la tentation de le rassurer tout de suite, de lui faire oublier avec des caresses les injustes soupçons, les
inquiétudes vaines. Et elle subissait l'attirance du
danger, le vertige énervant de l'abîme. Qu'elle
était donc loin des belles résolutions de Sorrente,
après la première alerte! Elle se proposait alors
de dicter à Mario son devoir, de lui donner

l'exemple du renoncement, et voilà que les rôles
se trouvaient intervertis. Le sage, maintenant,
c'était lui !

Mais elle était de ces femmes que l'approche
du danger fortifie. A peine avait-elle franchi le
seuil du palais Frangipane, qu'elle se raidit contre
l'entraînement de son cœur et de ses sens et qu'au
prix d'un effort héroïque, elle parvint à se ressaisir.

Ce fut elle qui, au milieu de la soirée, pria son
beau-frère de lui offrir le bras. Silencieusement,
ils se dirigèrent vers les galeries désertes.

Don Pablo saisit au passage la légère animation qu'ils ne parvenaient pas à céler. Délibérément, il se jeta sur leurs traces. A un moment
donné, Mario se retournant par un mouvement de
prudence instinctive, aperçut Sanvedra qui feignit
aussitôt de s'absorber dans la contemplation d'un
tableau. Il se trouvait dans une longue galerie aux
murs chargés de toiles de valeur diverse ; des
bustes et des marbres antiques rayonnaient sur
des consoles de porphyre ou des tables de brèche.
Pablo, averti que sa présence était signalée, se
tenait à distance respectueuse, décidé à voir, s'il
ne réussissait pas à entendre, quand on lui frappa
sur l'épaule.

— Je ne te savais pas si connaisseur ! dit la
voix moqueuse de Santa Cristina.

L'autre ne dissimula qu'imparfaitement un
mouvement d'impatience ; pour la seconde fois,

ce gêneur venait le troubler dans ses explorations.
Il répondit sans daigner se retourner.

— Quand on ne peut pas se payer de jolis bibelots, il faut bien admirer ceux des autres. D'ailleurs, je ne suis pas seul.

Et il désigna le couple qui continuait sa promenade.

— N'est-ce pas, poursuivit-il aigrement, qu'ils
feraient un groupe délicieux de l'Amour et de
Psyché.

— Parle plus bas, répondit le marquis, bien
qu'ils fussent hors de portée de toute oreille indiscrète. Si Leoni t'entendait, je ne donnerais pas
un sou de ta peau; tu n'ignores pas qu'il est de
première force au sabre et au pistolet.

— Caramba! c'est bon à savoir si on a jamais
à se débarrasser d'un ami, fit l'autre énigmatique.

— Voici une toile célèbre, observa Santa Cristina, sans relever l'allusion, en désignant un portrait du *cinquecento*; un Américain en a offert
cinquante mille dollars à Frangipane.

Pablo était résigné à subir la compagnie de
son compatriote.

Pendant ce temps, Leoni et Laura parlaient
des tableaux vivants; fâcheuse coïncidence que
leur réunion dans une scène d'amour; mais nul
moyen d'y remédier! Comme Mario se taisait, ne
sachant comment aborder le sujet qui lui tenait
au cœur, bravement elle lui demanda :

— Vous m'en voulez toujours?

— Vous m'avez fait une peine infinie.

Il sentit le bras de sa belle-sœur trembler légèrement.

— Ai-je donc perdu tous mes droits à votre confiance?

— Je ne sais qu'une chose, c'est que maintenant, un secret nous sépare et cette pensée me trouble au delà de ce que je puis dire.

— Je vous demande pourtant, au nom de l'affection que vous me portez, de ne pas me demander d'explication à ce sujet.

— Vous serait-il si difficile de vous expliquer?

— Mario!

— Réfléchissez-y, que voulez-vous que je pense?

— Et moi, que dois-je penser de vous, de vous qui avez le courage de m'accuser?

— Mais, je ne vous accuse pas, Laura.

— Il ne faut même pas que l'ombre d'un doute vienne ternir la sérénité de notre amour. Si je mérite un blâme, c'est de vous avoir livré l'aveu de ma faiblesse! voilà ce que mon devoir m'ordonnait de vous taire.

La voix de la jeune femme exprimait un reproche si ferme dans sa forme affectueuse, que Mario baissa la tête.

— Eh bien, puisque vous ne pouvez pas me parler, je ne vous demande plus rien, dit-il d'une voix adoucie.

— Et moi je vous dirai quelque chose, car je

ne veux pas que vous gardiez une arrière-pensée
contre moi. Promettez-moi seulement de vous
contenter de ce que je vous apprendrai ; promettez-moi également de ne tirer de mes paroles aucune conclusion téméraire contre qui que ce soit.

Mario regarda sa belle-sœur ; sous ses cils recourbés, ses yeux répandaient une flamme.

— Je vous le promets, dit-il.

Tous deux étaient debout dans un boudoir orné
de vaporeuses tapisseries du dix-huitième siècle.

— Sachez donc que nous avons été l'un et
l'autre, j'ai du moins les plus fortes raisons de le
croire, victimes de la plus indigne des manœuvres.

— Lorenzo !

— Vous m'avez promis de ne pas chercher.
Que ce que je vous ai dit suffise. Maintenant, ra-
menez-moi dans le bal.

Elle souriait, paraissait soulagée. Son bras pesa
plus confiant sur celui de son beau-frère. Comme
ils approchaient de la salle de danse, Mario se
pencha vers elle, pour lui murmurer à l'oreille :

— Permettez-moi d'aller vous remercier chez
vous demain matin, voulez-vous ?

Elle eut une secousse de surprise effarée comme
en face d'une agression imprévue. Sans rien dire,
elle dégagea son bras.

— C'est pour vous demander pardon à genoux,
continua-t-il, que je voudrais vous voir.

Leurs yeux se rencontrèrent. Elle se sentit pé_

nétrée jusqu'au fond de l'être par l'expression fascinatrice que le désir amoureux répandait sur les
prunelles du jeune homme. Instantanément ses
joues, son cou et jusqu'à ses épaules nues se
couvrirent de pourpre, tandis qu'un frisson lui
parcourait la peau.

— Laura! implorait-il, Laura!

Un nuage obscurcit la vue de Mme Leoni et ses
cils battirent précipitamment... Les éclats de rire
d'un couple qui approchait et qui passa lui rendi-
rent soudain sa présence d'esprit. Détournant la
tête, elle dit sur un ton naturel :

— A demain... chez la princesse de Costareale !

Mario resta cloué sur place, interdit, heurté
par les sensations les plus contraires. En pensant
à l'obscure tentation, à la tentation folle, impé-
tueuse, irrésistible qui l'avait terrassé là, au milieu du bal, il sentit à son tour le rouge lui monter au visage. Le dieu s'était agité en lui et
bientôt sans doute, demain, après-demain, il
serait de nouveau sa proie. Il éprouva soudain le
besoin de frapper, de décharger sa bile sur quelqu'un. Ayant aperçu don Pablo qui le regardait
revenir seul, son sourire lui déplut, marchant
sur le Napolitain :

— Vous êtes gai ce soir, dit-il.

L'autre se rappela soudain l'avertissement de
Santa Cristina. Au lieu de répondre par une des
boutades dont il était coutumier, il se fit empressé :

— C'est qu'on vient de me conter une plaisante histoire. Figurez-vous que les Hercolani se séparent! Qui l'eût cru, caramba! Il paraît que le mari avait depuis quelque temps un faux ménage en ville. L'autre jour, il part pour Naples; de là, il écrit deux lettres : l'une à sa femme, prévenante, l'autre à sa maîtresse, brûlante, — et il se trompe d'enveloppe. Les lettres arrivent... Tableau! Est-ce assez cocasse!

— En effet, dit Mario séchement et il s'éloigna.

— Diable! se dit Saavadra, est-ce que ce coupe-gorges se douterait de quelque chose?

Et il se promit de veiller dorénavant sur lui-même, comme on doit veiller sur quelqu'un dont on a charge d'âme.

VII

Quand on lui annonça le marquis de Santa
Cristina, un clair sourire égaya le visage de
Mme Ricciardi.

Il avait contracté l'habitude de la surprendre
de temps en temps après son déjeuner. Il écoutait plus qu'il ne parlait. Elle ne trouvait jamais
que ces visites fussent assez fréquentes, ni assez
longues.

Une sympathie réciproque, éclose sous le ciel
de Sorrente, les rapprochait l'un de l'autre. Le
marquis trouvait dans ces relations une diversion
à sa mélancolie; elles créaient un intérêt à sa
vie. Dans leurs entretiens que Mme Ricciardi faisait presque invariablement rouler sur les questions de sentiment, il n'avait pas eu de peine à
surprendre le secret de la jeune femme. Si elle
l'avait si mal gardé, c'est que le Napolitain lui
inspirait une confiance aveugle. Son amour, ré-

sultat inattendu! fortifiait cette amitié. N'ayant
que rarement l'occasion de causer sans témoins
avec Mario, elle éprouvait la tentation d'entretenir un autre de ce qui formait l'objet inva-
riable de ses préoccupations. Les circonstances
conféraient tout doucement à Santa Cristina le
rôle difficile de confident.

— C'est gentil à vous de ne pas m'oublier,
dit-elle, après qu'il eut déposé sur sa main un
baiser respectueux.

Et elle le fit asseoir en face d'elle.

Après avoir effleuré des sujets divers, ils par-
lèrent de la soirée des Costareale. Le choix des
tableaux et des figurants avait piqué la curiosité
du marquis. Trop éloigné du champ des intrigues
pour percer le mystère de certains rapprochements, il en avait flairé le mobile. Ses questions
discrètes l'affermirent dans la conviction que loin
d'avoir recherché le rôle d'Yseult, Mme Ricciardi
redoutait de l'interpréter avec son beau-frère. Elle
avoua ingénument qu'elle ignorait si la rencontre
était due au hasard ou à quelque dessein prémé-
dité.

— La princesse de Costareale passe pour une
femme d'un esprit supérieur, dit-il ; je m'étonne
qu'elle ne nous donne pas une scène tirée de
l'*Othello*, de Shakespeare. Quel inimitable Iago
ferait notre ami Saavedra !

— Vous êtes dur pour *notre ami*.

— Je vous assure que je ne suis que juste.

Et le marquis se leva sur cette appréciation, comme pour lui donner plus de poids. Laura resta pensive. Elle se souvint d'avoir plusieurs fois éprouvé, en présence de don Pablo, l'impression pénible que cause le voisinage d'un reptile, d'une bête venimeuse. A n'en pas douter, la boutade de Santa Cristina équivalait à un avertissement précieux dont il convenait de tenir compte.

Le grand jour approchait à tire d'ailes. A la répétition générale, tout marcha comme sur des roulettes. La princesse, qui se multipliait sur la scène comme un général à la veille d'une bataille, fit ses dernières recommandations.

Elle dit à Laura :

— Un peu plus d'animation, chère ; vous n'êtes pas encore une Yseult assez convaincue.

Tout ce qui comptait à Rome accourut au palais Conti. Le grand salon, quoique coupé par la scène, contenait tous les invités, les femmes et les privilégiés assis sur des chaises, les autres debout le long des murs ou dans l'embrasure des portes. Les quatre tableaux méritaient des applaudissements et les obtinrent. On jugea Druso et Mme Hernandez Silva irréprochables, tant le peintre Viola, qui avait dessiné les costumes, s'était surpassé ; ce fut toutefois la scène tirée de l'opéra wagnérien qui conquit les suffrages les plus précieux. Dans sa robe blanche tombant en plis antiques, avec ses formes pleines et élancées tout ensemble, Laura fit pâlir de jalousie plus d'une spectatrice et battre le cœur de nombreux jeunes hommes. Ses cheveux, retenus sur le front par un cercle d'or, s'en échappaient pour tomber sur ses épaules comme une sombre moisson. Si elle manquait d'« animation », au dire de la princesse de Costareale, son visage et son attitude décelaient une émotion qui ne paraissait pas moins de circonstance. Quant à Mario, il avait dû se contraindre pour ne pas laisser deviner trop clairement la sincérité de sa passion pour la princesse d'Irlande.

Don Pablo ne se serait pas fait scrupule de souligner par quelque trait piquant ce que ce duo entre beau-frère et belle-sœur comportait d'indications suggestives, si les raisons de la prudence ne l'avaient retenu.

Devant le succès éclatant de Laura, Mᵐᵉ Leoni ne put se défendre d'un mouvement de mauvaise humeur. Elle se disait que le rôle d'Yseult lui convenait infiniment mieux qu'à cette personne froide qui était sa sœur. Elle aurait éprouvé une satisfaction sans égale à figurer dans ce tableau avec Druso, le rapprochement n'eût-il servi qu'à faire enrager son mari. Mais cet hypocrite de don Giulio en avait décidé autrement, poussant la méchanceté jusqu'à mettre le duc dans l'obligation de faire malgré lui sa cour à la belle Hernandez Silva.

Carcano contribua, par ses appréciations calculées et par ses éloges, à envenimer la blessure de

son ancienne idole. Sans avoir un esprit brillant,
il possédait une finesse innée qui lui permettait
de mener supérieurement certaines stratégies de
salon. Tout en aidant la princesse à faire les honneurs de son cercle, il riait sous cape du succès
de ses opérations. La petite vengeance qu'il avait
tirée de l'inconstance de Mme Leoni valait bien
qu'une fois en sa vie il s'oubliât loin de sa mime.

VIII

L'hiver avait passé rapidement pour Lorenzo.
Au mois de janvier, on lui avait signalé dans le
quartier de l'Étoile un petit hôtel bâti par un
peintre russe, une jolie maison qu'on louait à un
prix ridiculement bas. Il écrivit à Laura que si
elle consentait à s'y installer, il signerait un bail
de trois ans. La réponse ne se fit pas attendre;
dans son laconisme, elle contenait un refus caté-
gorique. Lorenzo prit philosophiquement son
parti de ce contre-temps; il n'en serait que plus
libre d'organiser son existence à sa guise. Il
décida, en conséquence, d'aller passer trois
semaines à Rome et de regagner Paris vers le milieu d'avril, avant l'ouverture du Salon.

Il avait déjà prévenu sa femme de son arrivée
prochaine, quand la poste lui remit, sans indica-
tion du mandant, un programme artistiquement
illustré où se trouvait le détail de la fête donnée

trois jours auparavavant au palais Conti. La forme
de l'envoi ne pouvait manquer de l'intriguer. Il
savait déjà que Laura s'était transformée d'un
jour à l'autre en mondaine; le programme attestait péremptoirement que la métamorphose était
radicale. Se trouvait-il en présence d'un second
avertissement de Saavedra, anonyme cette fois, et
convenait-il d'y attacher de l'importance?

Quoique sa femme ne lui inspirât pas plus de
jalousie que de tendresse, il ne pouvait se désin-
téresser de ce qui la regardait. Laura, qui avait si
obstinément refusé de le suivre dans le monde,
avait donc attendu qu'il s'éloignât pour s'y lancer
à corps perdu! Et, voulant s'exhiber en public,
elle choisissait la maison de cette princesse de
Costareale dont elle avait l'année précédente si
vertement relevé l'impertinence! Pourquoi ce
complet revirement? Et puis, ce duo d'amour
avec Mario! Y avait-il donc quelque entente entre
eux?

Le peintre tenait le programme entre ses mains
comme si, des arabesques, allait sortir une réponse aux questions qu'il se posait. Et il se remé-
mora les semaines palpitantes qui avaient précédé
son mariage. Comme ce temps était déjà loin!
Laura s'était sérieusement éprise de Mario et
Mario inclinait à lui rendre flamme pour flamme.
Depuis lors, ils semblaient se fuir plutôt que se
rechercher, mais le feu qui dort n'est pas éteint;
il suffit d'une circonstance fortuite pour le rallu-

mer. Son départ avait-il fait jaillir l'étincelle in-
cendiaire ?

Sans prendre les choses au tragique, Lorenzo
se promit de les tirer au clair aussitôt qu'il serait
à Rome.

Il y débarqua le soir avec un retard de deux
heures, qui expliquait et motivait dans une certaine mesure l'absence de Mme Ricciardi sur le
quai de la gare. Le peintre arriva chez lui affamé :
le bon dîner qui l'attendait lui rendit son entrain.
Il parla de Paris, sans que Laura essayât de l'interrompre.

Le lendemain, au milieu de ses courses, il
frappa au villino Leoni qu'il trouva vide. On lui
apprit que sa belle-sœur passerait la soirée au
théâtre National. Il alla l'y saluer au premier
entr'acte. Dans la loge, il y avait un couple qu'il
ne connaissait pas. Le monsieur se leva et sortit.
Mario donna distraitement la bienvenue à Ricciardi et continua de converser avec sa voisine,
pendant qu'Eva questionnait le voyageur sur son
déplacement et sur ses projets. Le rideau se leva
sans que Leoni eût adressé une seule parole à son
beau-frère.

Le peintre rentra chez lui le visage refrogné ;
c'est à peine si Laura interrompit sa lecture quand
il la rejoignit au salon. Après quelques instants
de silence, Lorenzo laissa tomber cette phrase :

— On ne s'entretient en ville que de ces tableaux où tu as figuré ; tout le monde en parle-

comme du clou de la saison. J'en ai trouvé le premier écho dans le *New York Herald*.

Laura crut sentir une pointe dans ces paroles.

— Tiens, tu lis l'anglais, maintenant?

— C'est-à-dire qu'on m'a traduit l'article où il
était question de toi et, à ce propos, je m'étonne
que tu ne m'aies pas soufflé mot de cette représentation.

— Tu sais que je n'aime pas écrire, pas plus
que toi, d'ailleurs.

Ce ton de persiflage auquel il n'était pas habitué
étonna Lorenzo qui, peu patient de sa nature, répliqua :

— Je ne tiens pas à tes lettres; mais, comme
mari, je désire être informé de ce qui se passe
chez moi, même quand je suis absent.

— Tu as le *Herald*?

Laura prétendait-elle donc avoir le dernier mot?
Il se leva très-rouge.

— Ta manière de me parler ce soir ne me convient pas du tout. Si tu as l'intention de continuer, je te préviens que je ne suis pas disposé à
le souffrir.

Cette injonction brutale laissa Mme Ricciardi
aussi impassible que les figurines de saxe alignées
devant elle sur la cheminée. Son visage conserva
toute sa sérénité, un peu plus pâle qu'à l'ordinaire
peut-être. Regardant son mari sans baisser les
yeux, elle répondit seulement :

— Tu es vraiment d'une galanterie charmante;

on s'aperçoit tout de suite que tu reviens de Paris.

— Trêve d'impertinences!

La jeune femme ne se départit pas de son calme dédaigneux, ce qui acheva d'exaspérer le peintre. Il se sentait l'envie de blesser. N'ayant pas la partie belle sur le terrain de l'ironie, il lança cette insinuation avant d'en avoir mesuré la portée :

— Je sais à quoi tu passes ton temps lorsque je suis absent.

— Tu dis?

Lorenzo était lancé :

— Je dis et je répète, puisque tu feins de ne pas me comprendre, que ta conduite a prêté cet hiver à toutes sortes d'interprétations fâcheuses.

— Et qui t'a si bien renseigné?

— Cela ne te regarde pas.

— Ce qui me regarde, c'est le soin de ma réputation. Ceux qui tiennent des propos injurieux ne méritent pas qu'on leur réponde, mais toi qui me connais ou qui devrais me connaître, je m'étonne que tu t'abaisses à y prêter l'oreille.

L'accent assuré de Laura fit comprendre à son mari qu'il faisait fausse route ; il essaya de se reprendre :

— La femme de César, dit-il, ne doit même pas être soupçonnée.

Laura pressentit une reculade ; sa rancune obstinée ne lui permit pas de la laisser s'accomplir jusqu'au bout.

— D'abord, tu n'es pas César, répliqua-t-elle ;

je voudrais bien savoir ensuite d'où tu conclus
qu'on me soupçonne. Dieu merci! j'ai, je pense,
autant souci de ma dignité que toi de la tienne.
J'avoue cependant que je ne suis pas plus à l'abri
qu'une autre des racontars de faux bonshommes
qui pourraient bien n'être que de faux Espagnols.

Laura se souvenait de l'avertissement de Santa
Cristina; voyant que ses paroles avaient porté,
elle voulut poursuivre son avantage :

— Je serais charmée, continua-t-elle, de savoir
jusqu'où peut aller l'imagination de ce monsieur.

L'allusion directe à Saavedra n'avait pas laissé
d'interloquer Ricciardi; la question provocante de
Laura augmenta encore son embarras; mais il
était de ces hommes qui se croiraient diminués
s'ils paraissaient céder à une femme, — surtout à
la leur. Brûlant ses vaisseaux par une décision
soudaine, il prit son accent le plus sardonique
pour dire :

— Il paraît que tu étais véritablement adorable
dans la scène d'amour avec Mario.

L'effet produit par cette allusion maligne dé-
passa l'attente de Lorenzo. Laura s'était levée,
livide d'indignation.

— Qu'est-ce encore que cette insinuation? dit-
elle.

Comme il la regardait étonné, elle poursuivit
violemment :

— J'en ai assez de ces procédés tortueux...!
Non, je ne te suivrai pas sur ce terrain, je ne

suis pas de force. Sache seulement que je ne suis
plus la petite fille qu'on abusait par des mensonges. J'ai appris à te connaître à mes dépens.

La phrase n'était pas achevée qu'elle vit son
mari debout devant elle. Des lueurs sinistres passaient dans ses yeux. Sans mesurer exactement la
portée de l'accusation dirigée contre lui, il se sentait percé à jour. Comprenant qu'il n'était plus
temps de ruser, il saisit les mains de Laura et les
lui tordit :

— Et moi je sais que tu as un amant et que cet
amant, c'est Mario !

— Vous êtes un lâche ! lui cria-t-elle, les yeux
dans les yeux.

Un nuage sanglant obscurcit la vue de Lorenzo.
Il éprouva la tentation de tuer cette femme qui le
bravait; une idée qui traversa son cerveau comme
un éclair le retint. Il reprit sur un ton méprisant :

— Oui, ton amant ! Pour avoir perdu la tête
quand j'ai prononcé son nom, il faut que tu sois
sa maîtresse.

— Vous savez bien que vous mentez ! Si j'étais
ce que vous dites, est-ce que je vous aurais jeté
mon mépris à la face !

Cette protestation indignée aurait fait, à tout
autre moment, impression sur Lorenzo. La tournure qu'avait pris la querelle ne lui permettait
plus de se laisser convaincre. Qu'il y eût entre
sa femme et Mario une simple idylle, un amour
partagé ou une liaison coupable, il ne lui impor-

tait plus. Laura avait surpris le secret de sa conduite passée, c'en était assez pour faire d'elle une
ennemie, l'*ennemie* : et comme elle avait vrai-
semblablement confié sa découverte à Leoni, il
enveloppait désormais Leoni dans sa haine et
dans ses projets de vengeance.

— Brisons là ! commanda-t-il. Maintenant que
je vous connais, je vous traiterai comme vous le
méritez. Si nous avions le divorce, je vous mon-
trerais sur l'heure ce que pèse notre union à mes
yeux. Mais, puisque cet expédient m'échappe,
c'est à moi d'ordonner et à vous d'obéir. Je vous
ferai connaître incessamment mes volontés.

Et, tandis que Laura demeurait muette, pé-
trifiée par ce cynique aplomb, il lui tourna le dos
et sortit avec un calme imperturbable.

IX

Le lendemain, Lorenzo se leva au petit jour, rangea quelques papiers, en brûla d'autres, enjoignit à son valet de chambre de tenir ses malles prêtes pour huit heures du soir, se fit conduire en voiture chez son notaire et son banquier, entra dans un ou deux magasins et finalement paya son fiacre place de Venise.

Le palais de Saint-Marc demeurait sévère en dépit du soleil printanier. Le peintre s'engagea dans le Corso, encombré d'une foule élégante aux approches de midi. C'est l'heure et l'endroit choisis par les oisifs, — ils sont légion dans la ville éternelle, — pour faire les cent pas. On se promène par groupes ou par couples, on se croise, on s'aborde, on se salue, on se suit, on se sourit, on s'observe. Les magasins les plus achalandés sont au Corso. Devant les cafés et les bars, les jeunes gens forment des attroupements bruyants pour voir passer les jolies femmes, risquant mille plaisanteries sur celles qui défilent. Nulle réputation ne leur échappe.

A la hauteur du palais Doria, Lorenzo aperçut devant lui un dos rond et une mince silhouette qu'il reconnut :

— Tiens, Pablo et Santa Cristina, se dit-il en ralentissant le pas, et il se mit à suivre les Napolitains. La vue de Saavedra, mêlé à la dispute de la veille, avait réchauffé sa bile. Sur la place Colonna, il rejoignit les deux promeneurs et les salua :

— Caramba! vous voici dans nos murs! dit don Pablo, soyez le bienvenu!

Lorenzo s'était arrêté; après un échange de poignées de main, Saavedra poursuivit :

— Vous vous êtes amusé là-bas?

— Beaucoup, mais je vous prie de croire que j'ai encore plus travaillé; j'expose deux toiles au Salon.

— Et l'existence à Paris, l'hiver, qu'en pensez-vous?

— Ma foi, si vous songez au temps, il est certain que le soleil manque un peu à la fête, mais nous ne recherchons pas le grand jour, nous autres peintres, une lumière discrète fait bien mieux notre affaire.

— Vous avez manqué, reprit don Pablo, une saison des plus animées.

— J'en ai eu les échos à Paris.

— Il y a eu entre autres une soirée extra select chez les Costareale.

— Où ma femme et mon beau-frère ont joué les rôles de Tristan et d'Iseult, je sais encore; une âme charitable a poussé l'obligeance jusqu'à me faire parvenir le programme à Paris; ainsi grand succès?

— Mais oui!

— Tenez-moi toujours aussi au courant de ce qui se passe dans ces murs, car je reprends ce soir l'express de Paris.

— Comment vous repartez?

— Que voulez-vous? Il le faut, les circonstances...

— Et vous emmenez Mme Ricciardi?

— Rassurez-vous, elle reste; sans quoi, il me semble que vous n'auriez plus rien à me faire savoir, fit Lorenzo de sa voix la plus incisive; et, serrant la main des deux Napolitains déconcertés, il prit congé.

Dès qu'il se fut éloigné, Saavedra éclata:

— J'ai rarement rencontré un homme plus mal élevé que ce rapin! Avec ses allusions de mauvais goût, il mériterait d'être remis une bonne fois à sa place.

— Qu'a-t-il voulu dire?

— Est-ce que je sais!... En tout cas, je ne vois pas le sel qu'il peut y avoir à accoupler le nom de sa femme et celui de son beau-frère dans une plaisanterie à double entente.

Santa Cristina éprouvait un commencement d'inquiétude. Quittant don Pablo, il allongea le pas et aperçut quelques minutes plus tard Ricciardi qui entrait au café de Rome.

— Il part ce soir et il déjeune au restaurant! Il y a anguille sous roche, se dit-il, et, hélant un fiacre, il se fit conduire via Nazionale.

Le domestique auquel il s'adressa lui apprit que Mᵐᵉ Ricciardi était souffrante. Tirant de son portefeuille une carte de visite, il y traça quelques mots en français et attendit la réponse. Un instant après, on l'introduisit au salon :

— Que votre Excellence prenne la peine de s'asseoir, madame va venir.

— Qu'y a-t-il donc? questionna Laura très vite.

— J'allais vous le demander. Nous étions, il y a un quart d'heure, au Corso, don Pablo et moi, quand votre mari nous a arrêtés pour nous apprendre, en termes ambigus et certainement calculés, qu'il partait ce soir pour Paris, sans vous.

— Que vous a-t-il dit encore?

Santa Cristina rapporta la conversation et ajouta :

— Sa façon étrange de s'exprimer m'a fait craindre que quelque chose de grave se fût passé entre vous et lui; est-ce vrai?

— C'est possible!

— Ecoutez! je ne voudrais pas vous paraître
indiscret; je ne sollicite aucune confidence. Je
me permets simplement de vous rappeler une
fois pour toutes que vous pouvez compter sur
mon dévouement.

Mme Ricciardi ne se méprit pas sur la sincérité
de cette déclaration laconique.

— J'accepte, dit-elle simplement.

Puis, après une pause, elle reprit :

— Vous ne vous trompez pas dans vos conjectures. J'ai eu hier soir avec mon mari une scène
affreuse; il m'a jeté à la tête la plus sanglante
accusation qu'on puisse lancer contre une honnête femme et il m'a menacée de sa vengeance...
Je le crois capable des plus vilaines choses. Il
me faut donc prendre des résolutions définitives,
mais avant de me décider je voudrais consulter...
mon beau-frère. Je lui ai téléphoné tout à l'heure,
il était parti pour la chasse; c'est aujourd'hui la
clôture, vous savez. Voudriez-vous aller le trouver
de ma part à son retour, lui dire que je ferai
visite, vers cinq heures, à l'ambassadrice de *** et
que je serais heureuse de le rencontrer? Inutile
de me faire tenir sa réponse. Cela ne vous dérange
pas?

— Votre commission sera fidèlement exé-
cutée.

Laura se leva. Prenant les deux mains du
jeune homme, elle lui dit :

— Je n'oublierai jamais, non, jamais, ce que

22.

vous faites pour moi et comment vous le faites. Vous me pardonnerez de ne pas vous en dire plus long aujourd'hui. Sachez seulement que je n'ai pas à rougir de ma conduite.

X

Après avoir pris tout son temps pour déjeuner, Lorenzo alluma un cigare et quitta le restaurant. Comme un homme qu'aucun souci n'afflige, il flâna le long des magasins du Corso, regardant les instantanés des photographes, les livres nouveaux, les objets à la mode; puis, à pas lents, il se dirigea vers le quartier Ludovisi. Son cigare achevé, il frappa au villino Leoni et apprit sans étonnement que son beau-frère était à la chasse.

Un moment après, Eva le recevait dans son salon. Ils s'étaient à peine vus, la veille, au théâtre. Le peintre avait cru devoir prendre une mine de circonstance.

— Est-ce le regret d'avoir quitté Paris qui vous donne cette figure d'enterrement?

— Ce qui est certain, ma chère Eva, c'est que j'y retourne.

— Oui, je sais, dans trois semaines.

— Non, ce soir!

— Vous plaisantez, je suppose?

— J'y suis contraint.

— Mais, hier, vous ne songiez pas à ce départ!

— Depuis hier, le monde a marché.

— Voyons, expliquez-vous, Lorenzo, qu'arrive-t-il?

— Il y a que je me sépare.

— Vous...

Elle n'acheva pas sa phrase : Lorenzo et Laura se séparer! Etait-ce possible! La tendresse était absente de leur foyer, soit! mais une rupture! Elle regardait son beau-frère, muette de surprise. Quand elle recouvra la parole, ce fut pour essayer, dans son désarroi, de se raccrocher à une équivoque.

— Vous parlez de vous séparer, dit-elle, mais est-ce bien d'une véritable séparation qu'il s'agit?

Lorenzo s'inclina en signe d'assentiment.

— Pourquoi cette résolution soudaine?

Il garda le silence.

— Vraiment, malgré mes efforts, je ne comprends rien à vos paroles, je n'entrevois même pas ce qui peut motiver une résolution aussi extravagante. Mais, enfin, puisque vous êtes venu me trouver, ce n'est pas, je présume, pour me poser des énigmes.

— Ma pauvre Eva, dit-il, avec une pitié feinte, je vous supplie de ne pas insister. Pour vous encore plus que pour moi, cela vaut mieux.

— Pour moi?

Elle devint pâle comme une morte. Une idée atroce lui traversait l'esprit; elle la repoussa aussitôt. Non, cela ne pouvait pas être! Elle passa la main sur son front et regarda Lorenzo comme pour le prendre à témoin de l'absurdité de sa supposition. Il s'était levé et faisait mine de prendre congé. Eva se dressa sur ses pieds et, lui coupant la retraite, dit :

— Vous ne partirez pas d'ici avant de vous être expliqué.

— Que prétendez-vous que je vous dise? grand Dieu!

— Si j'ai bien compris, je me trouve mêlée à votre séparation, pourquoi?

— Je n'ai pas dit cela.

— Vous l'avez laissé entendre, c'est la même chose.

Les yeux de la jeune femme lançaient des flammes; les réticences de son beau-frère l'avaient exaspérée. Celui-ci essaya de lui prendre les mains; instinctivement elle recula.

— Je n'ai pas à juger le rôle que vous jouez ici, mais la vérité, vous allez me la dire, je la veux.

— D'abord, il faut vous calmer... Comment voulez-vous que je vous parle quand, pour un mot malheureux qui m'est échappé, vous vous mettez dans cet état?

— Je suis plus calme que vous ne pensez. En

tout cas, il est trop tard, après ce que vous avez dit, pour garder le silence.

Lorenzo feignit de se recueillir un instant; en réalité, sa ligne de conduite était nettement arrêtée.

— Est-il donc bien vrai, dit-il en regardant sa belle-sœur dans les yeux, que mes paroles vous paraissent si extraordinaires? N'avez-vous donc rien observé autour de vous qui vous prépare à les entendre?

— Ce que vous me laissez soupçonner est si monstrueux que, pour rien au monde, je ne risquerais une supposition qui, si elle était fausse, me laisserait au cœur un remords ineffaçable.

— Pendant tout le cours de cet hiver, n'avez-vous rien noté d'insolite parmi ceux qui vous entourent?

— Non, fit Eva sans hésitation.

— Votre mari, poursuivit-il, toujours attentif à l'effet produit par ses paroles, ne vous a-t-il jamais donné de motifs de... lui en vouloir? Sa manière d'être avec vous n'a-t-elle subi aucune altération dans ces derniers temps, pendant notre séjour à Sorrente?

— Non.

Dans ce *non* prononcé faiblement, Lorenzo devina une arrière-pensée.

— Si vous ne répondez pas franchement à mes questions, observa-t-il, à quoi bon exiger de moi des éclaircissements?

Eva s'était affaissée dans un fauteuil, cachant
son visage dans ses mains. Tout à coup, elle éclata
en sanglots, répétant comme un refrain :

— C'est affreux ! c'est affreux ! c'est affreux !

Lorenzo avait touché le point douloureux. La
situation s'éclairait : si Mario négligeait sa femme,
c'est qu'il en aimait une autre, c'est qu'il aimait
Laura ; Mario et Laura s'étaient avoué leur amour ;
au milieu de leurs effusions, ils avaient percé à
jour la trame ourdie pour les égarer, pour dresser
entre eux la barrière indestructible d'un double
mariage. Ainsi s'expliquaient la froideur dédaigneuse de Mario et les provocations inconvenantes
de Laura.

La certitude d'être démasqué fit déborder le fiel
dans le cœur du peintre. Se rapprochant d'Eva :

— Oui, oui, c'est affreux, chuchota-t-il à son
oreille. En dépit du dicton qui prétend que les
maris sont avertis les derniers, j'ai pu me rendre
à l'évidence, avant que le scandale fût public.

Comme la jeune femme restait abîmée dans
son chagrin, il continua sur le même ton insi-
nuant :

— Un ami m'a prévenu... Vous comprenez, ma
chère Eva, qu'avant d'en arriver à cette extrémité d'une rupture, il m'a fallu une certitude ab-
solue. Je n'ai pris cette décision que pour éviter
un éclat, car, à mon avis, ce sont des choses...

Eva s'était levée ; lui coupant la parole, elle
s'écria :

— A moi aussi, il me faut la preuve, la preuve indéniable de ce que vous avancez.

— Elle a avoué!... Comme je lui déclarais que j'allais l'emmener à Paris, elle m'a répondu impudemment qu'elle ne quitterait pas Rome, parce que... vous comprenez?

A ces mots, la jeune femme eut un mouvement d'horreur, elle recula d'un pas, comme si l'approche de cet homme qui, en un quart d'heure, venait de briser sa vie, lui eût inspiré un dégoût insurmontable.

D'une voix qu'il ne reconnut pas, elle dit :

— C'est bien! Adieu! partez... adieu!

— Pas avant que vous ne m'ayez rassuré. Que comptez-vous faire, je vous en conjure, Eva dites-le-moi?

Elle eut un geste violent.

— Allons, à revoir, poursuivit-il en l'enveloppant d'un regard de regret compatissant, pourquoi le destin a-t-il fait de moi le mari de votre sœur et non pas le vôtre?... C'était peut-être pour tous le bonheur!

Il allait lui tendre la main quand il la vit faire volte-face et se diriger mécaniquement vers sa chambre.

XI

Tandis que Ricciardi quittait le villino avec la satisfaction d'un acteur qui a bien joué son rôle, Eva perdait toute maîtrise sur elle-même. Son visage manifesta les signes d'un complet désespoir. Jamais elle n'aurait soupçonné pareille infamie. Mario, l'amant de Laura! Laura, la maîtresse de Mario! Et cette liaison s'était nouée sous le toit conjugal, dans la familiarité tentatrice de Sorrente! Était-ce possible?

Un flot de colère la submergea. Trouvant sous sa main une écharpe de guipure, elle la déchira en menus morceaux.

... A Rome, les relations reprennent de plus belle. Laura court les salons pour y retrouver son amant; c'est elle qui combine avec don Giulio le duo de Tristan et d'Yseult. Ah! que de mensonges, quel tissu de perfidie, quelle abomination!

Elle eut un geste de dégoût.

... Ainsi c'était de cet amour coupable que provenait l'indifférence de son mari ! Et elle n'avait rien compris, essayant de le reconquérir en flirtant avec Druso ! Comme il avait dû la prendre en pitié ! Que lui importaient les coquetteries puériles de sa femme, à lui qui avait une maîtresse, et quelle maîtresse ? Laura, sa sœur, son unique sœur !

Eva sentit son cœur se tordre et une soif ardente de vengeance l'envahir tout entière. Les idées les plus étranges se croisèrent pendant quelques secondes dans son cerveau ; puis son visage contracté se détendit, s'anima, en même temps que ses yeux jetaient autour d'elle un éclair de défi. La pendule marquait trois heures. La jeune femme s'assit à son bureau, prit une feuille de papier et y traça rapidement ces mots :

« Si vous m'aimez, comme vous le dites, le moment est venu de me le prouver. A cinq heures et demie, je serai dans le hall du Grand-Hôtel. A bon entendeur, salut !

« E. »

Sur l'enveloppe qu'elle ferma d'un mince cachet de cire, elle écrivit cette suscription :

DUC DRUSO

Grand-Hôtel.   (Très pressé).

Elle sonna et dit au valet de chambre qui accourut :

— Portez cette lettre au Grand-Hôtel et remettez-la vous-même au duc. S'il n'est pas rentré, vous attendrez. Il n'y a pas de réponse. Allez.

Puis elle commanda sa voiture et appela sa femme de chambre pour s'habiller.

Dès qu'elle fut prête, elle sortit. La voiture la déposa chez une amie où elle attendit le moment fixé pour le rendez-vous; elle ne voulait pas rester seule avec ses pensées. A cinq heures et demie sonnant, elle pénétrait dans le hall du Grand-Hôtel rempli d'étrangers que l'habitude du *five o'clock tea* avait réunis. Mme Leoni distingua immédiatement Druso, mais, feignant de ne pas le voir, elle aborda deux Hollandaises de sa connaissance. Celles-ci lui offrirent une tasse de thé qu'elle refusa, prétextant une visite à rendre. On causa un moment debout. Druso s'approcha. Ses yeux brillaient, mais, dans son attitude, il y avait quelque chose de raide qui ne lui était pas habituel. Visiblement, le billet d'Eva, si clair qu'il fût, l'avait laissé perplexe. Mme Leoni crut discerner dans son embarras le signe manifeste d'une émotion forte. Elle en éprouva du soulagement. Au moins, celui-là l'aimait... comme l'autre aurait dû l'aimer ! Après quelques propos échangés avec les étrangères, elle se retourna vers Druso :

— La duchesse n'est pas sortie? questionna-t-elle.

Puis, sans attendre la réponse, elle prit congé, se dirigeant vers l'intérieur de l'hôtel. Le duc lui fit cortège.

— Vous voulez voir ma femme? dit-il d'une voix altérée.

— Oui, répondit-elle, sans le regarder.

— Si vous me le permettez, je vais vous conduire.

Ils prirent le petit ascenseur du fond et montèrent au premier étage. Le jour tombait; les lampes électriques n'étaient pas encore allumées. Ils s'engagèrent dans une galerie sans rencontrer âme qui vive. Arrivé à une porte, Druso l'ouvrit, s'effaça et poussa doucement Mme Leoni à l'intérieur; puis, y pénétrant à son tour, il donna un tour de clé.

— Qu'y a-t-il donc? dit Eva en faisant mine de vouloir sortir; mais il l'avait prise par la taille; comme elle se débattait, il lui murmura dans l'oreille :

— De grâce, pas de bruit, ma femme est de l'autre côté de la cloison.

Et il lui couvrit le cou et les yeux de baisers ardents.

La chambre était faiblement éclairée par les dernières lueurs du jour.

XII

Après avoir déjeuné à l'hôtel, Santa Cristina
voulut s'assurer que Leoni clôturait la chasse
avec ses amis, Comme il approchait du villino, il
aperçut Lorenzo qui en franchissait la grille. Le
peintre venait sans doute faire ses adieux à sa
belle-sœur. Comment s'y prendrait-il pour motiver son départ précipité?

— Monsieur ne rentrera pas avant quatre
heures et demie, déclara le portier.

— C'est bien, je repasserai.

Quand le marquis se présenta pour la seconde
fois, on l'introduisit au salon. Mario ne le fit attendre que quelques minutes ; il avait dû, dit-il en
s'excusant, changer de vêtements et secouer la
poussière des chemins.

— Vous avez fait bonne chasse? questionna le
marquis.

— Excellente sous tous les rapports, nous

23.

avons eu un galop de trois quarts d'heure et personne n'a vidé les étriers.

Pendant quelques minutes encore, on s'occupa du renard et des chevaux, puis Santa Cristina laissa tomber négligemment cette phrase :

— A propos, je venais m'acquitter d'une petite commission dont Mme Ricciardi m'a chargé pour vous.

La physionomie de Mario, enjouée jusqu'alors, se figea subitement.

— Ah! dit-il.

Mme Ricciardi, à qui j'étais allé présenter mes hommages, m'a prié de vous dire, si j'avais la chance de vous rencontrer, qu'elle comptait se rendre sur le tard chez l'ambassadrice de *** et qu'elle aurait plaisir à vous y rencontrer.

— Vraiment! fit encore Mario.

— Voilà une commission faite, poursuivit le marquis sans paraître remarquer la sécheresse de ces exclamations. Se rendant parfaitement compte du caractère quelque peu insolite de sa démarche, il trouvait sage de n'en pas souligner l'apparente incorrection.

Comme Mario s'était incliné silencieusement :

— Permettez-moi maintenant de me retirer, dit-il en se levant; je dois faire une visite de digestion à l'autre bout de la ville et je n'ai que le temps. Adieu, cher monsieur.

— Au revoir et merci pour la commission, s'empressa de dire Mario qui avait eu le temps de se remettre, et il reconduisit courtoisement le marquis jusqu'à la porte de l'antichambre.

Ce dernier se fit effectivement transporter aux Prati di Castello, près de la lourde et prétentieuse construction du palais de Justice. Là, au lieu d'une visite, il en fit deux, ce qui tranchait avec ses habitudes. Il ne rentra au Grand-Hôtel qu'à six heures un quart. Comme il allait s'engager sous la voûte, il aperçut une femme qui marchait à sa rencontre; elle le frôla sans le voir, bien qu'il se fût arrêté pour lui faire place, tête découverte. C'était Mme Leoni. Fort intrigué, Santa Cristina la suivit du regard. Négligeant de faire appeler sa voiture par le chasseur, elle descendit sur la chaussée pour la chercher elle-même. Le cocher, ayant reconnu sa maîtresse, se hâta de faire avancer les chevaux; le valet de pied ouvrit la portière; elle s'élança dans la voiture sans son aide, en lui jetant ces mots :

— A la maison !

Décidément, pensa le Napolitain, c'est la journée des surprises. Cette scène ne paraît pas déplacée dans la pièce qui se joue sous mes yeux.

XIII

Au printemps, l'ambassadrice de *** recevait dans un salon du rez-de-chaussée qui s'ouvrait sur un vaste jardin; on dressait la table sous les arbres pour peu qu'il fît beau; chacun éprouvait le plaisir assez rare à Rome de goûter en plein air.

Mario venait d'arriver, quand on annonça Mme Ricciardi. Un simple coup d'œil suffit pour le confirmer dans les alarmes que la visite de Santa Cristina lui avait inspirées. Dans son manteau printanier, Laura paraissait plus mince qu'à l'ordinaire, la démarche alanguie, les yeux nimbés d'un cercle de lassitude. Profitant du moment où l'ambassadrice offrait à ses invités d'aller prendre le thé sous les pins, elle se rapprocha vivement de son beau-frère :

— Dirigeons-nous vers le lawn-tennis, voulez-vous ?

Ils s'engagèrent dans la première allée qui se présenta.

— Que se passe-t-il donc? questionna Mario.

— Des choses exceptionnellement graves.

Et brièvement, tout d'un trait, elle lui conta l'altercation de la veille.

Mario était atterré.

— Vous voyez que la situation est hérissée de périls. Il part ce soir, mais Dieu sait à quelles manœuvres il aura employé sa journée. Nous pouvons être compromis à l'improviste.

Comme il restait songeur, elle poursuivit.

— Le mieux, je crois, est que je m'éloigne.

— Quoi, vous voulez partir?

— Il faut plus que jamais éviter les imprudences.

— Oh! Laura, dit-il, avec un reproche dans la voix.

— Non, Mario, ce n'est pas à cela que je pensais. A Dieu ne plaise que je soupçonne votre loyauté. Non, mais, si je reste, nous serons environnés d'espions, nous ne pourrons plus nous voir. En quittant Rome, je les désarme. J'ai songé à Bologne, à ma tante qui me réclame à cor et à cri. Je reviendrai en automne, si rien ne s'y oppose.

— Vous avez peut-être raison, mais comment expliquer ce départ précipité?

— Une maladie de ma tante; personne ici ne la connaît.

— Mais Eva?

— Avec Eva, il faut que je sois franche, je lui laisserai entendre une partie de la vérité, elle me comprendra. Ne pensez-vous pas que ce soit bien ainsi?

Ils étaient arrivés sur un talus gazonné d'où on dominait le lawn-tennis. Une partie sérieuse était engagée; un peu plus loin, sous une tente, des jeunes gens, enveloppés de longs manteaux, attendaient le moment de se mesurer.

Leoni réfléchissait.

— Tout ce que vous faites est bien fait, finit-il par dire; quant à moi, je sais ce qui me reste à résoudre.

— Pour l'amour de Dieu, s'écria Laura avec effroi, ne parlez pas ainsi; j'ai bien assez de tourments sans que vous y ajoutiez de nouvelles alarmes. Et puis le scandale!... Pour vous, pour Eva, pour moi, voilà ce qu'il faut éviter, au prix des plus grands sacrifices.

Puis, après une pause, elle ajouta :

— Au nom de notre amour, Mario, je vous conjure de laisser ce malheureux partir en paix.

— Mais...

— Oh! pas de rélicences, je vous demande votre parole.

Il ne pouvait refuser; mais tout en faisant cette promesse, il se réserva d'examiner, quand il serait seul, les résolutions à prendre.

— Maintenant, dit Laura, que dois-je faire? Conseillez-moi, faut-il voir Eva?

— Il me semble qu'il vaut mieux prévenir une explication délicate. Écrivez-lui affectueusement pour lui apprendre votre départ en le motivant. Si elle vient vous demander des détails, ce qui est probable, il vous sera plus facile de les lui fournir.

— C'est cela, je lui écrirai... Maintenant, Mario, plaignez-moi et aimez-moi plus que jamais, je n'ai plus que vous au monde.

Et sentant ses yeux se mouiller, elle s'éloigna.

XIV

Ce soir-là, sous prétexte d'indisposition, Eva ne descendit pas pour le dîner. Mario s'assit seul à table. Les confidences de Laura, l'imminence d'une longue séparation lui donnaient le vertige que cause la vue d'un précipice au détour d'un sentier. Il éprouva le besoin de réagir physiquement. Avant de sortir, il monta chez sa femme.

Elle était étendue sur un sofa, dans un demi-jour.

— Comment te trouves-tu? demanda-t-il.

— Un peu mieux, à la condition de ne pas bouger; c'est une de mes migraines périodiques.

— As-tu besoin de quelque chose?

— Non, merci.

— Alors, soigne-toi bien et bonsoir.

Vers neuf heures, la femme de chambre remit une lettre à sa maîtresse. Celle-ci déposa le pli

près d'elle, sur un guéridon, sans y jeter les
yeux. Un peu plus tard, l'idée lui vint que ce pouvait être un billet de Druso ; ses traits se contrac-
tèrent.

La chambre n'était éclairée que par une veilleuse. Eva toucha un bouton électrique, la pièce
s'illumina aussitôt. Ses yeux se portèrent sur la
suscription; elle reconnut non sans étonnement
l'écriture de sa sœur. Laura lui écrire! Pourquoi?
Mordue par une inquiétude instinctive, elle déchira l'enveloppe et lut fébrilement; mais, à
mesure qu'elle avançait, une expression de stu-
peur se peignait sur son visage livide. A la fin de
la lecture, elle se renversa en arrière et demeura
sans mouvement. Ses prunelles dilatées révélaient
une paralysie temporaire de la sensibilité, un
commencement d'épuisement cérébral. Enfin, un
frisson secoua ses épaules; elle se redressa, et,
rassemblant ses forces, elle prit la lettre qui
avait glissé sur ses genoux. Le papier tremblait
dans ses mains; elle s'accouda sur le bras de la
chaise longue et se contraignit à lire à demi-voix.

Voici ce qu'elle lut :

« Ma chère petite sœur,

« J'avais l'intention d'aller te voir tartôt pour
te communiquer la grande résolution que j'ai
prise; c'est aussi une triste résolution, car elle va
me séparer de toi pour longtemps et même pour

24

très longtemps : je quitte Rome demain soir et vais à Bologne m'installer chez notre tante.

« Tu me demanderas d'où vient cette décision précipitée, c'est ici que commence l'amertume. Mon mari m'a donné, dans les derniers temps, de graves motifs de plainte; peut-être en sais-tu quelque chose? Toujours est-il que nous avons eu hier une scène irréparable. Il m'a quittée sur la plus odieuse des accusations et sur des menaces. Il part pour la France et moi je m'éloigne pour me soustraire à ses calomnies. Pardonne-moi de ne pas t'en dire plus long. Il y a des choses si viles qu'on se dégrade rien qu'à les énoncer ou à les entendre. J'irai demain vers deux heures te faire mes adieux, chère petite sœur; reçois, en attendant, les tendres baisers de

« Laura. »

En épelant les derniers mots, Eva se demanda sérieusement si elle n'allait pas devenir folle. Des idées sans suite dansaient dans sa tête, tournoyant douloureusement. Elle se leva et fit de grands pas dans sa chambre pour se dégourdir. En passant devant la psyché, elle se vit blafarde, les yeux hagards; elle eut peur, recula, puis se rapprocha de nouveau, attirée par une force magnétique. Son image provoqua en elle un mouvement d'horreur. Ah! quelle misérable elle était, si la lettre ne mentait pas.

Alors une frénésie de savoir, d'en finir avec l'incertitude qui la torturait l'assaillit. Attendrait-elle le retour de Mario pour réclamer de lui une explication? — Elle, interroger Mario après les choses de l'après-midi? Non, cela n'était plus possible! Courir chez Laura, lui répéter brusquement l'accusation de Lorenzo, en la regardant dans le . blanc des yeux, surprendre sur sa physionomie l'émotion produite? Ah! elle ne s'y tromperait pas!

Elle sonna. En s'asseyant, ses yeux retombèrent sur la lettre de Laura; elle la prit. Comme les termes en étaient affectueux, naturels, sans nulle recherche!

Lorsque la femme de chambre se présenta, Eva lui dit :

— Ma migraine augmente, mets le chloroforme sur la table et laisse-moi; si j'ai besoin de toi, j'appellerai.

La pauvre femme s'absorba dans les réflexions que suggérait à son esprit la lettre révélatrice. Comment se tromper à cet accent et à quoi bon interroger? Lorenzo était pris, d'ailleurs, en flagrant délit de mensonge. Il assurait que Laura, pour ne pas se séparer de son amant, n'avait pas craint d'avouer sa liaison, — comme si on avouait ces choses-là, — et le jour même, de son propre mouvement, elle décidait de s'exiler en province! Le lâche! Il avait voulu se venger de sa femme et c'est sa belle-sœur qu'il frappait en pleine poitrine!

Et voilà qu'elle se remémorait dans ses moindres détails la conversation fatale, les réticences calculées, les insinuations perfides. Le lâche, le lâche ! Pour l'avoir écouté, elle était perdue, oui, perdue, car une femme qui s'offre à un homme qu'elle n'aime pas, pour se venger de celui qu'elle aime, sacrifie son bien le plus précieux à une satisfaction passagère ; mais si l'excuse de la vengeance lui fait défaut, quelle aberration ! Ainsi, désormais, quoi qu'elle tentât, elle appartenait à ce Druso qui l'aimait passionnément, lui, qui remuerait ciel et terre plutôt que de la laisser échapper.

Que faire ? Aller trouver cet homme, lui déclarer qu'elle s'était donnée par dépit, le supplier de quitter Rome ? Il croira qu'il s'agit d'un caprice de femme, d'un remords éphémère auquel il serait puéril d'attacher de l'importance ; il feindra d'écouter par courtoisie et ne partira pas, ou, s'il part, ce sera pour revenir.

Dans le cerveau de la pauvre femme, ces réflexions décourageantes se succédaient, s'exaspéraient, prenaient un caractère de gravité exceptionnelle. Elle voulut prier et s'agenouiller ; les paroles de l'oraison ne vinrent pas. Elle se releva en chancelant et aperçut sur le guéridon le flacon de chloroforme. Une idée précise, une tentative contre nature lui traversa la tête ; mais, la seconde d'après, elle se détournait précipitamment, la sueur à la racine des cheveux. Se tuer !

Pourquoi? Parce qu'un infâme l'avait indignement trompée. Mais cette erreur même n'atténuait-elle pas sa faute, ne l'excusait-elle pas en quelque sorte? D'ailleurs, cette faute, qui la connaissait? Personne, en dehors de Druso, un gentilhomme. Et puis, après tout, elle n'était pas la première, et une femme courageuse et fine parvient toujours à recouvrer sa liberté; il lui suffit d'être résolue à la conquérir.

Elle s'arrêta de nouveau devant la glace, prise de curiosité; elle s'interrogea longuement, complaisammant, comme on examine un bijou. Oui, elle était belle et séduisante, d'une séduction rare. Elle se souvint de s'être contemplée ainsi, un autre soir. Elle avait alors conclu que sa beauté, don du ciel, lui appartenait en propre, qu'elle pouvait en disposer à sa guise... Tout à coup, sur la blancheur du cou, elle aperçut une marque bleuâtre; elle se retourna et éteignit l'électricité.

Seule la veilleuse brûlait dans son globe d'opale. Cette obscurité relative la tranquillisa; une sorte de torpeur molle succédait à l'ébranlement antérieur. Elle s'étendit sur la chaise longue. Mais voici que sa chambre, dans son éclairage de nuit, lui rappela le temps où la présence de Mario la remplissait tout entière. Elle le voyait allant et venant, elle évoquait sa silhouette élégante, ses gestes familiers, sa main qui quelquefois l'aidait à se dévêtir, son regard qui la caressait. Que de souvenirs charmeurs dans cet amour jeune dont

24.

elle se délectait alors comme d'un élixir enivrant.
Et elle s'abîma dans la résurrection de ce passé si
proche, si présent qu'elle le sentait s'agiter confusément en elle. Et de penser que ces heures
ineffables ne sonneraient plus, qu'elle-même avait
travaillé de ses mains à éloigner d'elle celui dont
l'amour lui paraissait maintenant nécessaire à sa
vie, toute sa chair éprouva comme une révolte.
Elle se trouva soudain debout, les nerfs tendus à
se rompre, la fièvre dans le sang, des bourdonne-
ments dans les oreilles. Elle fit un mouvement,
comme pour saisir d'une étreinte désespérée une
ombre qui s'échappait, puis elle retomba sur le
sopha, épuisée par ce transport, anéantie, le cerveau vide. Inconsciemment elle s'allongea et
baissa les paupières, mais le sommeil ne vint pas.

Sur le cristal du flacon de chloroforme, un pâle
rayon se jouait. Les yeux de la pauvre femme,
en se rouvrant, s'y fixèrent, fascinés, hypnotisés.
Était-ce la lésion atavique qui se manifestait, ou
bien, la force directive étant épuisée, la nature
évoluait-elle machinalement?

La jeune femme essaya de fermer les yeux
sans y parvenir. Un frisson imperceptible, à la
fois extatique et douloureux, lui parcourut l'épi-
derme. Lentement, elle pencha le corps et étendit
la main. Elle toucha le flacon, le prit; elle palpa
le froid cristal aux saillies aiguës, enleva le bou-
chon, puis elle approcha le goulot de ses lèvres
et but avidement.

Sous le coup de la douleur atroce qui descendait comme une flamme de la gorge à l'estomac, elle se rejeta en arrière, tandis que le flacon s'échappait de ses mains et roulait sur son corsage, laissant le liquide se répandre à flots.

D'une secousse, elle se redressa, le corps crispé, le visage injecté de sang; la pupille se dilata outre mesure; une sorte d'ivresse envahit le cerveau, et les événements de la journée défilèrent devant elle dans une sarabande échevelée.

Insensiblement, un brouillard s'étendit sur ses yeux; les sens s'abolirent les uns après les autres; l'ouïe seule persista. La malheureuse perçut distinctement le bruit d'une voiture qui passait sous sa fenêtre; elle fit un effort pour se lever, mais les muscles refusèrent d'obéir. L'intelligence fonctionnait encore; une larme roula dans ses yeux mi-clos. Puis, tout à coup, le buste, emporté par le poids de la tête qui fléchissait, glissa hors de la chaise.

Eva semblait dormir; de sa bouche entr'ouverte, un ronflement sonore s'exhalait qui alla peu à peu s'affaiblissant et enfin cessa.

Rien ne bougea plus dans la pièce.

Vers onze heures et demie, la femme de chambre voulut s'assurer que sa maîtresse n'avait pas besoin de ses services. L'odeur de chloroforme l'arrêta sur le seuil; elle aperçut le corps renversé et y courut; la main qu'elle saisit était déjà froide. A ce contact, elle poussa un cri aigu et se précipita dans l'escalier. Mario, qui rentrait à ce moment, n'eut que le temps de se jeter de côté pour éviter un choc. En le reconnaissant, la jeune fille s'arrêta, et d'une voix haletante :

— Ah! Excellence, quel malheur! madame...

— Quoi?

— Madame!...

Et elle éclata en sanglots.

Leoni escalada les marches quatre à quatre et entra dans la chambre de sa femme. Au premier regard, il comprit et resta pétrifié. Que s'était-il passé pendant son absence? Morte, la femme qu'il avait laissée deux heures auparavant à peine souffrante. Il s'approcha doucement, souleva le corps et l'étendit sur le sofa.

Devant ce corps charmant que la mort venait d'effleurer de son aile, il s'attendrit, évoquant dans sa mémoire la soirée de printemps où il avait convié cette femme à l'ivresse décevante d'un amour qui ne devait jamais s'éteindre. Il resta quelque temps agenouillé, en proie à une angoisse indicible mêlée de remords. A la porte, la femme de chambre regardait cette scène en pleurant.

— Caterina, dit-il en se relevant, va réveiller Checco, et dis-lui de venir me parler sur-le-champ.

Mario fit jouer l'électricité. Ses yeux tombèrent sur un papier ouvert.

La lettre de Laura, murmura-t-il en reconnaissant l'écriture ; il est inutile qu'elle tombe entre les mains d'indifférents.

Et il mit le pli dans son portefeuille.

Peu après, le valet de chambre se présentait ahuri.

— Va chercher le docteur Chiari, ordonna Mario ; prends une voiture et ramène-le coûte que coûte.

— Tout de suite, Excellence.

Le valet parti, Mario interrogea Caterina.

— Madame est rentrée avec un violent mal de tête, répondit la jeune fille. Un peu avant huit heures, elle a fait prévenir Votre Excellence qu'elle ne descendrait pas à table. Vers neuf heures et demie, Checco m'a remis une lettre pour madame, et je l'ai portée aussitôt. Vingt minutes plus tard environ, madame a sonné, je l'ai trouvée assise, les traits décomposés ; elle m'a ordonné de lui apporter le chloroforme et j'ai obéi, puis elle m'a renvoyée. Voilà tout ce que je sais. Madame aura voulu respirer le flacon ; elle ne l'aura pas retiré à temps et le liquide l'aura asphyxiée en se répandant. Votre Excellence peut voir que le corsage est tout taché.

— C'est plus que probable, mais je tiens à ce que le docteur donne son avis en connaissance de cause. Laissons toutes choses en place.

Et il s'agenouilla devant la morte, pendant que Caterina s'éloignait.

Quand le médecin parut, Mario lui indiqua le

sofa d'un geste navré. Le praticien s'approcha et
ne put que constater la mort.

— Que s'est-il passé? interrogea-t-il.

Leoni le mit rapidement au courant.

— Caterina vous dira le reste, ajouta-t-il.

Caterina recommença son récit, mais avec un
plus grand luxe de détails; elle raconta cette fois
qu'avant de demander le flacon, sa maîtresse
s'était plainte de souffrir atrocement.

— Et, en la voyant dans cet état, vous n'avez
pas hésité à lui donner le chloroforme?

— Madame s'en servait chaque fois qu'elle
avait la migraine; elle prétendait que cela la sou-
lageait. Est-ce que je pouvais penser à un accident!

Le médecin congédia les domestiques.

— C'est bien, laissez-nous; je vous rappellerai
tout à l'heure.   .

Chiari, Siennois comme les Leoni, était un
ami de la famille; il avait donné ses soins aux
parents de Mario et l'avait connu lui-même tout
enfant.

— Comment estimez-vous que l'accident s'est
produit? demanda Mario.

— Je ne saurais encore préciser. La pauvre
femme avait un violent mal de tête, votre domestique vient de l'assurer. Il y a toute apparence
qu'elle aura pris le chloroforme pour endormir
sa douleur, mais il se pourrait aussi que, dans
une crise de souffrance, elle ait cédé à la tentation de...

Mario devint horriblement pâle.

— N'achevez pas, mon cher docteur, interrompit-il, ce serait trop affreux !

Puis, après une pause, et comme le médecin le regardait fixement :

— Non, il n'a pu en être autrement, prononça-t-il avec force ; elle *a* respiré longuement le flacon dont le contenu *s'est* renversé et l'*a* asphyxiée.

Chiari s'était mis à genoux près du cadavre et procédait à un examen minutieux. Quand il se releva, son visage sérieux portait la trace d'une préoccupation.

— Vous avez raison, dit-il, tout *peut* s'être passé comme vous le dites... Maintenant, appelons la femme de chambre. Nous allons porter le corps sur le lit et lui donner sa dernière parure.

XV

Le docteur Chiari s'était chargé de faire les déclarations légales et de remplir les formalités d'usage en pareille occurrence. Sur ses indications précises, le médecin des morts s'empressa de formuler les causes officielles du décès, à savoir : absorption du chloroforme à haute dose, et il délivra le permis d'inhumer.

Dès huit heures du matin, le lendemain du fatal événement, Mario sonnait à la porte de Mme Leoni ; elle venait de se lever et accourut.

— Qu'y a-t-il encore, dit-elle, en apercevant la figure décomposée du jeune homme.

— Un grand malheur à vous annoncer.

— Parlez sans crainte, vous savez que je suis courageuse. Ne vous ai-je pas donné l'exemple ?

— C'est qu'il s'agit de quelque chose d'imprévu, d'un événement auquel vous ne pouvez vous attendre.

— Vous vous battez avec Lorenzo?

— Plût au ciel! Non, Laura, il ne s'agit pas de moi, hélas!... il s'agit de votre sœur.

— D'Eva?

— Oui, elle est très malade, elle...

— Achevez! Mon Dieu, elle est morte.

Il ne fit pas un mouvement; elle le regardait effarée, rigide, comme s'il lui eût annoncé un phénomène terrifiant, monstrueux, irréel. Ne pouvant supporter cette expression d'épouvante, il se détourna. Alors elle glissa au pied d'un canapé et, plongeant la tête entre les coussins, se mit à sangloter éperdument. Elle pleurait toujours, quand elle sentit une main lui toucher légèrement l'épaule.

— Calmez-vous, ma chère âme, lui murmura une voix grave et affectueuse, et laissez-moi vous dire ce que je sais.

Elle se retourna les yeux noyés de larmes, se leva péniblement et, passant à plusieurs reprises son mouchoir sur ses paupières, elle s'assit docile, subitement attentive.

Tandis qu'il parlait, atténuant les détails émouvants, passant sous silence certaines circonstances déconcertantes, il vit une inquiétude poindre dans le regard de sa belle-sœur, et se hâta de la dissiper avant qu'elle eût pris consistance.

— Le Dʳ Chiari assure que l'accident s'est produit parce que votre sœur était allongée lorsqu'elle a respiré la substance anesthésique; dans

cette posture, la force lui a manqué pour éloigner
le flacon à temps et la mort a achevé son œuvre
sans rencontrer d'obstacle.

Ces éclaircissements parurent rassurer la jeune
femme; pourtant, après un moment d'hésitation,
elle demanda :

— Avait-elle déjà reçu ma lettre?

— Depuis longtemps : je l'ai retrouvée sur la
table où elle l'avait posée; la voici.

Laura prit la lettre et la parcourut.

— Je crains, dit-elle timidement, que cette
lecture ait contribué à augmenter son malaise.

— Lui racontiez-vous donc ce qui s'est passé
entre vous et Lorenzo?

— En termes très-vagues.

— Alors, elle n'a pu concevoir aucun soupçon.
D'ailleurs, je vous le répète, la migraine n'est que
la cause accidentelle de la mort. La pauvre enfant
avait fait vingt fois usage du chloroforme sans le
moindre inconvénient. C'était sa destinée de
mourir ainsi.

— Pauvre sœur! Puis-je aller m'agenouiller
auprès d'elle?

— J'étais venu pour vous y conduire.

Pendant le trajet, les deux jeunes gens n'échangèrent que des paroles banales. Mario introduisit
sa belle-sœur dans la chambre mortuaire et se
retira pour faire les courses indispensables. Pendant son absence, elle ne quitta pas la morte. Vers
midi et demi, Leoni vint la prendre pour déjeuner.

— Il me semble, dit-il, que nous ne pouvons nous dispenser d'avertir votre mari. Me permettez-vous de lui adresser un télégramme laconique en cours de route?

— Comme vous voudrez!

Dans l'après-midi, le bruit de la mort subite de Mme Leoni s'abattit sur la ville, comme un vol de sauterelles. Plusieurs personnes se présentèrent au villino, où on leur confirma la lugubre nouvelle. Les domestiques avaient pour consigne de répondre brièvement aux questions qu'on leur adresserait. Vers cinq heures, la duchesse Druso insista pour être reçue. Mario ne crut pas pouvoir l'éconduire : aussi bien devait-il des explications positives sur cette disparition soudaine d'une femme en vue. Il interrompit le travail qu'il avait commencé pour l'envoi des billets d'enterrement.

Il trouva la duchesse en larmes; elle se jeta dans ses bras, en proie à un accès de douleur sincère.

— Nous l'aimions tant! répétait-elle; elle était si gentille, si gaie, si jolie! quelle horrible fin!

Il fallut que Mario récapitulât toutes les particularités de l'accident. La duchesse écoutait, avide, les yeux séchés. Enfin, elle saisit la main du jeune homme, la serra fortement et partit en renouvelant l'expression de sa douleur : elle était si en train la veille de sa mort! qui eût cru!...

Laura ne rentra chez elle qu'à l'angelus. On

lui remit plusieurs cartes et un billet dans lequel
Santa Cristina exprimait ses condoléances et
annonçait qu'il reviendrait prendre des nouvelles
de Mme Ricciardi.

— Vous lui direz que je désire le recevoir,
prescrivit-elle.

Le napolitain fixa sur son amie un regard
inquiet quand elle le rejoignit au salon, les paupières gonflées, la mine défaite. Après quelques
paroles de compassion, il dit :

— Je suis également venu pour apprendre la
vérité de votre bouche. Tant de versions absurdes
circulent déjà qu'il n'est pas inutile de leur
opposer un démenti autorisé.

— Quels sont ces bruits?

— Que sais-je? Vous pouvez vous figurer
vous-même ce que l'imagination des oisifs est
capable d'inventer.

Laura rapporta ce qu'elle savait. Lorsqu'elle
eut terminé son récit, il dit :

— Pas l'ombre d'un doute, votre pauvre sœur
est morte victime de son imprudence. Je ne
saurais vous exprimer la peine que me cause
cette catastrophe, vous aviez un si pressant besoin
de réconfort.

Santa Cristina se retira sous le coup d'une
préoccupation qu'il avait soigneusement dissi-
mulée.

Pendant qu'il remontait la via Nazionale, dans
la rumeur des voitures et le ronflement des

tramways électriques, la relation qu'il venait
d'entendre le harcelait, éveillant en lui une curiosité inquiète. Le médecin des morts, après le
docteur Chiari, opinait pour l'accident. C'était la
conclusion naturelle ; le marquis l'aurait acceptée
si son esprit n'avait pas été frappé, au préalable,
par une réunion de circonstances qui, tout en
paraissant au premier abord étrangères les unes
aux autres, ne laissaient pas d'avoir un lien
commun. La conversation au Corso et le départ
de Ricciardi découlaient de la rupture survenue
entre celui-ci et sa femme. Pourquoi, dès lors,
n'y aurait-il pas corrélation entre cette rupture,
la visite du peintre à sa belle-sœur, l'agitation
que montrait Mme Leoni en sortant du Grand-Hôtel
et finalement sa mort étrange ? La logique auto-
risait, légitimait, conseillait ces rapprochements.
A côté de l'hypothèse de l'accident, se posait celle
d'un suicide, car on ne pouvait raisonnablement
songer à un crime.

Un lâche assassinat, le plus odieux de tous
puisqu'il se dissimule sous le voile ténébreux du
poison, qui aurait pu matériellement le perpétrer,
si ce n'est Leoni ? Et dans quel but l'aurait-il
commis ? Pour châtier sa femme de ses imprudences ou plutôt parce qu'aimant Laura, il considérait Eva comme un obstacle à la satisfaction de
cet amour ? Mais, dans ce cas, Lorenzo ne consti-
tuait-il pas un second obstacle ? Leoni songeait-il
donc à se défaire aussi de Lorenzo ?... C'était

25.

absurde! L'hypothèse du crime ne résistant pas à
l'examen, restait celle du suicide...

A l'hôtel, on avisa le marquis que les Druso
dînaient dans leur appartement. Cette réclusion
s'expliquait par leur intimité avec les Leoni. Le
duc entourait publiquement Eva d'hommages
qu'elle ne semblait pas dédaigner. Cette mauvaise
langue de don Pablo prétendait même que Druso
avait des motifs particuliers de se féliciter de son
sort, conclusion que Santa Cristina jugeait inad-
missible.

— Ils se rechercheraient moins en public,
disait-il, s'ils se retrouvaient en tête-à-tête, et
puis, Druso n'est pas homme à céler longtemps
un succès de cette nature. Se renfermât-il dans le
silence le plus impénétrable, que son attitude
témoignerait de son bonheur.

Ce que le maître d'hôtel n'avait pas dit, c'est
qu'en apprenant à l'improviste la lugubre nouvelle, le duc avait pensé devenir fou. Il voulait
courir au villino Leoni, voir la morte : dona Enrichetta avait eu grand'peine à le retenir. La
duchesse dut, pour le calmer, se rendre aux nouvelles ; elle en revint la tête basse, annonçant que
tout était fini. Druso avait alors traversé une
longue crise de larmes pour tomber dans une torpeur comateuse qui avait fort alarmé sa femme.

Lorsque Santa Cristina se présenta pour prendre
des nouvelles, la duchesse sortit dans le couloir.

— Cette mort *nous* a consternés, dit-elle ; *nous*

n'avons pas eu le courage de descendre au restaurant. *Nous* avions tant d'affection pour elle !
Songez que pas plus tard qu'avant-hier, j'ai passé
la fin de la journée avec elle, au *tea-room*. Qui
aurait pensé que je la voyais pour la dernière fois ?
Pauvre petite, si jeune, si pleine de vie !

Dans le hall, on s'entretenait de l'événement
du jour. Au moment où Santa Cristina parut, on
l'entoura. On le savait très lié avec les Leoni, on
le pressa de questions ; la précision des détails
qu'il fournit dissipa les incertitudes sur le
caractère fortuit de la catastrophe. Une des Hollandaises avec qui Mme Leoni s'était entretenue
un moment la veille, dit :

— Quand je pense qu'hier soir, à cinq heures,
elle était debout à la place où je suis et que j'ai
causé avec elle ! Elle paraissait de la meilleure
humeur du monde quand le duc Druso est venu
la prendre pour la conduire chez sa femme. Ce
que c'est que de nous !

Et les banalités sur le danger des remèdes vio-
lents d'aller leur train, pendant que le marquis
s'éloignait. Il venait de recevoir sans broncher un
choc terrible. Quoi ! Druso avait conduit Mme Leoni
chez sa femme le jour tragique et la duchesse
disait l'avoir vue pour la dernière fois la veille de
ce même jour ! C'était la bouteille à l'encre, car
on ne se trompe pas sur ces choses-là. Il entra
dans le salon de lecture, prit un journal pour se
donner une contenance et se perdit dans ses

réflexions. Ses sourcils s'étaient rapprochés.

— Je m'abusais grossièrement, se dit-il; elle
était la maîtresse de Druso. La contradiction entre
l'assertion de la duchesse et le propos de la Hol-
landaise saute aux yeux. Druso vient prendre
Mme Leoni à cinq heures et demie dans le hall,
pour la conduire chez sa femme; elle quitte
l'hôtel à six heures et quart sans avoir vu la duchesse, c'est limpide!... Mais quelle imprudence
ou quel aplomb! Se donner rendez-vous dans
l'endroit le plus en vue de Rome! Qu'elle fût
gênée en sortant, il y avait de quoi! Ce qui me
confond, c'est que Druso, un galant homme, ait
exposé, de gaieté de cœur, une femme du monde
au péril d'un scandale public.

Santa Cristina était déconcerté. Inopinément,
une vive clarté illumina son cerveau : si c'était le
premier rendez-vous amoureux, tout s'expliquait.
Druso avait trouvé une occasion propice, il l'avait
saisie sans réfléchir aux conséquences; Mme Leoni
s'était abandonnée avant d'avoir eu le temps de
se reconnaître. De là, le désordre de ses idées au
moment de rentrer chez elle.

— C'est cela! murmura le Napolitain, et alors
l'hypothèse du suicide devient admissible, sinon
vraisemblable : sous le coup d'un accès de remords,
une femme honnête peut à la rigueur, les nerfs
aidant, se supprimer.

Mais aussitôt son scepticisme reparut. Quoique
ayant subi l'entraînement des grandes passions,

il inclinait à limiter la part du romanesque dans les actions humaines. Or, Mme Leoni n'était ni une détraquée, ni une neurasthénique, ni une morphinomane; si elle s'était donnée à Druso, c'est qu'elle aimait Druso ou qu'il lui plaisait. En ce cas, pourquoi ce remords intempestif, eût-elle agi sous l'empire d'une surprise des sens? Que diable! une femme jeune, riche, jolie, adulée, ne se suicide pas ainsi pour apaiser sa conscience. Les faits divers ne relatent jamais de cas semblables.

Santa Cristina se mit au lit sans avoir réussi à dégager l'*inconnue* du problème qui hantait son esprit.

Le transport funèbre, puis la messe de *requiem* attirèrent une nombreuse affluence. A l'église, les parents assistèrent à l'office sans être vus, selon l'usage romain. On n'eut pas l'occasion de constater l'absence de Ricciardi. Le peintre avait répondu de Paris à son beau-frère pour lui faire agréer ses condoléances. Apparemment, il n'avait pas reçu la dépêche adressée en gare de Modane.

Au sortir de l'office, Mario reconduisit sa belle-sœur via Nazionale. Le trajet s'effectua silencieusement. Tous deux étaient oppressés de la même inquiétude comme si, après avoir rempli leur devoir envers la pauvre morte, ils ne devaient plus songer qu'à eux-mêmes, à la séparation fatale, imminente. Tandis que leurs âmes se communiquaient intimement, leurs lèvres restaient

muettes, de peur qu'une parole prononcée à la
légère n'amoindrît l'intensité de leur émotion, ne
profanât l'austère gravité de leurs pensées.

Le valet de pied, en ouvrant la portière, rompit
cet échange révélateur. Dans son boudoir, Laura
enleva son manteau et son chapeau.

— Ainsi, vous partez toujours pour Bologne?
demanda Mario qui l'avait suivie.

— Il le faut plus que jamais; et vous, qu'allez-
vous faire?

— Me retirer à Sienne avec ma fille; puis, si la
solitude me pèse trop, je voyagerai comme avant
mon mariage, mais sans m'éloigner de vous,
Laura... Peut-être un jour viendra-t-il où je
pourrai vous revoir sans danger pour vous et sans
faire injure à *sa* mémoire?

— Nous voilà bien cruellement punis de nous
être aimés.

— Et bien injustement. Nous payons la rançon
d'un crime que nous n'avons pas commis : seul,
le coupable échappe au châtiment qu'il mérite. Il
est probable que, devant cette tombe, il ajournera
ses projets de vengeance. En tout cas, je saurai
vous mettre à l'abri de ses atteintes.

Un silence suivit ces paroles. Laura pénétrait
son beau-frère d'un regard ardent, comme si elle
eût voulu graver à jamais dans sa mémoire chacun
des traits qui l'avaient charmée. Enfin, d'une voix
dont le timbre était profondément altéré, elle
supplia :

— Dites-moi que ce ne sont pas des adieux qu'il faut nous faire, Mario.

— Non, ce mot ne doit jamais attrister nos lèvres, ma chère âme. J'ai la certitude de vous revoir bientôt, car je ne conçois pas l'existence loin de vous. Jusque-là, rien ne m'empêchera d'être toujours et partout auprès de vous par la pensée. Vous voyagerez à mes côtés; la mort même ne nous séparerait pas.

Ils étaient debout tous deux, à quelques pas l'un de l'autre, dans le boudoir aux persiennes demi-closes où des fleurs non remplacées achevaient de mourir. Un parfum languissant, très subtil, alourdissait l'air. La tête inclinée en avant, dans l'attitude que le Pinturicchio se plaît à donner à ses madones, elle était ravissante de grâce dans sa robe noire. Son visage pâli était imprégné de cette fièvre qui avait provoqué naguère dans le cœur de Mario la détente finale. Leurs yeux, qui ne s'étaient pas encore cherchés, se rencontrèrent, chargés de la même tendresse anxieuse. Par un mouvement spontané, elle fit un pas en avant et appuya son front sur la poitrine du jeune homme; il referma les bras sur ce corps languissant qui frémissait. Le subtil parfum qui se dégageait des cheveux l'enivra tout à coup; il mit un baiser timide, presque religieux, sur les ondulations flexibles. Alors elle releva la tête comme si elle se fût attendue à cette caresse et leurs lèvres s'unirent dans un long baiser qui les consacrait l'un à l'autre.

Quand ils se regardèrent, leurs visages transfi-
gurés resplendissaient d'une confiance invincible.
Ils se contemplèrent encore un instant, puis, tandis
qu'elle restait debout au milieu de la pièce, il s'en
alla sans se retourner, afin de conserver intacte
dans son souvenir l'image qui venait de s'y .im-
primer.

XVI

La duchesse avait assisté sans son mari à la messe funèbre. Le lendemain elle adressait à Santa Cristina un billet ainsi conçu :

« Mon cher ami.

« Mon mari part ce soir pour Naples ; il est si souffrant que je l'aurais accompagné, si je n'étais retenue ici par une audience de Sa Majesté. Y aurait-il indiscrétion à vous prier de me remplacer? C'est un vrai service que je réclame de votre amitié et je vous en saurai un gré infini.

« Duchesse Druso. »

Le marquis trouva dona Enrichetta fort inquiète.
— Il est plus affecté que vous ne sauriez croire, dit-elle. Mon Dieu que les hommes sont faibles! Il

admirait beaucoup la pauvre Leoni et, entre
nous, je crois qu'il en était très amoureux. Il faut
qu'il change d'air; pouvez-vous le conduire à
Naples?

— Ma valise est déjà bouclée.

— Merci, vous savez que le train part à 8 h. 50.
J'ai fait retenir deux cabines dans le sleeping
pour que vous soyez seuls. A ce soir.

Santa Cristina trouva Druso installé dans son
wagon et éprouva quelque peine à le reconnaître.
Il aperçut contre les coussins une figure de malade,
hâve et décharnée. Le duc avait vieilli de dix ans.
Les deux hommes se serrèrent silencieusement la
main.

Quand le train se fut mis en marche, Druso dit :

— Tu me trouves bien changé, hein?

— Evidemment tu n'as pas bonne mine.

— Que veux-tu, cette mort affreuse m'a écrasé.

Et il éclata en sanglots. Le marquis se confir-
mait dans l'idée que la mort avait clos un roman
plus qu'ébauché.

Le visage de Druso portait les traces d'un assaut
désespéré : ses joues creuses, la fièvre qui brûlait
son regard, le léger tremblement des mains, indice
que le cœur fonctionnait d'une manière anormale,
attestaient la violence du choc. Quand ses larmes
se furent séchées, Santa Cristina lui prit la main
sans rien dire. Cette marque de sympathie provoqua chez le duc un mouvement d'attendrissement.

— Elle était si charmante, et pour moi une...
amie si dévouée !

— Tu l'aimais?

— Si je l'aimais!... Je n'aurais jamais cru en
arriver là lorsqu'à Sorrente je commençai à lui
faire la cour. C'était une charmeuse!... Tu ne
peux savoir. Je t'assure que je n'ai jamais rencontré une femme aussi séduisante, et j'en ai
pourtant connu des femmes !

Il se mit à rire d'un rire aigu qui faisait
mal.

— Et voici que je la perds au moment où... je
veux dire qu'elle meurt dans tout l'éclat de sa
jeunesse et de sa beauté.

— Elle n'aura connu de l'existence que les
promesses.

Druso semblait perdu dans ses réflexions.

— Crois-tu, dit-il tout à coup, en fixant son
ami, à cet accident de chloroforme?

— Naturellement, le médecin a reconstitué la
scène.

— Alors, tu crois à l'accident bête ?

— Oui, et toi?

— Moi pas, et c'est ce qui me tue.

Santa Cristina fit un geste de muette interro-
gation.

— Je crains, dit le duc sourdement, qu'elle
n'ait mis fin à ses jours.

— Un suicide, comme cela, sans cause, pour
une migraine!

— Tu ne comprends pas et tu ne peux comprendre.

Comme le marquis attendait qu'il s'expliquât :

— Veux-tu me jurer par ce que tu as de plus sacré au monde, par la mémoire de...

Druso s'arrêta en voyant pâlir son ami, et il ne prononça pas le nom qu'eux seuls connaissaient. Il reprit :

— Jure-moi que pas un mot de ce qui va suivre ne sortira de ta bouche.

— Pourquoi ce serment?

— Jure.

Santa Cristina étendit la main avec gravité.

— Pardonne-moi cette précaution, mais ce que j'ai à t'apprendre est horrible... Si tu me vois accablé à ce point, ce n'est pas seulement, comme tu le crois, parce que j'ai perdu plus qu'une amie, c'est que, vois-tu, je crois encourir une part de responsabilité dans sa mort.

— Toi?

— Oui. Je crains d'avoir été son mauvais génie. Il est vrai que je l'aimais ardemment, désespérément, que, pour lui plaire, j'aurais été capable de toutes les folies; je l'aimais pour sa grâce enivrante et aussi pour la prédilection qu'elle m'accordait. Néanmoins, je ne suis pas sûr qu'elle m'aimât, bien que ses... bontés aient atteint les dernières limites, tu comprends?

— Après!

— J'appréhende qu'après avoir cédé, elle n'ait regretté ce qu'elle avait fait.

— Jusqu'à vouloir en finir avec la vie, n'est-ce pas? Eh bien, c'est maintenant que tu déraisonnes. Non, les femmes n'éprouvent pas de ces remords tragiques.

Druso fit un geste de protestation.

— Oui, je sais, on trouve des exemples, poursuivit le marquis, mais ces dénouements-là se rattachent à des complications secrètes; or, la pauvre femme semblait, de l'avis unanime, libre de tout souci.

— La veille encore, cela est vrai... Sache donc que c'est précisément le jour de sa mort que... cela est arrivé. Elle me quitte, rentre chez elle malade, s'enferme et, à onze heures du soir, on la trouve morte sur un sofa, asphyxiée par le chloroforme.

— Je comprends tes soupçons.

— Et tu les partages?

— Pas le moins du monde.

— A moi de ne plus comprendre.

— Les circonstances de la mort semblent déceler un grand trouble, le regret du fait accompli, voire même un remords, c'est possible. De là au suicide, selon toi, il n'y a qu'un pas. Or, c'est ce pas que, selon moi, on ne franchit presque jamais. Voyons, puisque tu as commencé ces tristes confidences, achève de m'éclairer. As-tu employé la violence pour arriver à tes fins? As-tu recouru à quelque artifice que tu regrettes?

— Écoute, mon cher Giovanni, je suis capable de bien des sottises, mais non pas d'une lâcheté. Le seul argument qui m'ait servi c'est la peinture de mon amour, ma seule violence a été de profiter d'une avance qu'elle m'a faite.

— Elle t'a fait une avance, elle?

— Oui, et dans des conditions qui m'ont d'abord stupéfié. Je savais qu'elle éprouvait de la sympathie pour moi, j'aurais pu interpréter encore plus avantageusement certaines paroles, certaines démarches, mais je la savais coquette et j'étais certes plus amoureux que confiant... Eh bien, figure-toi qu'en rentrant de. la chasse, dans cette après-midi maudite, on m'a remis un billet d'elle... tiens, le voici, lis-le.

Et, tirant de sa poche un papier bleu, il le tendit à son ami. Celui-ci lut à haute voix, en scandant les mots :

« Si vous m'aimez comme vous le dites, le moment est venu de me le prouver. A cinq heures et demie, je serai dans le hall du Grand-Hôtel. A bon entendeur, salut! »

Santa Cristina s'absorba dans la contemplation de ces lignes tracées d'une large écriture, comme s'il eût entrepris de résoudre un problème de graphologie. Druso regardait son ami avec inquiétude, sans oser troubler l'examen auquel il se livrait. Quand le marquis releva la tête, ses traits ne décelaient aucune émotion.

— Il y a là, dit-il, un cas intéressant de psychologie féminine, mais qui ne modifie pas mon opinion. A quelles considérations obéissent les femmes dans les questions d'amour, bien sagace celui qui en décidera. Puisque celle-ci s'est offerte, ainsi qu'il résulte de ce billet doux, son initiative met ta conscience en repos, car nul, que je sache, n'est tenu de prendre Joseph pour modèle. D'autre part, et c'est là ma conclusion, une femme a beau être légère, irréfléchie, on ne peut admettre que le regret d'une démarche précipitée la conduise à en commettre une seconde, irréparable celle-là. Pour succomber à ces remords disproportionnés avec la cause qui les provoque, il faut être confite en dévotion et, même en ce cas, on ne se tue pas, le suicide étant, au point de vue chrétien, le seul péché dont on ne puisse se repentir à temps. Ainsi, mon pauvre ami, il ne te reste de refuge que dans l'arrêt du docteur Chiari, qui s'est catégoriquement prononcé pour l'accident bête.

Après avoir débité cette longue tirade d'une haleine comme on avale d'un trait une médecine amère, le marquis se retira dans sa cabine pour bien marquer qu'il ne reprendrait pas la discussion. Aussi bien, Druso s'était-il senti soulagé par les arguments de son ami : Santa Cristina avait mille fois raison, on ne se tue pas pour ces peccadilles-là. Ce qu'il fallait pleurer amèrement, c'était la perte d'une maîtresse incomparable. Au

souvenir de l'heure passée avec elle, il éprouva
dans sa chair le frisson d'une âcre volupté auquel
succéda presque aussitôt le sursaut d'une angoisse
mortelle quand il songea que ces trésors à peine
entrevus gisaient maintenant sous terre anéantis,
profanés. La détresse du malheureux allait désormais se concentrer sur ce point unique : il n'eut
pas de peine à comprendre qu'il n'en souffrirait
pas moins.

Quant à Santa Cristina, replié sur lui-même, il
méditait. Des sensations multiples l'assaillaient à
la fois. Son imagination voyageait à mille lieues
des conclusions qu'il avait présentées à son ami,
pour soulager sa détresse. Il s'efforçait, sans y
parvenir encore, de rattacher les divers incidents
de cette journée fertile en surprises, à l'aide du
fil conducteur dont il venait de saisir un bout. Des
clartés nouvelles aveuglaient ses yeux encore
mal assurés.

Ce billet adressé à Druso avait dû être rédigé
sous l'empire d'une émotion indicible. Pour se
résoudre à une démarche aussi insensée, il fallait
vouloir se retirer à soi-même la faculté de réfléchir, de revenir en arrière. Restait à déterminer
la raison première de cette surexcitation folle.

Après avoir pesé toutes les hypothèses, le marquis admit que seule l'intervention de Lorenzo était
recevable. Le peintre entrait à deux heures au
villino Leoni; Druso trouvait le billet d'Eva en
revenant de la chasse, c'est-à-dire vers quatre

heures. Comment ne pas établir une étroite relation entre la démarche de Ricciardi et l'envoi de la lettre? Or, la veille de ce même jour, Lorenzo avait eu avec sa femme une querelle de la dernière violence, lui avait jeté à la tête une accusation sanglante.

Quelle faute pouvait-il lui reprocher, si ce n'est de le tromper avec son beau-frère? Le marquis connaissait trop bien son amie pour la croire engagée dans une liaison criminelle, mais il avait été conduit de déductions en déductions à admettre que le peintre s'était prévalu de ce grief pour s'en faire une arme contre sa femme. Laura aurait-elle désiré voir son beau-frère en cachette s'il ne s'était pas trouvé mêlé à l'imbroglio? Et puis Santa Cristina se souvenait d'avoir surpris deux fois don Pablo en flagrant délit d'espionnage. Conscient du manège des deux amoureux, Saavedra l'avait sans doute dénoncé indirectement au mari; de là, les sarcasmes adressés par celui-ci, le matin du drame, au délateur interdit.

— Il est pour moi de toute évidence, conclut le marquis, que Ricciardi aura mis, avant de partir, sa menace à exécution, en formulant devant Eva l'accusation dirigée la veille contre sa sœur. Il croyait allumer sournoisement un incendie qui envelopperait sa femme et son beau-frère. Il se trouve que, par suite de circonstances qu'il ignorait, c'est Mme Leoni seule qui est

frappée, nouvel exemple de la vanité des combinaisons humaines.

Donc, voilà dégagée la raison qui a jeté la pauvre Leoni dans les bras de Druso. En sortant du
Grand-Hôtel, elle se rendait déjà compte de la
folie de sa démarche; son allure décélait le désordre de ses idées, mais enfin, — j'en reviens à
mes moutons, — je ne discerne pas encore le fait
déterminant du suicide. Qu'elle ait, dans la soirée,
après réflexion, déploré sa précipitation, soit! son
mari et sa sœur n'en restaient pas moins coupa-
bles à ses yeux de la plus infâme des trahisons,
ce qui suffisait pour excuser, sinon pour justifier
pleinement la vengeance qu'elle avait cru tirer...
Ce fait doit exister, car je suis de l'avis de Druso,
l'accident est improbable... Peut-être y a-t-il eu
entre Leoni et sa femme une explication où celle-
ci accusant, celui-là aura victorieusement prouvé
son innocence?... C'est une question à éclaircir
et que j'éclaircirai. Il ne faut pas que de pareilles
infamies restent sans châtiment.

XVII

Le premier soin de Santa Cristina, en revenant de Naples, fut de rendre compte de son
voyage à la duchesse : il avait laissé son ami
triste et abattu, mais résigné.

— Il me semble qu'il faudrait profiter de la
belle saison pour voyager, poursuivit-il; si vous
pensez qu'une croisière sur les côtes de la Sicile
ou de la Grèce lui soit salutaire, je mets bien
volontiers mon yacht à votre disposition.

La duchesse remercia, mais ne se prononça pas.
Sans doute le changement d'air était indiqué,
mais rien ne pressait, on verrait plus tard; en
attendant, elle s'apprêtait à partir pour Naples.

Ce même jour, le marquis sonnait via Nazionale.

— Vous arrivez à temps, mon cher ami, lui dit
Laura; je pars demain pour Bologne où je vais
passer quelques mois chez ma vieille tante. Je

suis très heureuse de pouvoir vous dire adieu
avant mon départ, vous avez été si parfait pour
moi !

Santa Cristina s'inclina :

— Asseyez-vous ; aussi bien, j'ai fini mes pré-
paratifs ; voyez, je lisais. Et puis, je vous dois une
explication, ne souriez pas... Cette mort s'est produite, vous vous en souvenez, dans un moment
déjà bien troublé. Pauvre sœur ! nous avions été
élevées ensemble, et bien que nos caractères fussent très différents, nous avions une vive affection
l'une pour l'autre... Mais ce n'est pas d'elle que
je veux vous parler aujourd'hui. Vous n'avez pas
oublié notre entretien, le matin de cette horrible
journée ?

— Non certes !

— Je vous avais parlé d'une scène avec mon
mari. Croiriez-vous qu'il m'avait accusée de
l'avoir trompé, et avec qui, mon Dieu !... je ne
veux pas le dire, mais vous l'aurez deviné : ma
commission...

— Oui, j'avais cru comprendre... c'est abo-
minable !

— Pour me mettre à l'abri de toute surprise,
j'avais projeté de quitter Rome, mais auparavant,
vous comprenez, je tenais à avertir mon beau-
frère de ce qui se passait, et aussi le mettre sur
ses gardes, lui demander conseil. C'était urgent,
et je me suis adressé à vous comme à un ami
fidèle. Figurez-vous que le soir, après dîner,

j'avais fait tenir à ma sœur une lettre où je lui annonçais mon départ.

— Et vous lui parliez du motif qui vous le conseillait ? fit le marquis non sans quelque vivacité.

— A mots couverts... Il y a des choses qu'une honnête femme ne saurait écrire, même à sa sœur. Je lui disais que je m'éloignais pour couper court aux calomnies de mon mari. Pauvre Eva ! voilà le sujet des dernières réflexions qu'elle aura faites ici-bas ! Un moment, j'avais craint... c'était absurde, mais quand on a des exemples dans sa famille !... On m'a rassurée ; les causes de la mort ne sont que trop évidentes. Ah ! tout cela est vraiment horrible !

Santa Cristina, malgré l'empire qu'il exerçait sur lui-même, avait failli se trahir. Désormais, il était fixé. Le fait qu'il cherchait venait de lui être livré par celle qui, en écrivant à sa sœur, avait signé, sans s'en douter, son arrêt de mort.

— Je vous remercie, dit le marquis, de la confiance que vous m'avez témoignée. La première fois que je vous reverrai, — si je vous revois, — je vous raconterai une triste, mais véridique histoire.

— Comment, si vous me revoyez ! mais je ne vais pas au bout du monde, et je reviendrai. Je compte donc vous retrouver bientôt. Votre affection m'est trop précieuse pour que je me résigne à la perdre.

— Heureux si je puis vous prouver quelque jour qu'elle n'est pas inefficace.

27

Il se leva sur ces mots.

— Vous partez déjà ?

— Il le faut. J'arrive de Naples et j'ai des courses indispensables... Au revoir, ma chère amie.

— A bientôt, écrivez-moi !

— Je vous promets que vous aurez sous peu de mes nouvelles.

XVIII

Avril avait passé, tiède et embaumé, sur le pays latin. Tandis que les derniers touristes profitaient des longues journées de printemps pour flâner sur les collines désertes, là où les églises du moyen âge se mêlent aux ruines antiques, entourées de vignes et de vergers en fleurs, la vie mondaine languissait avant de prendre fin.

L'oubli, le rapide oubli, qu'un poète évocateur a mélancoliquement appelé « le second linceul des morts », accomplissait son œuvre autour de la tombe à peine fermée d'Eva Leoni. Il avait suffi d'une kermesse à la villa Borghèse, d'un grand mariage et de la visite d'une tête couronnée pour détourner l'attention de cette société romaine qui ne constitue pourtant qu'une grande coterie.

Et, pour constater cet abandon posthume, pour s'en indigner, s'en affliger ou simplement s'en étonner, il n'y avait plus personne, car les intimes de la morte s'étaient dispersés aux quatre vents, après la catastrophe, comme une volée de moineaux effrayés par un coup de fusil.

Dans les derniers salons, comme dans les cercles à moitié déserts, on ne prononçait plus guère le nom de Mme Leoni, quand une nouvelle à sensation ramena brusquement l'attention sur sa fin tragique. Il s'agissait d'une rencontre au pistolet, d'un duel suivi de mort dont le bois de Meudon venait d'être le théâtre.

Les journaux parisiens donnaient des détails sur le combat. La victime était le peintre italien R..., établi en France depuis quelque temps et déjà entouré d'une certaine notoriété. Les témoins refusaient de faire connaître le meurtrier, qui avait disparu sans laisser de traces. Dans la poche de R... on avait trouvé un papier où, prenant sur lui la responsabilité de la rencontre, il priait les magistrats de ne pas inquiéter son adversaire.

Tous les Romains reconnurent Ricciardi avant que les agences l'eussent nommé.

Ce soir-là, on causait avec animation de l'événement, dans le salon de la princesse de Costareale.

Un domestique annonça le duc Lupini.

— Quel miracle ! dit la princesse au nouveau venu, il y a des éternités qu'on ne t'a vu.

— Arrivé ce matin de Paris, répondit le duc qui se piquait d'être aussi laconique dans ses conversations qu'abondant à la tribune ; ma première visite est pour vous, tante !

— Comment, tu viens de Paris et tu ne nous as pas encore parlé de ce malheureux Ricciardi ! Ta valise doit être bourrée de nouvelles.

— Les journaux vous ont tout dit. Je ne vois pas grand'chose à ajouter, si ce n'est que Ricciardi a eu le crâne fracassé à la première décharge de...

Il s'arrêta net pendant qu'on criait à la ronde :

— De qui ?

— Devinez.

— Alors, nous le connaissons ?

— Vous le connaissez tous.

On lança plusieurs noms au hasard. Lupini se contentait de secouer la tête avec l'air de supériorité d'un homme qui détient un des lambeaux de la vérité éternelle.

— Inutile de nous faire languir, dit la princesse ; nous jetons notre langue aux chiens. Voyons, qui est-ce ?

— San-ta-Cris-ti-na !

Ce nom eut le privilège de provoquer une stupéfaction générale. Santa Cristina, un pacifique qui n'aurait pas tué une mouche, allons donc !

— San-ta-Cris-ti-na ! répéta Lupini.

— Pour moi, je m'en doutais, dit après réflexion un vieux magistrat. N'avez-vous pas remarqué la cour assidue qu'il a faite tout l'hiver à Mme Ricciardi ?

— Ce n'est pas une raison pour disperser la cervelle de son mari, s'écria Hernandez Silva dans le langage imagé naturel à un fils des tropiques.

Mme Hernandez Silva ébaucha un sourire qui signifiait qu'elle partageait le préjugé de son seigneur et maître sur l'impertinence de ces procédés sommaires.

— Je connais des maris à qui on ne pourrait pas en faire autant, remarqua gravement un diplomate russe.

La belle Mexicaine approuva encore d'un gracieux mouvement de tête.

— Mon Dieu! que vous êtes méchants! dit la princesse. Quelle mouche vous pique ce soir pour déchirer ainsi votre prochain? Permettez-moi de vous faire observer que vous avez cette fois la dent malheureuse. Je ne sache personne de moins fait que notre chère Laura pour déchaîner des tragédies. Je parierais mille contre un que le motif de ce duel est infiniment plus banal.

— Ma tante a raison, déclara Lupini avec autorité. Je tiens d'un ami que la rencontre est la conséquence d'une querelle fortuite à la porte de **Maxim's**. Le pauvre peintre est allé sur le terrain à son corps défendant : il ne tenait ni à être tué, ni à se mettre une méchante affaire sur les bras. C'est lui qui a exigé, paraît-il, l'échange de papiers justifiant le vainqueur.

— Eh bien! que Dieu ait son âme! résuma la princesse en forme d'oraison funèbre.

Puis elle ajouta sur un ton de mystère :

— Vous ne savez pas que cette sanglante aventure m'a suggéré un projet dont je vous ferai la

confidence sous le sceau du plus grand secret.
Vous allez engager votre parole de n'en pas souffler mot. Voici : j'ai eu tout bonnement l'idée de
marier Tristan et la princesse d'Irlande. Vous
vous souvenez, mes tableaux de cet hiver. Ils
allaient admirablement ensemble. Ne trouvez-
vous pas qu'ils feraient un couple exquis ?

— C'est aller un peu vite en besogne, observa
don Giulio ; et les délais légaux ?

— Nous saurons attendre.

— Et le consentement mutuel ?

— Je m'en charge.

— Si la princesse prend l'affaire en main, dit
le diplomate russe, nous n'avons plus qu'à choisir
nos cadeaux.

— J'ai déjà trouvé le mien, dit Lupini.

— Et c'est ? interrogea la princesse.

— Un service à thé.

— Tiens, pourquoi ?

— Parce que... eh bien ! parce que j'en ai
deux.

Paris. — L. MARETHEUX, imp., 1, r. Cassette. — 8431.

www.ingramcontent.com/pod-product-compliance
Lightning Source LLC
Chambersburg PA
CBHW070213030726
47505CB00006B/1665